HEYNE <

Das Buch

»Luke.« Ich will es gar nicht laut sagen. Es rutscht mir heraus. Aus nächster Nähe sieht er furchtbar aus. Er hat eine Wunde an der Wange, dunkle Augenringe und wirkt völlig fertig. Mir wird flau, denn ich frage mich, ob es meine Schuld ist, dass er so aussieht. Ich will ihn fragen, was passiert ist, werde jedoch von Emotionen durchgepeitscht, die mich mit unsichtbaren Rasierklingen durchfahren, so stark und schmerzhaft, dass ich kaum atmen kann. Ich will ihn dringend berühren, ihn küssen, seine Zunge an meiner fühlen. Verzweifelt wünsche ich mir alles zurück, was wir vor ein paar Monaten hatten: all die vielen schönen Momente, in denen wir uns so nahe waren.

Die Autorin

Die Bestsellerautorin Jessica Sorensen hat bereits zahlreiche Romane verfasst. Sie lebt mit ihrem Mann und ihren drei Kindern in den Bergen von Wyoming. Wenn sie nicht schreibt, liest sie oder verbringt Zeit mit ihrer Familie.

Lieferbare Titel

Das Geheimnis von Ella und Micha
Für immer Ella und Micha
Die Sache mit Callie und Kayden
Die Liebe von Callie und Kayden
Verführt. Lila und Ethan
Füreinander bestimmt. Violet und Luke
Nova & Quinton. True Love
Nova & Quinton. Second Chance
Nova & Quinton. No Regrets

JESSICA SORENSEN

EINANDER VERFALLEN. VIOLET & LUKE

Roman

Aus dem Amerikanischen
von Sabine Schilasky

WILHELM HEYNE VERLAG
MÜNCHEN

Die Originalausgabe erschien unter dem Titel
THE PROBABILITY OF VIOLET AND LUKE

MIX
Papier aus verantwortungsvollen Quellen
FSC® C014496

Verlagsgruppe Random House FSC® N001967
Das für dieses Buch verwendete FSC®-zertifizierte
Papier *Holmen Book Cream* liefert
Holmen Paper, Hallstavik, Schweden.

Vollständige deutsche Erstausgabe 12/2015

Umschlaggestaltung: t.mutzenbach design, München
Umschlagabbildung: © Stephen Carroll/arcangel images
Redaktion: Anita Hirtreiter
Printed in Germany

Satz: KompetenzCenter, Mönchengladbach
Druck: GGP Media GmbH, Pößneck
ISBN: 978-3-453-41937-7

www.heyne.de

Prolog

LUKE

Wer hätte gedacht, dass es mir so schwerfallen würde, diesen beschissenen Anruf zu tätigen? Dabei sollte ich nichts lieber tun, als meine Mutter hinzuhängen. Nach all den Jahren hatte ich doch nur auf so eine Gelegenheit gewartet. Endlich konnte ich mich für all die Qualen, die Heroinspritzen, ihre verfluchten Psychospielchen und all den anderen Mist rächen, der meine Kindheit ausmachte. Bisher habe ich noch nicht mal angefangen, den ganzen Mist zu verarbeiten oder mir auch nur im vollen Umfang einzugestehen. Ich muss das alles abhaken. Neu anfangen. Nur fühle ich mich schuldig wie ein kleiner Junge, der etwas Verbotenes tut.

Mir ist schlecht.

Alles in mir zieht sich zusammen.

Und das wegen *ihr*. Alles, was sie mir eingeredet hat, kommt wieder hoch. All die Sachen, die sie zu mir sagte, als ich ein Kind war, und die dafür sorgten, dass ich den Mund hielt. Die Scham, nicht bloß, weil sie meine Mutter ist, sondern auch wegen dem, was sie aus mir gemacht hat.

»Du musst immer auf mich hören, Lukey«, sagte meine Mutter dauernd. »Ich weiß, was gut für dich ist, und das besser als jeder andere. Du musst immer tun, was ich dir sage, sonst überstehst du dieses Leben nicht. Und du darfst keinem erzählen, was wir bei uns zu Hause machen. Das geht niemanden was an.« Meistens streichelte sie dabei meinen Kopf, als wäre ich ein Hund. »Außerdem würdest du schrecklichen Ärger kriegen, wenn andere herausbekommen, was du getan hast.«

Beim ersten Mal, als sie das sagte, war ich ungefähr acht, und schon da fühlte es sich falsch an. Die Dinge, zu denen sie mich zwang … die Art, wie sie mich stundenlang festhielt, mit hoher Stimme wirre Lieder vor sich hin murmelte, mir über den Kopf strich, mich auf die Wange küsste und mich bat, ihr noch einen Schuss zu setzen. All das fühlte sich falsch und eklig an. Doch je öfter sie sagte, dass es meine Schuld war, umso wahrer schien es zu sein. Wie konnte es auch nicht? Sie war schließlich meine Mutter, und angeblich lügen Mütter ihre Kinder nicht an.

Also hörte ich auf sie. Tagaus, tagein. Und hielt den Mund. Manchmal versuchte ich, von zu Hause wegzulaufen, weil ich es nicht mehr aushielt. Aber sie fand mich immer, und ich begann mich zu fragen, ob ich sie brauchte, um die Hölle mit ihr zu überleben. Irgendwann entdeckte ich eine Art, wie ich damit fertigwurde. Alkohol und Sex halfen mir zu vergessen und die Kontrolle über mein Leben zu bekommen, nach der ich mich sehnte.

Seufzend schüttle ich die Gedanken aus meinem Kopf und halte das Telefon fest umklammert. Ja, ich weiß, dass meine Mutter geisteskrank ist, dass sie mir meine Kindheit ruiniert hat, mir den Verstand geraubt. Deshalb sollte es leichter sein, sie der Polizei auszuliefern, und ich bin wütend auf mich, weil es mir eben nicht leichtfällt.

Doch am Ende stelle ich mir Violet vor: wunderschöne grüne Augen, volle Lippen, lange rote und schwarze Locken, einen sexy tätowierten Körper, einen Diamantstecker in der Nase. Und ich sehe die Trauer und den Schmerz in ihrem Gesicht, als ich sie das letzte Mal in den Armen hielt. Das hilft mir, bei der Polizei anzurufen.

»Hallo, Albany County Police Department«, meldet sich eine Sekretärin. Als ich zögere, fragt sie: »Ist da jemand?«

Ich räuspere mich mehrmals, zwinge mich, stark zu sein und gegen meine Ängste zu kämpfen, die alle mit etwas zu tun haben, das passierte, als ich jünger war. »Ja, ich habe einige Informationen zu dem Hayes-Mord.« Sobald ich es ausgesprochen habe, fühle ich mich viel besser. Irgendwie erleichtert. Ich wünschte nur, hiermit könnte ich die Vergangenheit auslöschen, aber das kann ich nicht. Nichts wird mir jemals Violet zurückbringen. Was geschehen ist, ist geschehen, und daran kann ich nichts ändern.

VIOLET

Das Leben. Ich hasse es mehr denn je. Und das Schicksal kann zur Hölle fahren. Ich hasse das verdammte Schicksal.

Als seine rauen Hände auf mir sind, mich begrapschen, dass ich mich innerlich zusammenkrümme, wünsche ich mir, dieses Schwein von Schicksal wäre mir nie begegnet. Vielleicht hätte ich dann die andere Seite des Lebens kennengelernt, die gute. Und vielleicht wäre dann *das hier* nicht so hart.

So panisch ich auch innen drin bin, äußerlich bin ich die ruhige, gefasste Violet. Die Violet, die auf Kommando lächeln kann. Die jeden mit ihrem Charme herumkriegt. Selbst als der Schmerz kommt, als meine Beine gegen die Bettkante stoßen, weil ich auf die Knie gedrückt werde, zucke ich nicht. Ich bin äußerlich tot, eiskalt, während mein Herz so schnell rast, dass mir schwindlig wird. Alles bewegt sich so schnell, so verschwommen, dass ich meine Gefühle nicht sortieren kann, was gut ist. So ist es unmöglich zu sagen, was ich empfinde, und das macht diesen Moment erträglich, weniger schmerzhaft, weniger erniedrigend.

Trotzdem füllt das Flüstern – *du schuldest mir was für den Mist, den du gebaut hast, das ist der Preis, ich bin alles, was du hast* – meine Ohren und tötet meine Seele Stück für Stück. Als mein Kopf nach unten gedrückt wird, wünsche ich mir, dass es einen Pause-Knopf gäbe, mit dem ich die Zeit überspringen, hier weg und alles auslöschen kann, was gleich mit mir passiert.

Ja, es gibt einen Haufen beschissener Momente in meinem Leben, die ich gerne im Nachhinein ändern würde. Das Mal, als ich nicht für den Mathetest gelernt hatte, weil Preston mich zum ersten Mal zum Dealen brauchte. Das Mal, als ich mitten in der Nacht nach unten ging und meine Eltern ermordet wurden, während ich überlebte. Die Nacht, in der ich von Luke weggerannt bin.

Jeder dieser Momente hat Folgen gehabt, von denen manche schlimmer waren als andere. Und leider ist mir vollkommen klar, dass es keine Wiederholungen gibt, zumindest keine, bei denen man die Vergangenheit ausradieren und neu anfangen kann. Und größtenteils, ausgenommen der Tod meiner Eltern, habe ich nicht viel über nachträgliche Veränderungen nachgedacht, denn ich gebe die meiste Schuld an dieser Scheißserie, die mein Leben ist, dem Schicksal.

Aber es ist zwei Monate her, seit ich Luke und die Wohnung verließ, die sich mehr wie ein Zuhause anfühlte als irgendein anderer Ort, an dem ich je gewohnt habe. Und obwohl mich der Gedanke nach wie vor krank macht, wie unsere Vergangenheit schon verkettet war, bevor wir uns kennenlernten, wünscht sich ein Teil von mir, dass ich mich anders verhalten hätte. Zwei Monate reiner Hölle mit Momenten voller geflüsterter Drohungen und rauer Hände haben mich die Violet Hayes aus dem Blick verlieren lassen, die Luke Price in mir hervorgebracht hatte. Sie starb Sekunden nach ihrem Entschluss, zu Preston zurückzukehren, weil sie litt und nicht wusste, wohin sie sollte. Und ich bin nicht sicher, ob sie je wieder lebendig wird.

Diesmal kann ich es nicht auf das Schicksal schieben. Nur auf meinen Stolz, mein gebrochenes Herz und die Wahl, die ich traf und die mich zu unzähligen falschen Entscheidungen trieb, von denen keine je wieder ausgelöscht werden kann.

Nichts von dem hier kann es.

Kapitel 1

VIOLET

Ich bin kurz davor, das Bewusstsein zu verlieren, drifte immer wieder ab, während mich zwei Monate falscher Entscheidungen beschweren und tiefer ins Wasser drücken. Mein ganzer Körper ist durchnässt, meine Lunge droht zu platzen, aber ich tauche nicht auf, um Luft zu holen. Ich habe mich damit abgefunden, nicht allzu sehr am Leben zu hängen, und erlaube mir hierzubleiben, bis ich mich leicht und schwerelos fühle. Ein, zwei Sekunden noch. Mehr brauche ich nicht. Ich schaffe das. Ich will den Trost nur noch einen Moment länger spüren, bevor ich in die Realität zurückkehre und wieder den Schmerz spüre.

Nur noch eine Sekunde.
Halte den Atem an.
Noch einen kurzen Moment.
Fange den Schmerz ein.
Ertränke ihn.
Nicht denken.
Atmen.
Nicht leben.

Manchmal frage ich mich, was passieren würde, sollte ich es zu weit treiben. Einen Atemzug zu lange unter Wasser bleiben. Einen Zentimeter zu dicht an den Abgrund treten. Ein klein bisschen zu schnell die Straße hinunterfahren. Der Tod. Würde er wehtun? Oder wäre er schwerelos? Befreiend? Am Ende besser als das Leben? Wäre ich endlich, ganz zum Schluss, imstande, wieder frei zu atmen? Das finde ich nur heraus, indem ich es durchziehe – von dieser Kante kippe. Zu schnell fahre. Auf den Grund sinke und nicht wieder auftauche. Ich bin so kurz davor, es herauszufinden, und doch bin ich noch nicht richtig bereit, mein Schicksal zu besiegeln.

Also greife ich nach dem Wannenrand, ziehe mich aus dem Wasser und keuche nach Luft. Mein Brustkorb schmerzt, aber ich bin dankbar, noch am Leben zu sein. Ich setze mich auf, halb im, halb aus dem Wasser, atme ein, atme aus. Blut rauscht durch meine Adern und vermischt sich mit Adrenalin. Meine Gefühle sind immer noch betäubt, und ich konzentriere mich auf den nächsten Atemzug. Doch je länger ich atme, je leichter es wird, umso schwerer wird es abzuschalten. Gefühle und Gedanken zum Tod meiner Eltern tauchen auf, stechen mir ins Herz. Ihre Ermordung. Und das, was mich jedes Mal beinahe umbringt, wenn ich daran denke. Jeden Tag, jede Stunde, jede Minute, jede verdammte Sekunde frisst es mich innerlich auf.

Luke Price. Der eine Junge – der einzige Mensch –, den ich jemals an mich herangelassen habe. Der einzige Mensch, bei dem ich mich sicher fühlte. Und jetzt ist das alles fort. Er ist fort. Er wurde mir weggenommen, geraubt vom kranken, perversen Humor des Schicksals. Erst führt es uns zusammen, dann lässt es uns erkennen, dass es schon längst eine Verbindung zwischen uns gibt. Enthüllt uns, dass seine Mutter eine von denen war, die für den Mord an meinen Eltern verantwortlich sind. Dass wir die ganze Zeit nie hätten zusammenkommen können. Obwohl das Schicksal uns genau das suggerierte, als ich aus jenem Fenster fiel und ihm ins Gesicht trat. Und nun fühle ich mich schrecklicher als je zuvor.

Schrecklicher als in meinem ganzen Leben. Vor Luke wusste ich nicht, wie es ist, wenn jemandem wirklich etwas an mir liegt und wie es sich anfühlt, jemand anderen wirklich zu mögen. Und ich begreife inzwischen, dass es schwierig ist, meine Gefühle zu beherrschen, seit ich weiß, wie fantastisch sich Dinge anfühlen können.

Aber ich versuche durchzuhalten, und sei es nur, um das Ende mitzuerleben. Endlich zu sehen, wie jemand für den Tod meiner Eltern bezahlt. Es könnte allerdings unmöglich sein, denn es ist noch eine Person dabei gewesen, und die ist nach wie vor unbekannt. Ich hasse es, nicht zu wissen, wer das ist; gleichzeitig hasse ich es zu wissen, wer eine von ihnen ist, vor allem weil es bislang noch keine Gerechtigkeit gibt. Ich hasse, dass es meine Chance auf Glück ruiniert hat, und ich verachte mich, weil ich so denke. Das ist selbstsüchtig. Meine Eltern sind tot, und ich sollte einzig daran denken, ihnen Gerechtigkeit widerfahren zu lassen. Trotzdem kann ich nicht aufhören, an die Gefühle zu denken, die Luke in mir geweckt hat. Zufriedenheit und Glück. Etwas, das ich nicht mehr hatte, seit ich fünf Jahre alt war. Ich will es wiederhaben, fast genauso sehr, wie ich mir Gerechtigkeit für meine Eltern wünsche. Und das fühlt sich falsch an; als würden meine Eltern mich hassen, wenn sie noch da wären. Und vielleicht tun sie es jetzt. Womöglich hassen sie mich aus dem Grab heraus, das ich nie besucht habe, weil ich mich nicht durchringen kann, dorthin zu gehen.

»Violet, was zur Hölle machst du da drin?« Preston, mein Pflegevater, seit ich fünfzehn war und bis ich achtzehn wurde, hämmert an die Tür. Er ist acht Jahre älter als ich, doch der Altersunterschied juckt ihn nicht. Er nutzt ihn eher immer wieder zu seinem Vorteil. Früher hat er sich nicht so für mich interessiert, jedenfalls nicht so extrem. Aber dann hat seine Frau ihn verlassen, und jetzt scheint er völlig fixiert auf mich. Mir wird schlecht, wenn ich bloß seine Stimme höre, weil sie mich an alles erinnert, was in den letzten zwei Monaten, die ich hier wohne, passiert ist. Das Wohnen ist nicht umsonst, und Geld will Preston nicht. Also deale ich, um mir die Miete zu verdienen, und dann zahle ich mit meinem Körper für jeden Fehler, den ich mache.

Ich hasse mich dafür, dass ich mich von meiner Verzweiflung hinreichend abtöten lasse, um diesen Kram mitzumachen.

»Ich nehme ein Bad«, antworte ich, streiche mit den Händen über mein nasses Haar und neige den Kopf nach hinten gegen den Wannenrand, weil Erbrochenes in meiner Kehle brennt.

»Wenn du nicht bald rauskommst, muss ich das Schloss aufbrechen und dich rausholen«, sagte er hinter der Tür. Er klingt amüsiert. Und geil. Vor Lust. Und Verlangen.

Ich hasse ihn.

Ich brauche ihn.

Ich wünschte, ich wäre irgendwo anders.

»Ich bin gleich draußen«, rufe ich zurück und beobachte, wie der Hahn tropft und Ringe in die Wasseroberfläche malt. Ich lehne einen Fuß auf den Wannenrand und starre die gelblichen Blutergüsse an, die von meinem Schienbein bis zu meinem Oberschenkel verlaufen. Doch als Bilder von dem auftauchen, was sie verursacht hat, schüttle ich den Kopf und ziehe meine Mauer wieder hoch. Ich weigere mich, daran zu denken. Ich muss überleben, egal, was geschieht. So, wie ich es schon den Großteil meines Lebens tue, von einer Pflegefamilie zur nächsten. Schließlich hatte ich schon schlimmere.

»Du solltest dich hier draußen anziehen«, sagt er, und beim Klang seiner Worte brennen die Blutergüsse. »Als Ausgleich für das Achtel, das du letzte Woche verloren hast.«

Ich krümme mich bei der Erinnerung. Letzte Woche habe ich richtig Mist gebaut. Ich war abgelenkt, weil das Semester in wenigen Tagen anfing, was bedeutet, dass ich Luke in den Korridoren und wahrscheinlich auch in einigen Kursen wiedersehen würde. Und da verkaufte ich irgendeinem Typen ein Achtel, ohne erst zu kassieren. Er ist mit dem Stoff abgehauen.

»Ich dachte, dafür verkaufe ich am Samstag und Sonntag für dich.« Ich erwähne nicht, dass ich schon etwas anderes getan habe, um es wiedergutzumachen. Aber nur, weil ich fürchte, dass ich kotzen muss, wenn ich es laut ausspreche. Ich lehne mich zurück, starre an die Decke und nehme mir fest vor, seine Worte nicht an mich heranzulassen, genauso wenig wie die Übelkeit, die gar nicht mehr weggehen will.

»Du wirst immer mehr zu einer Spaßbremse, Violet Hayes«, sagt er. »Das Leben könnte so viel leichter sein, wenn du dich einfach entspannst und tust, was ich dir sage.«

»Das tue ich schon«, erwidere ich mit zusammengebissenen Zähnen. Ich mochte es noch nie, wenn jemand meinen Nachnamen ausspricht – oder ich ihn auch nur nennen muss. Es erinnert mich zu sehr an meine Eltern und wie sie starben. Der einzige Mensch, bei dem es mich nicht gestört hat, war Luke. Normalerweise würde ich Preston die Hölle heißmachen, weil er ihn sagt, aber in letzter Zeit bin ich emotional viel zu labil, um mich zu wehren.

Ich atme erst wieder, als ich Preston von der Tür weggehen höre. Dann steige ich aus der Wanne, trockne meine schrumpelige Haut ab und ziehe mir ein lila Top, eine schwarze Weste und eine passende Hose an. Ich verteile etwas Gel in meinem Haar, lege Lipgloss und ein wenig Kajal auf, ehe ich aus dem Bad gehe. Von dem Adrenalinrausch durch das Beinahe-Ertrinken fühle ich mich ein bisschen high.

In der Küche nehme ich mir ein Pop-Tart aus dem Schrank und eine Wasserflasche aus dem Kühlschrank und hoffe, dass Preston keine Schwierigkeiten macht, wenn ich ihn bitte, mich zum College zu fahren. *Bitte, sei kooperativ.*

Aber er ist nicht in seinem Zimmer, was wohl bedeutet, dass er unter dem Haus in dem Kriechkeller ist, wo er seine Drogen aufbewahrt. Der Eingang ist immer verriegelt, doch ich würde sowieso nie da runtergehen. Das Letzte, was ich will, ist, in einem unheimlichen, engen, niedrigen Raum unterm Haus allein mit Preston zu sein. Also gehe ich ins Wohnzimmer, ziehe meine Stiefel an und warte auf ihn.

Der Trailer, in dem wir wohnen, ist ziemlich sauber, auch wenn es drinnen nach Zigarettenqualm und Gras riecht. Wenigstens liegt kein Müll herum, und alles ist ordentlich und an seinem Platz. Ich habe schon in Pflegefamilien gewohnt, die in regelrechten Dreckslöchern hausten, wo Schmutz, Abfall und Staub alles bedeckten. Das war nicht so klasse.

»Und, was hast du heute vor?«, fragt Preston, als er ins Haus kommt, sich eine karierte Kapuzenjacke anzieht und sich den Staub aus dem Haar schüttelt.

Es juckt mich in den Fingern, eine Faust zu machen und ihm diese Gleichgültigkeit aus dem Gesicht zu schlagen. Doch ich unterdrücke den Drang und ziehe den Reißverschluss meines kniehohen Stiefels zu, ehe ich aufstehe und nach meiner Tasche greife. »Du müsstest mich zum Kurs fahren, es sei denn, du willst mir tagsüber deinen Wagen leihen.« *Bitte, sag einfach Ja, ohne im Gegenzug dafür etwas zu verlangen.*

»Du weißt, dass ich das nicht mag, wenn es nicht ums Dealen geht«, sagt er, lehnt sich mit verschränkten Armen in den Türrahmen und sieht mich mit diesem Blick an, der immer kommt, bevor er etwas von mir will. »Dann sitze ich hier ohne Auto fest.«

Ich hänge mir den Taschengurt über die Schulter. »Also, kannst du mich fahren? Dann hättest du den Wagen noch.« Das Semester hat gerade erst angefangen, und schon jetzt nervt es höllisch, die Wege hin und her zu organisieren. Ich hätte mir wieder ein Wohnheimzimmer nehmen sollen, aber blöderweise hatte ich zu lange gewartet, weil ich dachte, dass ich mit Luke, Seth und Greyson zusammenwohnen würde. Der brillante Plan ging in die Hose.

Preston wuschelt sein Haar zurecht, während er durch das Zimmer auf mich zukommt und zu dicht vor mir stehen bleibt. Ich kann ihn riechen – und ich hasse es, wie er riecht. »Das nervt, weil ich dann stundenlang da warten muss, um dich wieder abzuholen.«

»Hast du denn nicht irgendwas in der Stadt zu tun?« Ich lehne mich ein bisschen weg von ihm, weil mir schlecht wird.

Er schüttelt den Kopf. »Eigentlich nicht.« Er greift nach den Wagenschlüsseln auf dem Couchtisch. »Aber ich habe drüben bei Dan was zu tun.«

Meine Stimmung sackt noch tiefer. »Bei Dan, dem Perversling?«

Er zuckt mit der Schulter und lässt den Schlüsselbund an seinen Fingern baumeln. »Du nennst ihn Perversling. Ich sage, er ist ein Typ, der gerne Spaß hat.« Er zwinkert. »Genau wie ich.«

»Er bezahlt Frauen für Sex.« Ich sage es, als würde das alles ändern, was es definitiv nicht tut.

»Geld, Essen, ein Dach überm Kopf – eine Menge Leute bieten Sex gegen andere Sachen.« Sein Blick ist vorwurfsvoll.

Kann mich bitte jemand aus diesem verdammten Trailer holen?

Mir fällt auf, wie rot seine Augen sind, was heißt, dass er stoned ist. Das macht jede Auseinandersetzung mit ihm sinnlos. Seufzend gebe ich auf und gehe rückwärts in Richtung Tür. »Na gut, ich trampe.« Die Idee ist mir genauso lieb wie verhasst. Ich liebe es wegen des Nervenkitzels. Und ich hasse es, weil ich gerne solche Sachen tue. Ich liebe die Gefahr, denn sie ist alles, was ich noch habe. Risiko. Na ja, eigentlich ist es kein Risiko mehr, denn was habe ich schon noch zu verlieren?

Preston verdreht die Augen. »Jetzt mach kein Drama draus. Ich fahre dich hin, aber dann bist du auf dich gestellt, denn ich habe heute noch verdammt viel zu tun.«

Mir eine eigene Rückfahrgelegenheit zu besorgen bedeutet wohl doch noch, dass ich trampen muss. Ich habe keine Freunde, abgesehen von Greyson vielleicht, mit dem ich bei der Arbeit immer noch rede und manchmal herumhänge. Aber ich glaube, er hat heute keinen Kurs, und ich kann es nicht ausstehen, andere um einen Gefallen zu bitten. Es ist schon schlimm genug, dass ich Preston darum bitten muss.

»Hört sich nach einem guten Plan an.« Ich ringe

mir einen munteren Ton ab und drehe mich zur Tür, bereit, diesen Tag hinter mich zu bringen.

Der letzte Monat war ziemlich heftig, vor allem weil im Mordfall meiner Eltern wieder intensiv ermittelt wird, seit Luke sich bei der Polizei gemeldet und ihnen Informationen über Mira Price, seine Mom, gegeben hat. Ich habe nicht mit Luke darüber geredet, weil ich ihn kaum ansehen kann, ohne entsetzlichen Schmerz und noch etwas anderes zu empfinden, das ich noch nie zuvor gefühlt habe. Bisher hat die Polizei noch keinerlei Fortschritte gemacht. Mira Price wurde verhört, und Detective Spencer, der die Ermittlungen leitet, bemüht sich, genug Beweise zu finden, um eine Hausdurchsuchung genehmigt zu bekommen. Als ich ihn fragte, warum Luke und ich nicht einfach aussagen können, meinte er, dass er nicht sicher sei, ob ein Song vor Gericht Bestand hat. Sie brauchen mehr. Zumindest DNA-Spuren. Ich frage mich, was zum Teufel nach so vielen Jahren noch in ihrem Haus zu finden sein soll. Sicher hat sie jeden Beweis schon vernichtet. Daher bin ich eher pessimistisch, dass es jemals zu einer Verhaftung kommen wird.

Allerdings hat der Fall wieder reichlich Medieninteresse geweckt, was mir das Leben zur Hölle macht. Leute wie Stan, der Reporter, der mich mit Telefonaten verfolgte, tauchen überall auf. Es ist nervenaufreibend, besonders weil jeder der Texte von dem wahren Mörder sein könnte. Es gibt schließlich zwei Leute da draußen, die es getan haben, und sie könnten immer noch in der Nähe sein und mich beobachten.

Was ist, wenn er sich doch noch auf die Suche nach mir macht?

Bei einem kurzen Zusammenbruch im Halbrausch hatte ich Preston von meiner Angst erzählt, und blöd, wie ich bin, habe ich mehr ausgequatscht, als ich wollte – was zwischen Luke und mir war. Das benutzt Preston jetzt gegen mich. Also bin ich nicht nur die ganze Zeit auf der Hut, sondern Preston erinnert mich auch noch laufend daran, was mir bleibt, sollte ich ihn verlassen: absolut gar nichts. Manchmal möchte ich mich trotzdem für das Nichts entscheiden.

Ich versuche, nicht zu viel darüber nachzudenken, als ich aus der Tür gehe, Preston dicht hinter mir. An seinem alten grauen Cadillac kommt er um die Motorhaube herum und öffnet mir die Tür wie ein wahrer Gentleman, der er nicht ist. Und das beweist er, indem er mich an der Hüfte packt und an sich zieht.

Ich stelle mir vor, oben auf dem höchsten Gebäude zu stehen und mit ausgebreiteten Armen zu springen, während er sich an mich drückt und mich auf den Hinterkopf küsst.

»Du hast ja morgen Geburtstag, und ich dachte, wir machen da vielleicht was Nettes zusammen«, sagt er. Seine Finger wandern tiefer auf meinen unteren Hüftknochen, und es fühlt sich an wie tausend Stecknadeln auf meiner Haut.

»Mein Geburtstag war vor über einem Monat«, sage ich matt. *Mach dicht. Mach dicht!* »Und ehrlich gesagt möchte ich den Tag nicht feiern, an dem ich auf die Welt kam.«

»Gott, was ist denn mit dir los? Dauernd bist du so deprimäßig drauf.« Er knabbert an meinem Ohrläppchen. »Tue ich etwa nicht alles für dich … gebe dir alles, was du willst?« Seine Finger kriechen hinter meinen Hosenbund und streifen meine Haut. »Lass mich etwas Besonderes für dich tun oder, noch besser, lass uns etwas zusammen tun.«

»Ich bin nicht in der Stimmung, rumzusitzen und high zu werden, während du mich betatschst.« Ich will weglaufen. Die Straße hinunterrennen und nie mehr stehen bleiben. Vor dem weglaufen, was ich fühle. Der Verwirrung, dem Ekel hiervor und den letzten paar Monaten. Der Verpflichtung, an die Preston mich erinnern wird, falls ich ihm sage, er soll aufhören, mich anzufassen.

Seine Finger graben sich in meine Haut, und seine Flirtlaune schwindet, weil ich mal wieder das Falsche gesagt habe. »Warum kannst du nicht dankbarer sein? Gott, manchmal denke ich, es ist vielleicht das Beste, wenn ich dich einfach rausschmeiße. Dich auf der Straße leben lasse. Du könntest dir dein Geld als Nutte verdienen.«

»Ja, sollte ich vielleicht.« Kaum habe ich es gesagt, beiße ich mir auf die Lippe, denn gerade jetzt, bei allem, was los ist, will ich nicht obdachlos sein. »Na gut, wenn du etwas zu meinem Geburtstag machen willst, meinetwegen.« Ich versuche die Sache wieder geradezubiegen. Gleichzeitig stelle ich mir vor, wie es wäre, wenn der Sturz endet und ich unten aufschlage. Würde es sich für einen Moment wie Fliegen anfühlen? Oder würde ich schlicht stürzen? Würde ich den Schmerz fühlen, wenn ich aufschlage? Wie meine Knochen brechen. Oder würde ich schon vorher ohnmächtig werden?

»Braves Kind«, sagt er. »Du bist immer gut darin zu tun, was dir gesagt wird.« Dann küsst er meinen Nacken und saugt an ihm, bevor er sich zurückzieht. Mein Herz schlägt sehr schnell, aber äußerlich bleibe ich tot und lasse mich vollkommen von den Bildern verschlingen, wie ich zerschmettert auf dem Boden liege. Dann jedoch verändern sie sich. Das passiert manchmal. Und in Gedanken falle ich nicht mehr von dem Gebäude, sondern in Lukes Arme.

Ich bin in Sicherheit.

Es wäre so viel leichter, wäre dieses Gefühl geblieben; doch ich weiß sehr gut, dass alles Gute nicht von Dauer ist.

Kapitel 2

LUKE

Zwei Dinge habe ich ständig im Kopf – Alkohol und Geld. Oder Alkohol und Spielen. Das ist das Einzige, worauf ich mich konzentrieren kann, denn in dem Moment, in dem ich aufhöre und über mein Leben nachsinne, denke ich an *sie*. Violet Hayes. Das eine Mädchen, das mich auf die, wie ich glaubte, bestmögliche Art ruinierte, als sie mich dazu brachte, dass ich nur noch an sie dachte – nur noch sie wollte. Aber dann wurde mir das genommen. Oder geraubt von dem, was meine Mutter getan hatte. Ich hätte wissen müssen, dass ich meiner Vergangenheit nicht entkommen kann. Aufs College zu gehen reichte nicht, um dem Irrsinn meiner Mutter zu entfliehen. Sie würde einen Weg finden, die Kontrolle über mein Leben zu behalten, so wie sie es tat, als ich ein Kind war. Ich hätte wissen müssen, dass es noch nicht vorbei war.

Nachdem Violet vor zwei Monaten aus der Wohnung ausgezogen war, rief ich die Polizei an und sagte ihnen alles, was ich über die Morde wusste. Es war nicht viel, aber ich fand, dass ich Violet wenigstens das schuldete. Leider brachte es so gut wie nichts. Die Polizei hat keine Beweise gefunden, um meine Mutter festzunehmen, doch sie versuchen es, und ich drücke täglich die Daumen, dass etwas passiert.

Ein Teil von mir hoffte wohl, dass Violet zu mir zurückkommen würde, wenn ich es der Polizei erzähle. Aber das tat sie nicht. Und je mehr Zeit vergeht, umso weniger glaube ich, dass sie es jemals wird. Wäre ich stärker, würde ich zum Haus meiner Mutter gehen und selbst nach Beweisen suchen, auch wenn ich keine Ahnung habe, wo etwas sein könnte. Ich frage mich allerdings, was sich in dem Chaos verbergen könnte. Das perfekte, saubere Haus oben täuscht über Haufen von Mist hinweg, die sie über Jahre im Keller angesammelt hat. Doch die Vorstellung, dorthin zu fahren und die Frau zu sehen … diese Wut zu fühlen … jagt mir Angst vor dem ein, was ich mit ihr machen könnte. Und so bleibt die Mauer zwischen Violet und mir, wird mit jedem Moment höher, während ich innerlich ein bisschen mehr sterbe.

Um morgens aus dem Bett zu kommen, rede ich mir ein, dass ich irgendwann über Violet hinweg sein werde, denn die Zeit soll ja angeblich alle Wunden heilen. Was für ein dämlicher Quark! Jedenfalls scheint die Zeit auf mich einen gegenteiligen Effekt zu haben. Die Wunden haben sich entzündet, wuchern in mir und lassen mich von innen nach außen verrotten. Um noch eins draufzusetzen, habe ich das Tagebuch meiner Schwester Amy erhalten, das sie führte, bevor sie sich mit sechzehn das Leben nahm. Ich hatte nicht darum gebeten, aber meine Mutter fand es in einem ihrer Kartons und hat es mir geschickt. Das ist eines ihrer üblichen Psychospiele: Sie erinnert mich an den Tod meiner Schwester, um mich fertigzumachen.

»Denk dran, wie deine Schwester mich verlassen hat«, sagte meine Mutter, als ich sie anrief, nachdem ich das Tagebuch mit der Post bekommen hatte und mich fragte, was zum Teufel das sein sollte. »Du musst zu mir zurückkommen, Lukey. Verlass mich nicht – sei nicht so wie Amy.«

»Fahr zur Hölle!«, hatte ich gebrüllt und aufgelegt. In meiner Brust tobte ein solches Feuer, dass ich mein Zimmer kurz und klein schlug, um mich wieder einzukriegen.

Ich hatte nicht vor, das Tagebuch zu lesen, weil nichts, was von meiner Mutter kam, jemals zu etwas Gutem geführt hat. Aber bei der vielen Zeit, die ich hatte, fing es an, mich zu verfolgen, und letztlich gab ich nach. Das Erste, was ich entdeckte, war, dass meine Mutter sich garantiert keine Zeit genommen hatte, es zu lesen, ehe sie es mir geschickt hatte. Das hätte sie tun sollen. Auf den Seiten ist entsetzlich genau beschrieben, was für ein kranker, gestörter Mensch meine Mutter ist. Mit jeder Seite, die ich lese, erfahre ich mehr von dem, was zwischen Amy und meiner Mutter lief und was ich nicht verstand, als ich noch mit beiden zusammenlebte. Zum Beispiel von dem Mal, als meine Mutter versuchte, Amy einem ihrer Dealer als Bezahlung anzubieten …

Ich bin gerade einmal zwölf Jahre alt, und meine Mutter bittet mich, etwas zu tun, was sich in meinem Alter so falsch anhört. Mit einem Typen zusammen zu sein … so richtig … ich weiß nicht, was ich machen soll. Aber sie sagt, dass es hilft, die Rechnungen und andere Sachen zu bezahlen. Ich weiß nicht, was die anderen Sachen sind, doch ich tippe, dass es mit dem Dreck zu tun hat, den mein Bruder ihr in die Adern spritzen muss, und ich weiß, dass es keine Diabetikermedizin ist, wie meine Mutter mir immer erzählt. Ich bin nicht blöd. Ich weiß, dass sie Drogen nimmt.

Aber ich frage mich, ob ich mit diesem Typen schlafen kann, dem sie Geld schuldet … ihm meine Jungfräulichkeit schenken und verhindern, dass meine Familie aus dem Haus fliegt. Ob meine Mutter dann endlich mal Danke zu mir sagt, weil ich ihr helfe? Und ob sie vielleicht, nur vielleicht sagt, dass sie mich liebhat?

Mit jedem Wort, das ich lese, wächst mein Hass auf meine Mutter, und die Wut in mir wird größer. Bald werde ich so voller Hass sein, dass ich in ihm ertrinke. Also tue ich das Einzige, was ich kann, um damit fertigzuwerden. Ich ertränke mich in anderem Zeug, so wie ich es tue, um den Schmerz zu verstecken, weil ich Violet verloren habe. Die letzten paar Monate waren meine Nächte ausgefüllt von Alkohol, Spielen, Feiern und Prügeleien, von denen ich einige bewusst provoziere, andere von selbst kommen, weil ich beim Schummeln erwischt werde. Mir ist klar, dass ich aufhören sollte, und das nicht, weil es ungesund ist – ich bin Diabetiker –, sondern weil ich eines Tages den Falschen verärgere oder einen Drink zu viel reinschütte. Aber im Grunde ist mir das scheißegal. Leben oder sterben, das interessiert mich nicht mehr.

Schlafen wird mir genauso fremd wie Essen oder irgendwas zu trinken, was mir keinen Brand beschert, der mein Herz, meine Seele und mein Denken betäubt. Wenn ich es schaffe, meine Augen zu schließen, verfolgt mich die Vergangenheit. Ich kann ihr inzwischen gar nicht mehr entfliehen, deshalb bemühe ich mich, so wenig wie möglich zu schlafen. Ich denke, man sieht es mir langsam an. Zumindest frage ich mich das, als ich heute Morgen ins Wohnzimmer komme.

Seth sitzt auf dem Sofa, als ich gähnend und mit roten Augen hereinkomme. Er sieht von seinem Laptop auf und verzieht angewidert das Gesicht. »Nimm's mir nicht übel, Alter, aber du siehst beschissen aus«, sagt er, klappt seinen Computer zu und mustert meine Augenringe und die verheilende Schramme an meiner Wange. Die ist ein Überbleibsel der Prügelei letztes Wochenende, als man mir unten bei Denny's unterstellte, dass ich betrüge. Zum Glück sind die Jungs, die da abhängen, ein Haufen Weicheier, weshalb ich mit wenigen Kratzern davonkam und selbst ordentlich austeilen konnte. Doch leider kann ich mich in dem Laden nicht mehr blicken lassen und muss mir was anderes suchen, wo ich ein bisschen Geld machen kann.

»Halt die Fresse«, knurre ich Seth an und fahre mir mit der Hand durchs Haar. Es wird irgendwie zottelig, weil ich es schon länger nicht mehr schneiden ließ. Aber eigentlich ist es mir auch egal.

Seth zeigt mir den Stinkefinger und verdreht die Augen. »Du musst über diesen Mist hinwegkommen. Im Ernst. Das bringt dich noch um.«

»Über was hinwegkommen?« Ich stelle mich blöd.

Wieder verdreht er die Augen. »Ich würde es dir ja sagen, nur wage ich nicht, ihren Namen auszusprechen, weil du dann wieder diesen Angeschossenes-Bambi-Blick kriegst und mir anschließend den Kopf abreißt.«

»Ich bin kein angeschossenes Bambi«, kontere ich schroff und schlucke, weil ich einen Kloß im Hals habe. Ich reiße meine Jacke vom Tresen, bevor ich zum Kühlschrank gehe. »Wo zur Hölle ist die Flasche Jack Daniels hin? Und der Wodka?«, frage ich.

Seth schiebt seinen Laptop zur Seite, steht vom Sofa auf und kommt hinüber zum Küchentresen. »Die hast du gestern Abend ausgeschlürft, ehe du weg bist, wohin auch immer.« Er wartet, dass ich ihm erzähle, wo ich war, aber das tue ich nicht. Ich kann mich ja kaum an die letzten fünf Minuten erinnern, geschweige denn an das, was vor fünf Stunden war.

Nachdem ich die Kühlschranktür zugeknallt habe, öffne ich den Schrank daneben, wo Greyson, Seths fester Freund und mein Freund und Mitbewohner, seinen Vorrat an Cherry-Wodka lagert. »Es stört ihn doch nicht, wenn ich hiervon was trinke, oder?«, frage ich Seth und greife nach der Flasche, die nur noch ein Viertel voll ist.

Seth lehnt sich achselzuckend an den Tresen. »Ich glaube nicht, dass es ihm was ausmacht, wenn was weg ist, weil er selten trinkt.« Er zögert. »Aber ich denke schon, dass es ihn stört, wenn *du* das trinkst.«

Ich nehme die Flasche, weil ich etwas will – *brauche*. Schon bei dem Gedanken daran zittere ich. Und vor allem fange ich wieder an, zu viel zu denken. »Ich trinke immer.«

»Ja, aber …« Seth verstummt und reibt sich den Nacken.

Ich sehe ihn wütend an. »Was, aber? Raus damit!«

Er seufzt und lässt seinen Arm zur Seite sinken. »Hör mal, ich kapier das mit dem Saufen. Ich trinke ja selbst irre viel, aber Greyson und ich haben geredet, und anscheinend …« Verlegen tritt er von einem Fuß auf den anderen. »Du trinkst in letzter

Zeit viel mehr, also ungefähr seit einem Monat oder so.«

»Du meinst, seit Violet weg ist.« Ich ignoriere das Messer, das mir in die Brust fährt, was mit dem Wodka in der Hand leichter ist.

Seth nickt zögerlich. »Ja, in etwa.« Er atmet pustend aus und streicht mit den Fingern durch sein blondes Haar. »Hör mal, ich weiß nicht, was da gelaufen ist zwischen dir und Vio...« Er bricht ab, als er mein Gesicht sieht. »Ihr. Aber es ist offensichtlich, dass es dir beschissen damit geht, und vielleicht ... Vielleicht überlegst du mal, es mit den Shots oder dem, was du nachts so treibst, etwas ruhiger anzugehen.« Er sieht sehr deutlich zu meiner ungewaschenen Jeans und dem zerknautschten Karohemd, dann wieder in meine Augen. »Langsam fällt es schon auf. Ernsthaft, du siehst wie ein Untoter aus. Und was ist mit dem Footballtraining? Fängt die Spielzeit nicht in ein paar Wochen an? Müsstest du dich nicht in Form bringen, oder was immer ihr Sportler macht, um euch für die Spielzeit vorzubereiten?«

Er sagt mir lauter Sachen, die ich schon weiß und die mir egal sind. Deshalb pfeife ich auf ihn und drehe den Flaschendeckel auf. »Mir geht es gut. Ich mache nichts, womit ich nicht klarkomme. Und ich trainiere die ganze Zeit.« Das ist gelogen. Ich lasse mich hängen, was mein bester Freund Kayden neulich bemerkte, als ich nicht zum Work-out kam. Aber noch habe ich nicht viel Muskelmasse verloren oder irgendwas, und ehrlich gesagt fällt es mir schwer, mich zum Work-out aufzuraffen, was komisch ist. Normalerweise brauche ich Struktur und Ordnung, die bei mir derzeit völlig im Eimer sind. Das Einzige, was ich noch auf die Reihe kriege, ist das College.

Seth schüttelt den Kopf. »Das ist der größte Haufen Blech, den ich je von dir gehört habe. Dir geht es nicht gut – gar nichts ist bei dir mehr gut. Ich glaube sogar, dass du noch ungefähr zwei Sekunden von dem totalen Zusammenbruch entfernt bist.«

Ich neige den Kopf nach hinten, um einen Schluck zu trinken. Die brennende Flüssigkeit benetzt meine Mundhöhle, und sofort fühle ich mich zigmal besser. Ich trinke einen großen Schluck, achte nicht auf das Kirscharoma, dann nehme ich die Flasche herunter. »Seit wann sorgst du dich so um mein Leben?« Ich wische mir mit dem Handrücken den Mund ab.

Enttäuscht von irgendwas schüttelt er den Kopf. »Seit es dich offensichtlich nicht mehr interessiert.«

Ich stopfe den Wodka in meine Tasche, hänge sie mir über die Schulter und dränge mich an Seth vorbei zur Wohnungstür. »Mich interessiert mein Leben.« *Das ist gelogen.* »Sonst würde ich ja wohl nicht jeden Tag aufstehen und in die Kurse gehen.«

Wieder gelogen. Ich gehe nur deshalb hin, weil ich a) ein schräges Bedürfnis nach Struktur habe und das College das Einzige ist, was sie mir noch gibt, und ich b) nur da Violet sehen kann. Sie die letzte Woche regelmäßig zu sehen war es wert gewesen, mich jeden Morgen dahin zu quälen. Und obwohl es tierisch wehtut, wenn ich sie sehe, muss ich den Schmerz aushalten, weil ich sie sehen will.

Seth öffnet den Mund, um zu widersprechen, aber ich drehe mich weg von ihm und gehe aus der Wohnung. Glücklicherweise ist das College in fußläufiger Entfernung, sonst hätte ich Seth bitten müssen, mich zu fahren. Es ist ganz passables Wetter, und ich versuche, mich darauf zu konzentrieren, als ich zu meinem Kurs gehe. Aber dann klingelt das Telefon in meiner Tasche. Der Klingelton ist vertraut, und mit ihm verflüchtigt sich jede Hoffnung auf einen guten Tag. Zwar will ich nicht rangehen und mit ihr reden, doch ich will auch hören, was sie zu sagen hat – will ich immer, in der vagen Hoffnung, dass ihr endlich irgendwas rausrutscht, das den Ermittlungen hilft und zu ihrer Verhaftung führt.

»Was willst du?«, melde ich mich nach dem dritten Klingeln, während ich auf den Gehweg stolpere.

»Hey, Lukey«, antwortet meine Mom in ihrem typischen Singsang. Ob der an ihrem Wahnsinn liegt oder sie high ist, kann man nicht mehr unterscheiden. »Wie geht es meinem kleinen Jungen?«

»Ich bin nicht dein kleiner Junge.« Ich überquere die Straße und stolpere über den Kantstein. »Also hör auf, mich so zu nennen.«

»Ach, aber du wirst immer mein kleiner Junge sein«, antwortet sie, als ich die andere Straßenseite erreiche und weitergehe. »Wann kommst du nach Hause?«

Wut brennt in mir, gleich einem lodernden Feuer in meiner Brust, während ich an alles denke, was sie mir in dem Höllenloch antat, das sie Zuhause nennt. Wie sie immer tat, als wäre es nichts, was sie mit mir und meiner Schwester machte. Wie sie es schaffte, mein Leben auch noch zu ruinieren, als ich nicht mehr daheim wohnte. Dass sie jemanden ermordet haben könnte oder zumindest daran beteiligt war. All der Schaden, den sie angerichtet, all die Leben, die sie ruiniert hat.

»Ich komme nie wieder!«, sage ich so giftig, dass ein Typ auf der Straße zur Seite springt, als wäre ich irre. »Ich habe jetzt ein Leben. Hier. Weg von dir und allem, was du getan hast und noch tust.«

»Was soll das denn heißen?« Sie klingt gekränkt, genau wie an dem Tag, als sie mich anrief und fragte, warum ich der Polizei erzählt habe, dass sie etwas mit einem Doppelmord vor fast vierzehn Jahren zu tun gehabt haben könnte. Sie leugnete alles: den Song, die Nacht, in der sie blutverschmiert nach Hause kam. Dabei hatte ich es gesehen. Und bei unserem nächsten Telefonat leugnete sie bereits, dass ich der Polizei irgendwas erzählt hätte. Als glaubte sie, dass sie nur vorgeben müsse, es wäre nicht passiert, damit es nicht mehr existierte. Aber es existiert. Sie hat ein Leben ruiniert. Sie hat andere Leben vernichtet. Sie hat Dinge getan, für die sie bezahlen muss und für die ich immer bezahlen werde, weil ich ihr Kind bin.

»Du weißt, was das heißt«, sage ich. »Hör auf, dich dumm zu stellen.«

»Nein, weiß ich nicht«, lügt sie. Oder vielleicht auch nicht. Oder für sie ist das alles ein Spiel. Vielleicht ist sie krank. Braucht Hilfe. Ich weiß es wirklich nicht, aber die meiste Zeit meines Lebens frage ich mich das schon. Ob mit ihrem Kopf irgendwas nicht stimmt. Trotzdem muss sie eingesperrt werden, damit sie niemandem etwas tun kann.

»Hast du wieder mit der Polizei gesprochen?« Ich gehe durch den Vorgarten eines Hauses und springe über den Zaun, um die Abkürzung durch eine schmale Gasse zu nehmen.

»Nein, nicht mehr seit dem Abend letzte Woche, von dem ich dir erzählt hatte … warum?«

»Ich frage mich nur, ob du noch Schwierigkeiten hast«, antworte ich und halte mich an einem Zaun fest, weil mir auf einmal mörderisch schwindlig wird. »Oder ob du endlich zugegeben hast, was du getan hast.«

»Ich hatte nie Schwierigkeiten. Die haben mir gesagt, dass sie die Falsche haben und alles vorbei ist. Und dass derjenige, der sie angerufen hatte, nie wieder anrufen wird.« Sie stockt. »Lukey, bitte komm nach Hause. Ich bin einsam. Denk dran, wie Amy mich verlassen hat – uns verlassen hat. Sei nicht so wie sie. Verlass mich nicht.«

»Ich komme nicht mehr zurück.« Am Ende der Gasse laufe ich über die Straße zum Campus, wo alles voller Bäume, grünem Gras und Leuten ist, die vom Parkplatz kommen oder zum Parkplatz gehen.

»Du musst«, jammert sie. »Ich halte dieses leere Haus nicht mehr aus … das Alleinsein … dann muss ich daran denken, böse Sachen zu machen.«

Ich bleibe auf dem Gehweg am Rand der Rasenfläche stehen. Angst und Wut toben in mir, weil sie es schon wieder tut. »Lass den Scheiß, Mutter.«

»Du musst nach Hause kommen, bevor etwas Schlimmes passiert.«

Jetzt hasse ich sie noch mehr. Ich hätte nicht gedacht, dass das möglich ist, aber anscheinend ist es das. Zorn brodelt in mir, nimmt mich vollständig ein. »Ich komme nie wieder. Bei dir passiert doch der ganze üble Scheiß!«

»Doch, du kommst! Du kommst!« Sie schluchzt hysterisch, und mit jedem Schluchzen wird mein Hass auf sie größer. Ich werde so wütend, dass ich in meinem Zorn ertrinke und mich aus dem grellen Rot kämpfen muss, das mich blendet. Schließlich ertrage ich es nicht mehr und lege auf. Aber die Wut brodelt noch unter meiner Haut, versengt mich, bringt mich um.

Ich hole mehrmals tief Luft, dann nehme ich den Wodka aus meiner Tasche. Ich stürze den Rest herunter. Mir ist klar, dass ich meinen Körper bis an die Grenzen seiner Funktionsfähigkeit bringe, aber ich brauche die Taubheit dringender als die Luft zum Atmen. Ich muss diesen Hass in mir löschen.

Hinterher werfe ich die Flasche in eine leere Mülltonne in der Nähe und gehe über den Campus-Innenhof. Dabei remple ich andere aus dem Weg, mal aus Versehen, mal absichtlich, doch keiner sagt einen Mucks. Bis ich vorm Haupteingang bin, sind die Bäume und die Gebäude schon verschwommen, und ich sehe nur rot. Ich bin so voller Wut und Hass. Beinahe drehe ich um und gehe wieder nach Hause, weil ich es übertrieben habe und wahrscheinlich lieber zurückgehen und ins Koma fallen sollte. Dann aber sehe ich etwas, das mich erstarren lässt. Ein verbeulter grauer Cadillac fährt vor dem Hauptgebäude vor.

Violet.

Es wäre okay gewesen – ja, sogar gut –, wäre es nicht dieses Arschloch Preston, der sie absetzt. Der Typ ist ein schmieriger Perverser, der Drogen verkauft und Violet zwingt, für ihn zu dealen. Ganz abgesehen davon, dass er sie schon geschlagen hat. Ich kann immer noch nicht fassen, dass sie zu ihm zurückgekehrt ist. Allein der Gedanke daran, dass die beiden unter einem Dach leben, löst ein Brennen auf meiner Haut aus, als hätte ich lauter entzündete Wunden. Ich hatte nach ihr gesucht und herausgefunden, dass sie wieder bei ihm eingezogen war, doch sie ging nie an ihr Telefon und beantwortete meine Nachrichten nicht. Am ersten Semestertag sah ich sie wieder, und sie tat, als gebe es mich gar nicht. So ist es seitdem an jedem verdammten Tag.

Ich bleibe bei den Bäumen stehen und beobachte, wie sie aus dem Wagen steigt. Sie trägt eine enge schwarze Hose, eine schwarze Weste und ein lila Top, das gerade kurz genug ist, um einen schmalen Hautstreifen aufblitzen zu lassen. Ich weiß, dass dort ein Tattoo ist: ein Muster von Kurven und Blumen, das sich ihren Brustkorb hinaufrankt. Ihr schwarzrotes Haar ist offen, und unweigerlich denke ich an die wenigen Male, die ich meine Finger hineingetaucht und daran gezogen habe, worauf Violet stöhnte.

Gott, ihr Stöhnen war unglaublich! Was würde ich geben, es wieder zu hören. Meine Finger tun weh, so gerne wollen sie Violet wieder berühren. Stattdessen beobachte ich aus der Ferne, wie sie die Wagentür zuwirft und sich zum Eingang des Colleges umdreht. Dann steigt Preston aus irgendeinem Grund aus. Und als er etwas sagt, bleibt sie nahe dem Gehwegrand stehen. Sie dreht sich nicht um, blickt nur geradeaus zu dem Klinkerbau, während Preston hinten um den Wagen herum zu ihr geht. Wüsste ich es nicht besser, würde ich glauben, dass sie ein Paar sind, so wie er hinter sie tritt, seine Hände an ihre Hüften legt und sich über ihre Schulter lehnt. Er presst sich von hinten gegen sie.

Ich sehe ein grellrotes Blitzen, fühle Feuer in meiner Brust, das sich auf meinen ganzen Körper ausbreitet. Ich will hingehen und ihm die Faust ins Gesicht schmettern, immer wieder. Ich will sehen, wie sehr ich ihn verletzen kann, besonders als er ihr etwas ins Ohr flüstert. Dann befeuert er meinen Zorn noch, indem er seine Hand in Violets Gesäßtasche schiebt. Entweder betatscht er sie, oder er steckt ihr etwas zu. So oder so nervt es, und der Drang, hinüberzugehen und ihm zu sagen, dass sie mir gehört, überwältigt mich. Ich mache einen Schritt in die Richtung, dann noch einen, raus aus dem Schatten der Bäume. Ich weiß selbst nicht, was ich tun will; aber dann bleibe ich abrupt stehen, denn Violet dreht sich um und lässt sich von Preston küssen.

Die rote Tönung meines Sichtfelds löst sich auf. Alles um mich herum kippt weg, und nichts ergibt mehr einen Sinn. Mir wird eiskalt, und ich frage mich, ob ich eben gestorben bin. Mir wird schmerzlich bewusst, dass es vorbei ist. Während ich den letzten Monat ihr und dem nachtrauerte, was wir hatten, hat Violet alles hinter sich gelassen. Hat etwas Neues angefangen. Und ich stecke in der Vergangenheit fest, unfähig, ihr zu entkommen.

VIOLET

Ich kann nicht glauben, was gerade passiert ist. Preston hat mich in aller Öffentlichkeit geküsst. Ausgerechnet hier! Es ist eine Sache, wenn er es im Haus macht, wo ich die Augen schließen und es einfach über mich ergehen lassen kann. Aber draußen, vor Leuten, fühlt es sich zu real an. So schräg und falsch. Und ich fühle mich eklig.

Ich will zurückweichen, doch dann steckt er genug Gras in meine Tasche, dass ich geliefert wäre, würde ich damit erwischt. Und er sagt, dass ich das bis abends verkaufen muss, oder ich fliege aus dem Haus. Ich erinnere mich an alles, was ich verlieren würde. Viel ist es nicht, aber alles, was ich momentan habe.

Nachdem er weggefahren ist, stehe ich da, schwach und erbärmlich, und ich hasse mich dafür. Bis ich die Tür zu meiner ersten Lehrveranstaltung erreiche, brodeln alle möglichen Gefühle in mir, und ich möchte dringend weg von hier, den Kurs schwänzen und irgendwas Wahnsinniges tun. Das Problem ist, dass ich nie Kurse schwänze. Es ist mein einziges Ziel im Leben – das Einzige, was ich zustande bringe.

Beim Betreten des Raums bin ich ein bisschen abgelenkt und reagiere zu langsam, als jemand gleichzeitig mit mir durch die Tür geht. Unsere

Schultern stoßen zusammen, und ich stolpere zurück. Die wütende Violet kommt hoch und will jemanden zusammenschlagen.

»Wo hast du denn laufen gelernt?«, frage ich mit eisiger Stimme. Doch noch während ich es sage, rieche ich Wodka, Zigaretten und Eau de Cologne; dieser Geruch ist mir sehr vertraut. Ich blicke nach oben und sehe sehr ernste braune Augen, ein unrasiertes Kinn, zotteliges braunes Haar und einen gequälten Ausdruck, der garantiert zu meinem passt. »Luke.« Ich will es gar nicht laut sagen. Es rutscht mir heraus. Aus nächster Nähe sieht er furchtbar aus. Er hat eine Wunde an der Wange, dunkle Augenringe und wirkt völlig fertig. Mir wird flau, denn ich frage mich, ob es meine Schuld ist, dass er so aussieht. Ich will ihn fragen, was passiert ist, werde jedoch von Emotionen durchgepeitscht, die mich mit unsichtbaren Rasierklingen durchfahren, so stark und schmerzhaft, dass ich kaum atmen kann. Ich will ihn dringend berühren, ihn küssen, seine Zunge an meiner fühlen. Verzweifelt wünsche ich mir alles zurück, was wir vor ein paar Monaten hatten: all die vielen schönen Momente, in denen wir uns so nahe waren. Sogar die lachhaft kitschigen Dates und das Flirten, obwohl ich normalerweise keines von beiden besonders leiden kann. Mit Luke aber war es anders. All das hätte ich jetzt wirklich gerne zurück, wenn ich dadurch loswürde, was ich empfinde.

Doch das geht nicht. Nichts kann die Vergangenheit ausradieren, und allein ihm nahe zu sein erinnert mich an meine Eltern. Und daran, wie ich von ihm weggelaufen bin und was ich mit Preston getan habe.

Ich sollte von ihm weggehen, kann mich jedoch nicht dazu durchringen, denn seit zwei Monaten fühle ich mich zum ersten Mal wieder lebendig. Auch wenn ich es ungern zugebe: Es ist wahr. Ich war innerlich tot, wie so viele Jahre schon. Nicht hingegen in diesem Moment. Und offensichtlich kann er auch nicht weg. Also stehen wir da, starren uns an und hängen irgendwo zwischen der Realität und der Fantasiewelt fest, von der wir beide wünschen, sie würde existieren. Ein Land, in dem die Monster nie nachts bei mir zu Hause aufgetaucht sind und seine Mutter keine von ihnen war. Wo wir einander berühren könnten und nicht denken müssten. Wo wir zusammen sein könnten und nicht leiden müssten. Wo wir waren, bevor wir die Wahrheit entdeckten.

Es ist das erste Mal seitdem, dass wir uns so nahe sind, und es ist intensiver und mächtiger, als ich mir vorgestellt hatte. Wir sprechen nicht, bewegen uns nicht und atmen nicht. Nicht einmal, als andere Leute zwischen uns hindurch in den Raum gehen. Wir können die Augen nicht voneinander lassen, unser beider Atem geht unregelmäßig. Je länger wir uns ansehen, desto verwirrter wirkt er und desto verlorener fühle ich mich, weil ich nicht gehe. Stattdessen zieht es mich zu ihm. Vielleicht falle ich auch eher. Ich bin mir nicht sicher. Und will mir nicht sicher sein. Was ich will, ist, dass die Zeit in genau diesem Moment stehen bleibt, damit wir uns nie wieder rühren müssen.

Aber dann öffnet er den Mund, und alles um mich herum setzt sich wieder in Bewegung. Ich habe keine Ahnung, was er sagen will. Ob ich es hassen werde. Ob es mir gefällt, ich es vielleicht sogar hören will. Und vielleicht nehme ich es auch an.

Das werde ich nie erfahren, denn der Professor kommt herein und zerbricht den Moment wie Glas, das in scharfkantige Scherben zerspringt. Uns beiden wird abrupt bewusst, dass Wunschträume eben nur Träume sind und nicht real, es sei denn, man lebt in einem Märchen.

Kapitel 3

LUKE

Ich fliehe aus dem College. Heute halte ich es nicht aus, im selben Gebäude zu sein, sie zu sehen, sie anfassen, küssen, vögeln zu wollen. Wir waren uns so nahe, und all das Verlangen und die Sehnsucht zerreißen mich, obwohl ich fünf Minuten vorher gesehen hatte, wie sie einen anderen küsste. Ich wollte sie mehr als alles andere, gleich da auf dem Korridor, vor aller Augen. Und ich war betrunken genug, um es zu versuchen. Aber dann kam der Professor und machte diesen Moment kaputt. Und ich schwöre bei Gott, etwas zerbrach in mir.

Den ganzen Kurs über sitze ich hinten und beobachte, wie sie sich Notizen macht. Es ist die reine Folter. Danach beschließe ich, dass ich hier verdammt noch mal raus muss, also verlasse ich den Campus, statt zum nächsten Kurs zu gehen. Ich überlege, meinen besten Freund anzurufen, Kayden Owens, und zu hören, was er macht, aber eigentlich ist mir nicht nach Gesellschaft. Mir ist eher nach irgendwas, das mich ablenkt. Etwas Gefährlichem.

Etwas Riskantem, das mir die Chance auf Ärger und eine Prügelei bietet.

Ich gehe in die Wohnung zurück und hole mein Geld aus der Sockenschublade. Insgesamt habe ich dreitausend, von denen ich die Hälfte abzuzählen anfange, dann aber alles mitnehme. Ich stopfe das Geld in meine Tasche und gehe zur Tür, bleibe allerdings stehen, als ich sehe, dass ich vergessen hatte, Amys Tagebuch wegzupacken. Es ist noch an der Stelle aufgeschlagen, zu der ich letzte Nacht willkürlich geblättert hatte. Dort beschreibt sie, wie sie depressiv wird, kurz nachdem Caleb sie vergewaltigt hatte. Hätten wir das doch nur früher gefunden, dann hätte sie vielleicht Hilfe bekommen können.

Ich kann so nicht mehr leben. Ich kann mich so nicht fühlen. Ich will wieder normal sein, nicht so krank und falsch im Innern. Ich will mich wieder wie Amy fühlen.

Ich schlage das Buch zu und schiebe es unter mein Kopfkissen. Der Gedanke verfolgt mich, als ich betrunken aus der Wohnung torkle und zu den Apartments an der Ecke 5th und Grove gehe. Die Gegend sieht nett aus, dennoch weiß ich, dass ich mich an einen sehr gefährlichen Ort begebe. Ich kenne die Geschichten von hier, was die Typen anstellen und was einen erwartet, wenn man denen querkommt. Mir fehlt allerdings der Wille, mich darum zu sorgen.

Als ich auf die Haustür zugehe, klingelt mein Telefon. Ich hole es aus der Tasche und sehe Kaydens Namen auf dem Display. Mir ist klar, dass er mich fragen will, warum ich nicht im Kurs war und ob ich zum Work-out mitkomme. Sage ich Nein, wird er Fragen stellen, und mir haben schon die von Seth heute Morgen gereicht. Also lasse ich ihn auf die Mailbox sprechen und gehe weiter. Bevor ich die Eingangshalle betrete, rufe ich Toverson an, den Typen, der mich vor ein paar Wochen zu einem Spiel hierher eingeladen hatte.

Er meldet sich nach dem vierten Klingeln. »Was gibt's?«

»Hey, hier ist Luke.« Ich schirme meine Augen mit einer Hand gegen die Sonne ab und lehne mich an die Haustür. »Ich wollte auf dein Angebot zurückkommen und bei einem Spiel mitmachen.«

»Wo steckst du gerade?«, fragt er. Ich kann Stimmen und das Klimpern von Poker-Chips sowie laute Musik im Hintergrund hören. Da will ich sein, sehne mich nach der Einsamkeit, die es mir bringt, so wie es früher war, wenn ich irgendwelche Frauen vögelte – bevor ich Violet kennenlernte.

»Genau genommen bin ich unten vorm Haus.« Ich sehe durch die Tür zu dem Sicherheitsmann, der hinter dem Empfangstresen hockt und mich misstrauisch beobachtet.

»Du weißt Bescheid, dass der Einsatz hoch ist, oder?«, fragt er, und der Lärm im Hintergrund ebbt ab. »Das sind mehr als die Hundert wie bei Denny's.«

»Ja, ich weiß. Ich habe dreitausend dabei.«

Er stockt, und Sekunden später höre ich, wie eine Tür geschlossen wird. Der Hintergrundlärm ist ganz verstummt. »Ist nicht böse gemeint, aber woher hast du so viel Asche?«

»Hab ich gespart.« Ich erzähle ihm nicht, dass es alles ist, was ich habe, denn das geht ihn nichts an.

»Na gut, ich mache dir auf«, sagt er und macht wieder eine Pause. »Nur eine kleine Warnung. Die Typen hier sind anders drauf als die bei Denny's, also sei vorsichtig. Wenn sie dich bei irgendwas erwischen, das ihnen nicht gefällt, kommst du nicht mit einem Klaps auf die Finger davon.«

»Alles klar«, sage ich. Er will mir sagen, wenn ich schummle, bin ich im Arsch.

Ich schummle allerdings immer, und ich habe nicht vor, jetzt damit aufzuhören. Das würde dem Spiel die Spannung nehmen, die ich brauche. Trotzdem zögere ich kurz. Mein Alkoholpegel hat sich gerade so weit gesenkt, dass ich nicht ganz so benebelt bin, und beinahe kneife ich. Das Gefühl verstärkt sich noch, als mir ein Typ die Tür öffnet, der ungefähr das Dreifache von mir ist. Aber der Alkohol wirkt wieder, und ich folge ihm nach drinnen und in den zweiten Stock. Als er mich in die Wohnung führt, geht es mir um Klassen besser: Tische, schwarze, rote, weiße und blaue Chips. Der

Qualm. Der Schnaps. Überall Frauen. Gefahr. Risiko. Schlagartig fühle ich mich gut. Hier ist alles, was mich ablenkt – wonach ich süchtig bin –, und ich will es.

VIOLET

Die Kurse ziehen sich länger hin als sonst. Vielleicht liegt es an meiner Begegnung mit Luke. Oder es ist, weil ich weiß, dass ich hinterher auf die Suche gehen muss: nach einem Typen, der eine Menge anderer Typen kennt, die gerne high sind. Zuerst war ich sauer gewesen, dass Preston das an einem Montag von mir verlangt, aber nach dem unverhofften Wiedersehen mit Luke bin ich um ein wenig Ablenkung richtig froh. Vielleicht brauche ich es, wieder das Mädchen zu sein, das sich aufmotzt, seine Rolle spielt und dem alles und jeder völlig egal sind.

Nach meinem letzten Kurs gehe ich in den Waschraum und schlüpfe in das Outfit, das ich für solche Fälle immer dabeihabe: ein kurzes, schwarzes Kleid, das meine Beine betont. Dazu lege ich roten Lippenstift auf und ziehe glitzernde High Heels an. Ich sehe wie eine Nutte aus, aber das soll ja irgendwie auch so sein. Ich ziehe das jetzt durch und spiele die Verführerin. Ich bin wieder jenes Mädchen.

»Ich kann das«, murmle ich meinem Spiegelbild zu. Doch das Mädchen im Spiegel sieht nicht überzeugt aus. Nach einem kurzen Moment drehe ich mich weg, lehne mich ans Waschbecken und rufe da an, wo ich mindestens einmal die Woche anrufe.

»Hallo, Detective Stephner hier«, meldet er sich nach dem zweiten Klingeln.

»Hier ist Violet«, sage ich, schließe die Augen und kreuze die Finger, dass er vielleicht diesmal endlich gute Neuigkeiten hat. »Violet Hayes. Ich wollte nur mal … nachfragen, ob es was Neues gibt.«

An seinem Seufzen erkenne ich schon, dass sich nichts getan hat. »Violet, ich weiß, dass Sie mehr wissen wollen, und das wollen wir auch, aber glauben Sie mir, diese Dinge brauchen Zeit.«

»Es sind schon fast zwei Monate.«

»Ja, ich weiß. Wir arbeiten noch daran, einen Durchsuchungsbefehl zu bekommen.«

»Geht das nicht schneller?«, frage ich gereizter als beabsichtigt. »Entschuldigen Sie. Es macht mich nur langsam wahnsinnig.«

»Verstehe ich«, antwortet er. »Und ich gebe auch keine Ruhe, bis dieser Fall geklärt ist, ehrlich. Trotzdem bitte ich Sie zu warten, bis ich Sie anrufe. Ich melde mich, sobald sich etwas tut.«

»Tut mir leid, dass ich Ihnen auf die Nerven gehe«, murmle ich und öffne die Augen.

»Sie gehen mir überhaupt nicht auf die Nerven.

Ich möchte einfach nur, dass Sie sich weniger Stress machen und versuchen, ein normales Leben zu führen«, sagt er. »Und wo ich Sie schon mal in der Leitung habe, was ist mit diesem Reporter? Hat er aufgehört, Ihnen SMS zu schreiben?«

»Ja, hat er.« Ich richte mich auf und hebe meine Tasche vom Fußboden. »Danke, dass Sie das Näherungsverbot arrangiert haben.«

»Jederzeit gerne.« Er verstummt, und ich weiß schon, was als Nächstes kommt, ehe er fragt: »Was ist mit dem Sohn von Mira Price? Haben Sie mit ihm gesprochen, seit ich ihn zur Befragung hier hatte?«

»Nicht so richtig.« Meine Brust wird eng, und alle Luft weicht aus meiner Lunge. *Hör auf! Stell das ab!*

»Ich denke, das ist auch besser so«, sagt er. »Jedenfalls fürs Erste.«

Ich verstehe, was er sagt, aber es kommt mir so falsch vor. Besser so? Wenn das besser ist, warum tut es dann so weh? »Ich muss Schluss machen«, sage ich. »Mein nächster Kurs fängt gleich an.«

»Okay. Und rufen Sie mich an, wenn ich irgendwas für Sie tun kann.« Gemeint ist, dass ich ihn nur anrufen soll, wenn ich irgendwas brauche, was nichts mit den Fortschritten bei seiner Ermittlung zu tun hat.

Nach dem Telefonat reiße ich mich zusammen und gehe zuversichtlich aus dem Waschraum, bereit, mich auf die Jagd zu machen – *die ideale Ablenkung*. Doch kaum bin ich draußen, verlässt mich jeder Elan. Viel lieber würde ich versuchen, mich zu ertränken, statt auf dem Campus zu stehen und nach einem Idioten zu suchen. Je länger ich mich umsehe, umso dringender will ich weg. Soll Preston mich doch bestrafen, wie er Lust hat. Hiernach ist mir jedenfalls nicht, und ich will schon aufgeben, als das Telefon in meiner Tasche klingelt.

Ich hole es heraus und entriegle das Display. Eine SMS von einer unbekannten Nummer. Das ist nichts Besonderes. Solche Nachrichten kommen immerzu.

`Unbekannt: Ich weiß, was mit Deinen Eltern passiert ist.`

Und es geht wieder los. Ich schüttle den Kopf, denke an Stan und einige der anderen Anrufe und Textnachrichten, die ich bekommen habe, seit der Fall wieder öffentlich wurde. Ich überlege, was ich antworten soll.

`Ich: Ja, ich glaube, jeder weiß das, Idiot. Sie wurden ermordet. Danke für die Erinnerung. Das war supernett von Dir.`

Ich will das Telefon wieder einstecken, als es in meiner Hand vibriert. Seufzend öffne ich die Nachricht.

```
Unbekannt: Aber ich weiß, wer es war.
```

Mit angehaltenem Atem lese ich die Nachricht immer wieder. Und für einen sehr kurzen, sehr naiven Moment frage ich mich ernsthaft, ob diese Person wirklich etwas wissen könnte – vielleicht über Mira oder den anderen, der in jener Nacht da war. Aber am Ende beschließe ich, dass es wahrscheinlich nur ein verfluchtes Arschloch ist, wie Stan der Reporter und einige andere, die ich auf meinen Abstechern zur Polizei getroffen habe. Ich hatte sogar einen Anruf von jemandem, der mir Informationen anbieten wollte, wenn ich ihm dafür einige scheußliche Einzelheiten dessen beschreibe, was ich in der Nacht gesehen habe. Ich war nicht so blöd zu glauben, ein Reporter könne mehr wissen als die Polizei und ich, deshalb habe ich ihm gesagt, er soll sich ins Knie ficken.

Ich will gerade zurückschreiben und den Typen zum Teufel jagen, als ich jemanden sagen höre: »Bist du Violet?«

Vor mir steht ein Kerl, und ich verkrampfe mich, als mir unzählige Gedanken durch den Kopf rauschen, wer das sein kann. Ein Reporter. Ein Polizist. Der andere, der in der Nacht da war, als meine Eltern umgebracht wurden. Nein, für Letzteren sieht er zu jung aus.

Er hat ein gestreiftes Hemd an, die Ärmel aufgekrempelt, und eine Markenjeans. Seine Schuhe glänzen mehr als mein Lipgloss. »Du bist doch Violet, oder?«

Meine Angst lasse ich mir nicht anmerken, obwohl mein Herz wummert. »Warum? Wer will das wissen?«

Ein träges Lächeln tritt auf seine Züge, und er reicht mir die Hand. »Ich bin Roy. Preston hat gesagt, dass ich dich wahrscheinlich hier finde und du dich mir und meinen Kollegen anschließen würdest.«

»Hat er das, ja?« Ich entspanne mich ein wenig. Preston kennt meinen Tagesablauf ein bisschen zu gut, schätze ich. Und dieser Hinterhalt gefällt mir nicht. »Ja, die bin ich.«

Sein Lächeln wird breiter, auch wenn er die Stirn runzelt, weil ich ihm nicht die Hand schüttle. »Gut, dann komm mit.«

Ich rühre mich nicht von meinem Flecken unter dem Baum. »Okay, ich muss nur vorher bei Preston nachfragen, ehe ich mit irgendeinem Typen irgendwo hingehe, der aussieht, als könnte er ein Anwalt sein und mich in eine Falle locken.«

Er wird zunächst ernst, dann grinst er und nickt. »Na klar. Verstehe ich.«

»Gib mir eine Sekunde.« Ich gehe ein Stück auf Abstand, außer Hörweite, und rufe Preston an.

»Hey, meine Schöne.« Preston klingt high und scheint eine Party zu geben, dem Lärm nach zu urteilen. »Ich habe deinen Anruf schon erwartet.«

»Warum? Weil du mir einen reichen Idioten herschickst, ohne mir Bescheid zu sagen?« Ich sehe zu Roy, der ein Mädchen in einem kurzen Rock angafft, das sich nach einem Papier bückt, das es fallen gelassen hat, und bei der Gelegenheit dem ganzen Campus zeigt, was es zu bieten hat.

»Das war ein Test«, erklärt Preston schlicht. »Ich wollte sichergehen, dass wir künftig keine Reinfälle mehr haben.«

Ich verdrehe die Augen. »Und? Habe ich bestanden, oder bin ich durchgefallen?«

»Du hast bestanden«, sagt er, und ich höre, dass er grinst. »Was bedeutet, dass es für dich heute Abend nur gute Strafen gibt.«

Mir wird das Herz ganz schwer. Bald werde ich wirklich innerlich vollkommen leer sein. »Wenn dieser Test jetzt vorbei ist, mache ich mich wieder auf die Suche – falls das okay für dich ist.«

»Nein, Violet, du gehst mit Roy.« Wegen der Musik redet er laut.

Ich presse einen Finger auf mein Ohr, damit ich ihn besser hören kann. »Warum? Ich denke, das war ein Test?«

»Sicher, aber Roy hat Connections zu dieser privaten Pokerrunde in der edleren Gegend von Laramie, und wenn wir ihn beeindrucken, macht er uns vielleicht zu seinen festen Dealern, was gut wäre. Vertrau mir. Wir kommen an die ganz fetten Typen.«

Ich versuche nicht zusammenzuzucken, als er eine Pokerrunde erwähnt, denn ich weiß, dass Luke bei solchen Spielern herumhängt, und solche Typen sind ein anderes Kaliber als harmlose College-Studenten, die mit ihrem Schwanz denken. »Ich weiß nicht, ob ich diesen Deal will.«

»Violet, vergeig mir das nicht!«, sagt er und wird eindeutig wütend. »Das ist eine große Chance, und wenn du dich einfach normal benimmst, kannst du die rumkriegen. Gib ihnen nur, was immer sie wollen.«

»Ich bin keine Nutte«, erwidere ich und werde richtig sauer. »Ich steige mit keinem von denen ins Bett.«

»Das habe ich ja auch gar nicht gesagt. Aber ich denke, du hast es drauf, wenn du musst«, sagt er. Ich will ihn anschreien, direkt vor Roy, als er hinzufügt: »Hör mal, sicher erwartet keiner von denen, dass du sie fickst oder ihnen einen Blowjob gibst oder so. Lächle nur, zeig ihnen dein Dekolleté, und meine Ware wird den Deal besiegeln. Das Ficken und die Blowjobs kannst du dir für mich später aufsparen. Ja, das wäre mir sogar irgendwie lieber.«

Ich kneife die Augen zu und sage mir, dass ich dichtmachen muss. *Du darfst nichts fühlen.* »Na gut, ich mach's, aber ich schwöre dir, wenn jemand mir erzählt, dass du gesagt hast, ich würde mich um die kümmern, trete ich dir nachher mächtig in die Eier!«

»Ich mag es, wenn du mir schweinische Sachen sagst.« Er kichert. »Und nun zieh los, und mach mich glücklich. Und hinterher kommst du zu mir. Ich vermisse dich jetzt schon.«

Ich könnte gleich hier auf den Rasen kotzen. Genervt schüttle ich den Kopf, sage aber trotzdem, dass es okay ist, weil ich im Grunde keine andere Wahl habe. Dann lege ich auf, gehe zu Roy und lächle, so gut ich irgend kann. »Na gut, Roy, wo wollen wir hin?«

»Oben zur 5th Ecke Grove«, sagt er grinsend und mustert mich. Wir gehen über den Campus und sagen nichts, was mir ganz recht ist. Roy scheint es hingegen nicht recht, denn er fragt: »Spielst du gerne Texas Hold'em?«

Ich zucke mit der Schulter und denke an das letzte Mal, dass ich es mit Luke gespielt habe und er nur ein Handtuch trug. »Ist okay.«

Roy bleibt vor einem schwarzen Mercedes mit getönten Scheiben und blitzenden Chromteilen stehen. »Tja, an deiner Stelle würde ich für den Abend so tun, als würde ich es lieben.«

Ich begreife sofort. »Geht klar.«

Wir steigen in den Wagen, und er lässt den Motor an. Er dreht die Heizung auf, als er merkt, dass ich bibbere, weil es draußen so kalt ist. »Du hättest eine Jacke oder so überziehen sollen.«

Ich sehe zu der Gänsehaut an meinen Beinen. »Eine Jacke gehört nicht zu meiner Uniform«, sage ich und wippe mit den Beinen, um mich aufzuwärmen.

»Ah, verstehe.« Er legt den Rückwärtsgang ein. »Unter dem Sitz ist Wodka, falls du welchen willst.« Dann fährt er aus der Parklücke, dreht das Lenkrad herum und grinst mir zu. »Er könnte dich aufwärmen.«

Ich will ablehnen, weil ich nicht gerne trinke – es macht mich zu verrückt und emotional –, aber mir fällt wieder ein, was ich sein soll. Und wenn ich dies hier versaue, ist das kleine Leben vorbei, das ich habe. Also setze ich mein bezauberndes Lächeln auf – das unechte, das ich schon eine Weile nicht mehr trainiert habe –, greife unter den Sitz und trinke einen Schluck. Ich tue, als wäre alles bestens. Als würde ich nicht in einem Meer aus Schmerzen ertrinken. Als wäre es okay für mich, hier zu sein.

Früher war es so viel einfacher, losgelöst von allen, einschließlich meiner selbst, durchs Leben zu treiben. Aber das war, bevor ich Luke kennenlernte und entdeckte, wie es war, glücklich zu sein. Und das Schlimmste ist das Wissen, dass ich das nie wieder haben werde.

Kapitel 4

LUKE

Ich stecke tief in der Scheiße, aber noch weiß ich nicht, ob es mich interessiert. Irgendein Popsong wird gespielt, leere Gläser bedecken den Tisch, und ich habe mein Geld verdoppelt – hauptsächlich, weil ich schummle, und das auch noch sehr schlampig. Ich sollte wohl vorsichtiger sein, doch ich mache weiter, trinke einen Shot nach dem anderen und habe eine kurvige Brünette auf dem Schoß. Ich habe alles, wonach ich suchte, als ich herkam, und größtenteils fühle ich mich auch gut, solange ich diese verfluchte Stimme in meinem Herzen ignoriere, die mich anschreit, ich solle aufhören. Dass es etwas Besseres für mich gibt als dies hier. Aber was mein verdammtes Herz nicht kapiert, ist, dass sie mich nicht will.

Es sitzen noch drei andere am Tisch: Geraldson, dem das Haus gehört, ist ein großer, bulliger Kerl; die anderen beiden sind ungefähr so groß und schwer wie ich; der eine ist Carson, und der andere, Dougford, traut mir nicht, wie es scheint. Sie sind älter und heftiger als die Leute, mit denen ich sonst spiele. Ich bilde mir sogar ein, eine Waffe hinten in Geraldsons Hosenbund gesehen zu haben, als ich an den Tisch kam. Toverson ist hinten auf der Terrasse und telefoniert, sieht aber immer wieder warnend zu mir hinein.

»Bist du drin oder draußen?«, fragt Carson und wühlt in seinen Chips, während er einzuschätzen versucht, was für ein Blatt ich habe.

Ich sehe auf die Herz-Acht und die Pik-Königin in meiner Hand, dann zu den vier Karten auf dem Tisch: eine Fünf, eine Sieben, eine Neun und ein Bube. Ich will schon passen, da beugt sich die Brünette vor und presst ihre Titten an mein Kinn, sodass mein Gesicht in ihrem Ausschnitt ist.

»Mach schon«, flüstert sie mir ins Ohr und streicht mit ihrem Finger in meinem Nacken auf und ab. »Es ist so scharf, wenn Typen was riskieren.«

Ich will ihr sagen, dass sie sich verpissen soll, in meine Tasche greifen und eine der versteckten Karten herausholen, doch Dougford beobachtet jede meiner Bewegungen von der anderen Tischseite aus. Also werfe ich meine Chips in den Pott und denke, dass meine Gewinne weniger verdächtig sind, wenn ich eine Runde verliere.

»Ich bin drin«, sage ich vollkommen grundlos arrogant.

Carson erwidert mit einem überheblichen Grinsen, aber ich glaube, er tut nur so, als hätte er gute

Karten. Ich lehne mich zurück und begrapsche die Brünette, während der Geber eine River-Karte aufdeckt. Es ist eine Zwei. Scheiße. Ich habe überhaupt nichts. Normalerweise würde ich passen oder die Karten austauschen, doch ich ermahne mich, dass ich verlieren muss, und gehe mit.

Er grinst wie ein Arsch, als er seine Karten hinlegt und ein Paar Königinnen enthüllt. Es kostet mich einiges, die Brünette nicht von meinem Schoß zu stoßen, mich hinüberzubeugen und ihm das Grinsen aus dem Gesicht zu schlagen. Ich weiß, dass die Wahrscheinlichkeit eines solchen Blatts sehr niedrig war, weshalb ich überlege, ob er geschummelt haben könnte. Also entscheide ich, nicht mehr vorsichtig zu sein. Von jetzt an werde ich bei jedem Blatt betrügen.

Um mich zu beruhigen, gieße ich mir einen Shot Tequila aus der Flasche auf dem Tisch ein. Das Brennen fühle ich kaum noch, wie ich überhaupt so gut wie nichts mehr fühle.

Geraldson ist dran mit Geben, deshalb sammelt er die Karten ein, während Dougford ein paar Zigarren aus einer Holzkiste neben sich nimmt. Er schnuppert an ihnen und gibt Geraldson und Carson je eine.

»Rauchst du?«, fragt er mich in seiner Raspelstimme.

Ich zucke mit der Schulter und nehme die Zigarre, die er mir anbietet. Vielleicht hält die mich bei

Laune, bis ich rausgehen und richtig rauchen kann. Manchmal sind die Leute so schräg. Keine Zigaretten in der Wohnung, aber Zigarren sind völlig okay?

Ich zünde die Zigarre an und inhaliere. Es reicht nicht, um die Gier in mir zu stillen, also drücke ich das Teil nach dreimal Paffen im Ascher aus.

»Was denn? Ist die etwa nicht gut genug für dich?«, fragt Carson und sortiert seine Chips nach Farben.

Ich greife nach den Karten, die Geraldson mir gibt. »Nein, ist nur nicht das, was ich sonst rauche.« Meine Anspannung löst sich ein wenig, als ich das Ass in meiner Hand sehe. Auf das verdammte Ass hatte ich schon gewartet, damit ich das in meinem Ärmel einsetzen kann. Besser gesagt: das in meiner Hosentasche.

Ich versuche, nicht zu grinsen, als ich mich für das Spiel bereit mache, da geht die Wohnungstür auf, und ein Typ ungefähr in meinem Alter kommt herein. Er trägt edle Klamotten und grient überheblich.

»Roy, Alter, was geht ab?«, sagt Geraldson, legt seine Karten umgedreht auf den Tisch und steht auf, um den Typen einhändig zu umarmen.

»Nicht viel«, sagt Roy und tritt beiseite, weil noch jemand hinter ihm ist. Plötzlich verstummt alles um mich herum.

Violet Hayes, verdammt!

In ihrem kurzen schwarzen Kleid sieht sie viel zu sagenhaft aus; es betont ihre endlos langen Beine, und die hohen Schuhe … verflucht, was würde ich geben, sie nur mit diesen Schuhen an vögeln zu dürfen. Allein bei dem Gedanken werde ich schon hart, was nicht weiter wild wäre, nur merkt es die Brünette auf meinem Schoß, und sie denkt, es ist ihretwegen.

Auf einmal wird mir allzu bewusst, dass sie auf meinem Schoß sitzt. Benebelt überlege ich, ob es mich stört oder nicht. Das zwischen Violet und mir ist vorbei. Es sollte mir egal sein, ist es aber nicht. Sogar so wenig, dass ich eilig die Brünette von meinem Schoß schubse, bevor Violet mich sieht.

Aber ich bin zu spät, denn sie hat mich schon entdeckt und bekommt gerade noch mit, wie ich die Frau wegschiebe. Es ist Eifersucht, was da in Violets Augen aufblitzt, als sie die Frau anstarrt, die meine Schultern packt, um das Gleichgewicht wiederzufinden. Und so verstörend es ist, bin ich begeistert, dass sie eifersüchtig ist. Immerhin mag sie mich noch hinreichend, um solche Regungen zu zeigen.

Was zur Hölle ist mit mir los?

Violet sieht weg, als Roy etwas zu ihr sagt, und die Frau, die auf meinem Schoß gesessen hatte, wirft mir einen bösen Blick zu, ehe sie in der Küche verschwindet, um sich etwas zu trinken zu holen. Violet streckt Geraldson ihre Hand hin und schenkt ihm ein künstliches Lächeln. Ich kenne sie und sehe, dass es nicht ihr echtes Lächeln ist. Geraldson hat keine Chance gegen sie, was immer sie hier vorhaben mag. Sie reden leise miteinander, und endlich kapiere ich, warum sie hier ist. Sie dealt! Verdammter Mist, das ist gar nicht gut. Nicht hier bei diesen Typen. Das ist etwas anderes als ihre kleinen Deals mit Jungs aus dem Wohnheim. Das hier sind Hardcore-Buchmacher und sicher auch Hardcore-Dealer.

»Setz dich. Trink was, und spiel mit uns«, sagt Geraldson zu Roy und zeigt zum Tisch. Dann wendet er sich zu Violet und zieht die Brauen hoch. »Magst du gerne zugucken, wenn Männer Texas Hold'em spielen, Süße?«

Aus den Augenwinkeln blickt sie verstohlen zu mir, und ich sehe ihr an, dass sie etwas Patziges erwidern möchte, weil ihr Geraldsons sexistischer Spruch auf die Nerven geht. »Klar«, antwortet sie.

»Schön, dann setz dich, trink was, und wir unterhalten uns.« Geraldson weist grinsend auf einen freien Stuhl, der ausgerechnet neben mir steht. Violet wirkt angespannt, kommt aber rüber, und während sie um den Tisch geht, glotzt Geraldson auf ihren Hintern.

Ich rechne mit einem Zögern, bevor sie sich hinsetzt, aber Violet ist ein Profi und schafft es, sich vollkommen gelassen neben mich zu setzen. Allerdings sieht sie mich nicht an, nicht einmal, als ihr

Bein unter dem Tisch meines streift, wobei mir der Atem stockt. *Bei dem Wer-will-wen-mehr-Spiel verliere ich offensichtlich.*

»Violet, das sind Dougford, Carson«, beginnt Geraldson alle vorzustellen, als er sich wieder hinsetzt, und beide reichen Violet die Hand. Dann kommt er zu mir. »Und das ist Luke.«

Violet dreht sich zu mir. Ihre Augen funkeln, und wüsste ich es nicht besser, würde ich sagen, dass ihr dies hier Spaß macht. Aber wie könnte es, wo sie mich in den Kursen kaum ansehen kann?

»Freut mich, Luke«, sagt sie, zieht die Brauen kaum merklich hoch und gibt mir die Hand.

Okay, also sollen wir so tun, als würden wir uns nicht kennen. »Freut mich auch, Violet.« Ich atme aus, als ich ihre Hand nehme und wir uns zum ersten Mal seit zwei Monaten berühren. Ich habe das Gefühl, taub und blind zu werden, aber vielleicht liegt es auch daran, dass sie meine sämtlichen Sinne einnimmt. Meine Gedanken überschlagen sich, sodass mein Puls zu rasen anfängt, und in Kombination mit der Menge Alkohol, die ich intus habe, fürchte ich, gleich ohnmächtig zu werden.

»Atme.« Ich schwöre bei Gott, dass ich es sie flüstern höre, obwohl ich nicht sagen kann, ob sie sich selbst oder mich meint. Dann zuckt sie zusammen, blinzelt und zieht ruhig die Hand aus meiner.

Roy geht zur Bar und schenkt Violet etwas zu trinken ein. Whiskey, vermute ich, denn es ist eine braune Flüssigkeit. Er stellt ihr das Glas hin und setzt sich ebenfalls. Violet schnuppert lässig an dem Drink, nimmt einen großen Schluck und unterdrückt ein Würgen, als sie das Glas wieder abstellt. Ohne einen einzigen Blick in meine Richtung lehnt sie sich zurück, während die Karten ausgegeben werden, und redet mit Geraldson über Mengen und anderen Mist. Es macht mich so wütend, dass ich abgelenkt bin und immer nachlässiger werde. Ich bin längst nicht so vorsichtig, wie ich sein sollte.

Reiß dich zusammen! Doch das fällt mir schwer, wenn Violet mit einem Mann über Drogen spricht, in dessen Hosenbund eine Waffe steckt.

»Also, wie viel willst du regelmäßig haben?«, fragt Violet ihn. Ich weiß nicht, ob Violet vorhat, ihn übers Ohr zu hauen, wie sie es bei manchen ihrer Kunden macht. Falls ja, muss ich sie davon abhalten. Bei den Leuten hier lässt man das lieber sein.

»Zwischen einer Unze und einem Viertel«, sagt Geraldson und betrachtet aufmerksam das Blatt in seiner Hand.

Violets Züge verhärten sich, und auch ich werde angespannt. Das ist eine Menge, definitiv weit mehr als diese kleinen Zehner-Tüten, mit denen sie normalerweise dealt. Rasch greift sie nach ihrem Glas und trinkt es aus, um ihre Nervosität zu überspielen. Ich frage mich zwangsläufig, ob sie überhaupt weiß, worauf sie sich einlässt.

Ich lehne den Kopf gegen den Spiegel hinter mir. Das Schicksal ist so was von mies, dass es Luke und mich auf diese Art wieder zusammenbringt. Aber tief im Innern weiß ich, dass es nicht das Schicksal ist. Die Wahrscheinlichkeit, dass wir uns so wiederbegegnen, unter demselben Dach, war von jeher groß. Immerhin bewegen wir uns beide in den finsteren Kreisen derselben verdammten Stadt. Ich wünschte nur, die Wahrscheinlichkeit, dass wir das auf die Reihe bringen, wäre größer.

»Was mache ich denn nur?«, murmle ich.

Klopf, klopf.

»Geh weg, Roy!«, rufe ich. Es ist unprofessionell, aber das ist mir im Moment egal. »Ich blas dir keinen.«

Eine Pause. »Violet, mach auf«, klingt Lukes Stimme durch die Tür. »Ich bin's, Luke.« Als müsste er seinen Namen sagen! Seine verflucht fantastische Stimme hat sich in alle Ewigkeit in mein Gedächtnis eingebrannt.

Ich sehe wütend zur Tür. »Geh weg, Luke.«

»Nein. Hör zu, ich verstehe, dass du nichts mit mir zu tun haben willst – echt, das verstehe ich –, aber das hier ist wirklich nicht deine Szene.«

Langsam gehe ich näher zur Tür, lege meine Hand dagegen und schließe die Augen. Ich stelle mir vor, wie er auf der anderen Seite dasselbe tut, auch wenn es garantiert nicht stimmt. Im Geiste sehe ich ihn vor mir, sehe die intensivsten braunen

Augen, die ich kenne. Seine Lippen sind die sanftesten und weichsten, die ich je geküsst habe. In seinen starken Armen habe ich mich mal sicher gefühlt. Es ist okay, mir das auszumalen, solange eine Barriere zwischen uns ist, wie diese Tür.

»Denkst du, das weiß ich nicht? Mir ist klar, dass ich in der Scheiße sitze, glaub mir. Das wusste ich in dem Moment, in dem ich hier reingekommen bin.«

Es dauert Sekunden, bis er antwortet: »Ja, vielleicht denkst du das, aber du gehst nicht, also … Ich möchte dir helfen.«

»Ich will deine Hilfe nicht.« Ich öffne die Augen, als er nicht reagiert, und greife nach dem Türknauf, weil ich denke, dass er getan hat, was ich sagte, und mich in Ruhe lässt. Doch als ich die Tür aufmache, ist er noch da und kommt ohne Vorwarnung herein, wobei er mich ins Badezimmer drängt, ehe er hinter uns abschließt.

Er keucht, als wäre er aus der Puste, lehnt sich mit dem Rücken an die Tür und sieht mich auf eine Art an, die mich sehr nervös macht. Hier ist zu wenig Raum zwischen uns … zu wenig Raum zum Atmen … Ich muss atmen … Ich muss ihm die Sachen herunterreißen … Ich glaube, der Whiskey hat mir den Verstand vernebelt. Ich schüttle den letzten Gedanken ab.

»Was willst du?«, frage ich schließlich, verschränke die Arme und weigere mich, den Blick von ihm abzuwenden, obwohl ich es dringend will. »Warum siehst du mich so an?«

Er schüttelt den Kopf leicht und murmelt etwas vor sich hin. Dann stellt er sich gerade hin. »Warum bist du hier?«

Ich starre ihn an. »Ich war zuerst hier. Du bist es, der mir gefolgt ist und sich dann reingedrängt hat.«

Er zögert, bevor er einen Schritt auf mich zumacht, sodass ich rückwärtsgehe, bis ich gegen den Handtuchständer komme. »Ich meine, hier, bei Geraldson?«, fragt er. »Mit diesen Leuten willst du nichts zu tun haben, Violet.« Er blickt zur geschlossenen Tür und sichtlich besorgt wieder zu mir. »Das ist nicht dasselbe, wie naive Studenten übers Ohr zu hauen.«

»Denkst du, das weiß ich nicht?«, zische ich. »Aber ich habe keine andere Wahl, oder? Ich wohne bei Preston, und so bezahle ich ihn dafür.«

»Ihn bezahlen?« Er lacht verblüfft, spreizt die Hände seitlich und macht noch einen wackligen Schritt auf mich zu. Anscheinend ist er betrunken. »Der Typ ist ein beknacktes Arschloch. Du schuldest ihm nichts … Du dürftest nicht mal bei ihm sein.«

Ich gehe seitlich noch einen Schritt zurück, stoße aber gegen die Wand, und der Handtuchständer drückt gegen meine Seite. Jetzt kann ich höchstens noch in die Dusche oder durchs Fenster. In diesem beengten Raum, mit dem Whiskey in mir, wird die Luft elektrisch aufgeladen, und mein Verstand ist getrübt. *Ich muss hier raus ... aber irgendwie will ich nicht.*

»Tja, ich kann es mir nicht direkt aussuchen, oder?«, sage ich. »Da ich momentan nirgendwo sonst wohnen kann.«

Er wird sehr blass. Dann streckt er eine Hand aus, um mich zu berühren, als wolle er mich trösten, doch ich ducke mich so weit weg, wie ich kann. Er erstarrt und scheint entsetzt. »Warum hast du solche Angst vor mir?«, fragt er. Seine Hand fällt nach unten. »Ich würde dir nie wehtun. Jedenfalls nie absichtlich.«

»Das weiß ich, aber es tut trotzdem weh.« Ich möchte heulen, zwinge aber diese verfluchten Tränen zurück. Ich weine nie. Nur einmal, als ich von Lukes Mutter erfuhr. Und ich habe mir geschworen, es nie wieder zu tun. Ich bin stärker als das. »Und außerdem habe ich Angst vor mir in deiner Nähe, nicht anders rum.« Für den letzten Satz danke ich dem Alkohol.

Er schluckt. »Es tut mir leid.« Seine Stimme ist kaum hörbar, und der unglaubliche Schmerz in seinen Augen erdrückt mich. Er sieht genauso aus, wie ich mich fühle, und ich wünschte, wir könnten uns beide besser fühlen.

Was in mich gefahren ist, weiß ich nicht, ob es an ihm liegt, an mir, an den mächtigen, lustvollen

Gefühlen zwischen uns, an meinem Verlangen, ihm die Sachen vom Leib zu reißen, oder an dem Alkohol. Auf einmal jedenfalls gehe ich auf ihn zu. Ich habe weder vergessen noch hinter mir gelassen, was passiert war, aber ich erlaube mir, es für einen kurzen Augenblick als unwichtig abzutun. Ich lasse meine Mauern gerade weit genug herunter, dass ich meine Hand an Lukes Brust legen kann.

Er ringt nach Luft, sowie ich ihn berühre, und sein Herz schlägt schneller unter meiner Hand. »Scheiße«, raunt er. Dann beugt er sich vor. Ich glaube, dass er mich küssen will, doch er lehnt nur seine Stirn an meine. Sein Atem ist angestrengt, und sein harter Oberkörper drückt gegen meine Brüste.

Ich warte, dass er mich anfasst, was er nicht tut; warte, dass er *irgendwas* macht, aber nein. Er rührt sich nicht. Als wolle er mir die Chance geben zu gehen. Das sollte ich. Ich sollte an ihm vorbei und aus dem Bad gehen. Ohne mich noch einmal umzusehen. Doch seine Nähe bewirkt, dass intensive Erinnerungen meinen Körper fluten, mich daran erinnern, dass es sich nicht falsch und schmutzig anfühlen muss, von einem Jungen berührt zu werden. Dass es sich richtig anfühlen kann. Das tat es mal mit Luke, und selbstsüchtig, wie ich bin, will ich das wieder.

Unterdrückte Gefühle, Alkohol und eine Gier,

wie ich sie noch nie empfunden habe, überkommen mich, und plötzlich presse ich meine Lippen auf seine. Erschrocken holt Luke Luft, kippt ein wenig zurück, als wolle er weg, aber dann packt er meine Hüften und reißt mich an sich, während er meinen Mund mit seinem versiegelt. Seine Hitze … wie er schmeckt … das ist so überwältigend … so falsch … so richtig … so verwirrend.

»Ich kann aufhören«, flüstert er an meinem Mund, bevor seine Zunge meine Lippen öffnet und seine Hand an meinem Hinterkopf in mein Haar eintaucht. Er schmeckt nach Wodka und Kirschen und riecht nach Zigaretten und Eau de Cologne. Köstlich und gefährlich, und das aus einer Vielzahl von Gründen.

Ich frage mich, ob er tatsächlich aufhören würde, wenn ich es ihm sage. Allerdings will ich das nicht herausfinden. Jetzt noch nicht. Also biege ich meinen Rücken, um mich fester an ihn zu drücken, sinke tiefer in den Kuss, streiche mit den Fingern über seine raue Wange und bin sehr vorsichtig, als ich die Wunde ertaste.

Mir fällt alles wieder ein, was zwischen uns war … Gott, und wie ich es noch weiß! Und es fühlt sich fantastisch, herrlich gut an. Jedes Reiben seiner Lippen, jedes Streicheln seiner Finger scheint die unerwünschten Berührungen der letzten paar Monate auszulöschen, als besäße Luke Superkräfte, mit denen er sie schlicht wegradiert.

Seine Hände sind an meinen Hüften, seine Fingerspitzen bohren sich in meine Haut, als er mich noch näher an sich zieht und gleichzeitig rückwärtsgeht, ohne den Kuss zu unterbrechen. Irgendwo will er hin … zu dem Waschtisch. Er lehnt mich nach hinten, sodass die Kante in meinen Rücken drückt, bevor er mich hochhebt und auf den Waschtisch setzt. Nun ist er zwischen meinen Beinen, und unsere Hüften reiben sich aneinander.

»Oh mein Gott«, stöhne ich wie ein Pornostar, was mir kein bisschen peinlich ist. Ich versuche, sein Hemd aufzureißen, doch das gelingt mir nicht so wie in den Filmen, und ich dehne es bloß.

Er lacht leise über den gescheiterten Versuch, aber es bleibt ihm im Hals stecken. »Du schmeckst noch viel besser als in meiner Erinnerung«, sagt er heiser und saugt meine Unterlippe ein. Es löst ein tiefes Brennen in mir aus, das zunimmt, als seine Hände vorn an meinen Schenkeln hinauf und unter mein Kleid wandern.

Weil ich mehr von ihm berühren muss, streiche ich über sein Shirt und fühle, wie sich die harten Muskeln unter meinen Händen wölben. Sein Atem wird schwächer, als würde ich ihn wahnsinnig machen. Es ist irgendwie anders als das letzte Mal zwischen uns, als wäre Luke verwundbarer.

»Ich will dich nicht loslassen«, sagt er zwischen

zwei Küssen, während seine Finger am Rand meines Slips entlanggleiten. Seine Bewegungen sind grob und fahrig, von Verzweiflung gesteuert.

Auf einmal erinnere ich mich, warum wir uns seit zwei Monaten nicht angefasst haben, was ich in diesen zwei Monaten mit Preston gemacht habe und warum ich das hier beenden sollte. Wäre ich ein guter Mensch, täte ich es. Ich würde meine Eltern über meine Hormone stellen und Luke einfach sagen, was ich Preston mit mir tun ließ, wie ich mich von ihm berühren ließ. Ich weiß, dass Luke dann aufhören würde. Offenbar bin ich kein guter Mensch. War ich im Grunde genommen nie. Und das Adrenalin in meinem Kreislauf, angefacht von Lukes Berührungen und Küssen, hilft auch nicht.

Ich behalte meine Gedanken für mich und neige mich an den Spiegel hinter mir. Zunächst erschrecke ich Luke damit, dass ich den Kuss beende. Er reißt die Augen weit auf, und ich weiß, dass er Angst hat, ich wolle dies hier abbrechen. Aber ich greife vorn in sein Shirt und ziehe ihn zu mir, bis unsere Lippen wieder vereint sind. Dann küssen wir uns intensiv, lassen unsere Zungen spielen, und Lukes Finger schlüpfen in meinen Slip und in mich. Ich beiße ihm auf die Lippen, weil er wohlige Gefühle in mir auslöst, nicht Schmerz und Scham, wie ich es von Preston kenne.

Irgendwann lehnt Luke sich leicht zurück und

beobachtet mich, wie ich mich verliere, wegdrifte aus einer Realität, die ich aufrichtig hasse, und das an jedem einzelnen Morgen, an dem ich aufwache. Wenig später komme ich in seinen Armen, klammere mich an seine Schultern, halte mich an ihm fest.

Es tritt ein seltsamer Moment ein, als der Nebel und die Hitze meinen Leib und meinen Verstand verlassen. Ich sehe Luke an, dass er denkt, ich würde gleich wieder abhauen. Das erkenne ich in seinen Augen. Ich habe es aber nicht vor, deshalb beuge ich mich vor und küsse ihn wieder. Doch kaum berühren sich unsere Lippen, klopft jemand an die Tür.

»Luke, komm verdammt noch mal da raus.« Wieder wird gegen die Tür gehämmert und an ihr gerüttelt. »Wir haben hier ein beschissenes Problem, und darüber müssen wir reden!«

Ich spüre, wie sich Lukes Muskeln anspannen, als er auf Abstand geht und die Tür anstarrt. Er überlegt irgendwas, wobei er sich am Kopf kratzt. Dann scheint es ihm wieder einzufallen, und er stolpert zurück von der Tür, klopft seine Jeanstaschen hinten ab und wühlt dann panisch in ihnen. »Scheiße, ich bin am Arsch.« Er klopft auch die Brusttasche seines Karohemds ab und atmet frustriert aus.

Ich springe von dem Waschtisch und ziehe mein Kleid nach unten. »Was ist los?«

Er schüttelt den Kopf. »Nichts.« Ohne mich anzusehen, atmet er erneut pustend aus. »Du musst verschwinden.« Endlich sieht er mich an, und ich nehme einen Anflug von Angst wahr. »Geh hier raus, verlass dieses beschissene Haus, und komm nie wieder zurück.«

Wieder wird an die Tür geballert. »Luke, wenn du jetzt nicht da rauskommst, trete ich die beschissene Tür ein, und dann wird Geraldson noch viel angepisster sein!«

Ich schüttle den Kopf und streiche mir sofort die wippenden Haarsträhnen hinter die Ohren. »Luke, ich gehe erst, wenn du mir erzählst, was du gemacht hast.« Aber Sekunden später komme ich selbst auf die Antwort, die er mir nicht gibt. »Du hast geschummelt?«

Er legt einen Finger auf seine Lippen, damit ich still bin. »Tue ich immer«, flüstert er.

»Wir haben das Scheiß-Ass gefunden, das dir aus der Tasche gefallen ist!«, brüllt der Typ hinter der Tür. Es folgt ein ohrenbetäubender Knall. Wahrscheinlich versucht er, die Tür einzurammen. »Ich habe dich gewarnt, Alter!«

»Scheiße, wir müssen hier raus …« Er blickt sich nach einem anderen Weg aus dem Bad um, um einem sehr wütenden, sehr kräftigen und bewaffneten Kerl nicht in die Arme zu laufen.

Mir ist, als sollte ich mehr Angst haben, aber dies hier ist für mich ja nichts Neues. Ich bin schon von Leuten gejagt worden, die ich über den Tisch gezogen hatte, und das mehr als einmal. So hatte ich Luke kennengelernt. Ich weiß, dass diese Typen hier gefährlicher sind, aber zugleich setzt meine kranke Sucht ein und will, dass ich die Gefahr auskoste, weil sie all die Gefühle unterdrückt, die in mir hochkommen wollen – Gefühle, die Luke mit seinen Fingern und seinen Lippen hervorgerufen hat.

Trotzdem suche ich nach einem Fluchtweg, und dann fällt mir das Fenster neben der Dusche ein. »Jackpot«, sage ich, gehe hinüber zur Dusche, steige hinein und öffne das Fenster. Sanfter Wind bläst mir ins Gesicht, als ich nach unten sehe. Drei Stockwerke. Nicht allzu schlimm. Vielleicht machbar.

»Bist du völlig irre?« Luke starrt mich an, als ich das Fliegenfenster herausbiege und nach unten fallen lasse, bevor ich mich wieder nach draußen beuge und mir ansehe, was mich erwartet. Keine Zäune. Unten stehen Autos, aber es wäre nicht das erste Mal, dass ich auf einem Wagen landen muss. »Wir sind im zweiten Stock, verdammt!«

»Ja, aber das … könnte … machbar sein …« Ich blicke über die Schulter zu Luke und erschrecke, weil er so ängstlich wirkt. Doch dann denke ich an seine Schwester, die sich auf ganz ähnliche Weise das Leben nahm, und ich bekomme ein schlechtes Gewissen. Die Alternative ist allerdings nicht so klasse. »Ich springe zuerst, wenn du willst.«

Kopfschüttelnd packt er mein Handgelenk. »Ich will, dass du gar nicht aus diesem Fenster steigst, und ich meine es ernst, Violet.«

Seufzend sehe ich wieder nach draußen und ignoriere, wie fest er meinen Arm hält, während ich mich nach anderen Optionen umsehe. Und tatsächlich entdecke ich eine. »Da ist eine Feuertreppe an der Ecke … und der Sims ist ziemlich breit. Wir können über den bis zur Leiter gehen.«

»Nein.« Seine Stimme ist genauso fest wie sein Griff. »Ich werde nicht …«

Weiter kommt er nicht, denn es wird wieder gegen die Tür gerammt, und diesmal beginnen die Angeln nachzugeben. Da Luke abgelenkt ist, kann ich meinen Arm losreißen und klettere schnell nach draußen.

Wow, ich habe doch Schwindelgefühle. Ich drücke den Rücken und die Hände flach an die Mauer, als der Wind auf meine Wangen und in mein Haar bläst.

Luke flucht leise und greift nach meinem Knöchel, als ich auf den Sims steige. Mein Herz rast vor Aufregung, Nervosität und Angst. Das ist alles, was ich im Moment brauche, und langsam beuge ich mich nach unten, um Luke die Hand hinzustrecken.

»Komm schon«, sage ich ruhig. Es ist ein bisschen gruselig, wie beruhigend blanke Angst auf mich wirkt. »Das ist nicht so schlimm, versprochen.«

Er will widersprechen, aber das Bollern wird lauter, und so zögert er nicht länger, ergreift meine Hand und klettert nach draußen. Er zittert, entweder vor Höhenangst oder vor Furcht, dass jeden Moment ein Typ mit einer Waffe durch die Tür bricht.

Luke hat Mühe zu atmen, als er neben mir steht und mit riesigen Augen nach unten starrt. »Scheiße, ist das heftig … Ich habe wirklich Höhenangst.«

Ich halte weiter seine Hand und ziehe ihn vorsichtig mit mir den Sims entlang, den Rücken an die Mauer gepresst. »Du benimmst dich, als wärst du noch nie durch ein Fenster geflohen«, sage ich mit einem amüsierten Blick in seine Richtung. Ich fühle mich entschieden zu wohl in dieser Situation, aber ich kann nicht anders. Dies hier beruhigt mich, lenkt mich ab, lindert den Schmerz, ihm nahe zu sein.

Er umklammert meine Hand, als er mit mir balanciert, und sieht die ganze Zeit nach unten. Seine Handfläche ist verschwitzt. »Du scheinst viel zu ruhig«, bemerkt er und sieht kurz zu mir. »Wenn ich es nicht besser wüsste, würde ich sagen, dass du das hier genießt.«

Ich zucke mit den Schultern, denn leugnen kann

ich es ja schlecht. »Ich denke, du kennst mich gut genug, um zu wissen, dass ich keine Höhenangst habe.«

Er bleibt stehen und sieht mich an. Dabei komme ich mir wie eine ausgestellte Monstrosität vor, denn ich will schwören, dass er mein schmutziges kleines Geheimnis sieht. »Nein, dass du keine Angst hast, ist es nicht ... Mich irritiert eher, dass du es aufregend zu finden scheinst.«

Ich überlege, was ich sagen kann, aber mir fällt nichts ein. Zum Glück erreichen wir die Feuertreppe, und ich konzentriere mich ganz darauf, schnell nach unten zu kommen. Ich lasse Lukes Hand los, ducke mich unter der Stange durch und springe nach unten auf die Gittertreppe. Luke ist eben bei mir, als ein bulliger Typ den Kopf zum Fenster raussteckt. Er sieht genauso wütend aus wie einer meiner übleren Pflegeväter, bei dem ich mit zwölf für zwei Wochen war.

»Verdammt, Luke!« Er knallt die Faust auf den Fenstersims und ringt sichtlich mit sich, ob er uns nachsteigen oder lieber versuchen soll, uns unten abzufangen.

»Schnell, schnell«, treibt Luke mich mit einem sanften Schubs an, während der Typ wieder vom Fenster verschwindet.

Wir rennen die Treppe hinunter, die unter unserem Gewicht wackelt. Im Grunde ist mir bewusst, in was für gewaltigen Schwierigkeiten wir stecken, aber die verkorkste Seite von mir blüht auf, befeuert von der Gefahr.

Als wir unten sind, ist mir fast schwindlig vom Adrenalinrausch. Anscheinend sieht Luke es mir an, denn er packt meinen Arm und hilft mir, das Gleichgewicht zu halten, als wir über den Parkplatz zu einer Unterführung nahe dem Gebäude laufen.

»Wo ist dein Truck?«, frage ich atemlos, sobald wir um die Ecke sind und zurück zum Haus sehen.

Schweiß rinnt ihm über die Schläfen, obwohl es gar nicht heiß ist. Wolken brauen sich zusammen, und fernes Donnergrollen ist zu hören. »Ich bin zu Fuß hier.« Er bleibt am Kantstein stehen, blickt nach links und rechts, dann hinter uns. »Ich muss dich irgendwo in Sicherheit bringen … weg von denen … und dann komme ich zurück und lenk sie ab.«

»Ich komme mit dir.« *Was zur Hölle sage ich denn da?*

Er sieht mich an, als würde er dasselbe denken. »Du willst mit mir kommen?«

Ich nicke. Natürlich ist das total falsch, denn ich will es nur, weil ich dieses betäubende High verlängern will. Zumindest rede ich mir das ein, denn den wahren Grund möchte ich mir noch nicht eingestehen. »Ja.«

»Ich kann … ich kann dich da nicht mit reinziehen … das ist nicht richtig.«

»Zu spät. Ich stecke schon mittendrin. Und das ist meine Schuld.«

Er runzelt die Stirn, und ich glaube, er will weiter widersprechen, obwohl er inzwischen wissen sollte, dass er nicht gewinnen kann. Aber dann gibt er auf, und wir laufen zusammen die Straße hinauf … ins Unbekannte.

Kapitel 5

LUKE

»Ich habe so einen verdammten Ärger«, sage ich überflüssigerweise, als ich die Wohnungstür hinter uns verriegle. Weil ich nicht wusste, wo wir sonst hinsollten, bin ich mit Violet hierher gerannt. Und sie wollte mit. Ich habe keinen Schimmer, wie das passieren konnte. Damit meine ich nicht die Geschichte mit Geraldson, denn ich hatte immer gewusst, dass mein Glück mich am Ende verlassen würde, sondern ich meine, dass Violet hier ist. Bei mir. In der Wohnung, die mal unser Zuhause war.

Gefühle regen sich in mir, als ich mich an die Tür lehne und beobachte, wie Violet durchs Wohnzimmer geht. Sie sieht zu dem Essen auf dem Tresen und dem Couchtisch, den Fachbüchern auf dem Boden, der allgemeinen Unordnung, die hier nie herrschte, solange sie mit uns zusammenwohnte.

»Es ist chaotischer als früher«, bemerkt sie und fährt mit dem Finger an einigen leeren Bierflaschen auf der Küchenarbeitsplatte entlang, dann durch die Staubschicht auf der Stereoanlage. Sie bleibt stehen und streicht sich das rot gesträhnte Haar hinters Ohr. Irgendwas scheint sie zu überlegen, bevor sie sich umdreht und die Arme vor der Brust verschränkt. Das aufgeregte Funkeln, das noch vor Minuten in ihren grünen Augen war, als wir auf dem Sims balancierten, ist verschwunden, und ich bin froh darüber. Mir kam es nämlich ziemlich wahnsinnig vor, weil ich glaube, dass sie die Gefahr mochte.

»Alles okay?«, frage ich sie. Ich möchte zu ihr gehen und sie wieder küssen, so wie in dem Badezimmer, aber so dumm bin ich nicht. Was bei Geraldson passierte, lag einzig an der Hitze des Gefechts, weil wir so nahe zusammen waren und zum ersten Mal seit Monaten allein.

Sie zuckt mit der Schulter. »Weiß ich nicht.« Dann löst sie die Arme wieder und trommelt mit den Fingern seitlich an ihren Oberschenkeln, während sie sich im Wohnzimmer umsieht. Sie sieht überallhin, nur nicht zu mir. »Was hast du jetzt vor?«

Ich stemme mich von der Tür ab und geh ein, zwei Schritte auf sie zu. Sie verspannt sich ein wenig, weicht aber nicht zurück. »Ehrlich gesagt, habe ich keine Ahnung. Ich meine, ich bin ja schon früher beim Schummeln erwischt worden, aber nie von Typen wie denen.« Ich atme angestrengt aus, als mich die Realität mit voller Wucht einholt. Seit wir aus der Wohnung geflohen sind, bin ich ziemlich nüchtern geworden und sehe die Dinge jetzt für meinen Geschmack ein bisschen zu klar. »Ich werde mich wohl für eine Weile bedeckt halten und hoffen, dass sich die Geschichte erledigt.«

»Denkst du echt, das wird sie?«, fragt sie skeptisch. »Ich bin nämlich nicht so optimistisch.«

Nein, ich auch nicht. Nicht die Bohne, aber das muss Violet ja nicht wissen. »Was anderes kann ich nicht machen, bis mir ein Plan einfällt.« Ich gehe noch weiter vor, verkleinere den Abstand zwischen uns und merke, wie sie zusammenzuckt, als ich näher komme, als hätte sie Angst, dass ich sie wieder anfasse. Ich möchte es auch so verdammt dringend, aber das wäre nicht richtig und eindeutig nicht erwünscht, also gehe ich an ihr vorbei zu meinem Zimmer, um meine Sachen zu packen. Je länger ich hier herumhänge, desto wahrscheinlicher ist es, dass Geraldson aufkreuzt.

Ich rechne damit, dass Violet geht, doch nach einer kurzen Weile kommt sie in mein Zimmer, das früher auch ihres war. »Wo willst du hin?« Sie lehnt sich an den Türrahmen, und ihr Blick wandert zu Amys Tagebuch, das unter meinem Kissen hervorlugt. Ich greife danach und werfe es in meine Reisetasche.

Als Nächstes schnappe ich mir einige Shirts und Jeans von der Kommode und stopfe sie in die Tasche. »Weiß ich nicht … wahrscheinlich fahre ich einfach nur rum, schlafe für eine Woche in Hotels oder so.« Ich bleibe stehen und überlege, welches Versteck ich wählen könnte, ohne zu meiner Mutter oder meinem Vater zu fahren. Ich hatte mir geschworen, dass ich meinen Vater nie wieder um Hilfe bitten würde, nachdem ich es einmal getan hatte und er mir eine Abfuhr erteilte.

Es gibt nur noch ein Familienmitglied, das ich kenne, und das ist Onkel Cole, der Bruder von meinem Dad. Er wohnt in Las Vegas und brachte meinem Dad das Spielen bei. Ich bin ihm erst zweimal begegnet: einmal mit fünf Jahren, als mein Dad zu ihm fuhr, um zu spielen, und mich mitnahm, und dann noch einmal mit achtzehn, als ich eine Woche unten in Las Vegas war, weil mein Vater dort Urlaub machte und wollte, dass ich ihn besuche. Ich brauchte meinen Freiraum, und so lief es darauf hinaus, dass ich mehr Zeit mit Onkel Cole verbrachte als mit meinem Dad.

Seitdem habe ich eigentlich nicht mehr mit Cole gesprochen, abgesehen von ein oder zwei Telefonaten, daher bin ich nicht sicher, ob er mich bei sich wohnen lässt oder nicht. Er ist kein schlechter Typ, eben nur nicht der, den man um einen Gefallen oder Hilfe bittet. Im Grunde ist er eher wie ein Teenager, nicht wie ein Erwachsener. Außerdem habe ich nicht mal seine Telefonnummer. Es gibt einen Weg, sie zu bekommen, nur bin ich nicht sicher, ob ich den wählen will.

Denk an etwas anderes.

Violet sitzt auf meinem Bett, während ich umhereile, mein Eau de Cologne und anderen Kram hole und in die Tasche werfe. Dabei versuche ich ihren Blick zu ignorieren, der jeder meiner Bewegungen folgt.

Sie ist hier. In meinem Zimmer, so wie ich es mir seit zwei Monaten erträume. Aber so hatte ich es mir nicht gewünscht. Nicht unter diesen Umständen.

Als ich aus dem Zimmer ins Bad gehe, um meine Zahnbürste zu holen, summt das Telefon in ihrer Tasche. Bei meiner Rückkehr ist Violet kreidebleich, als müsste sie gleich kotzen. Ich will sie fragen, was los ist, doch sie spricht, ehe ich die Chance habe.

»Also willst du nur für eine Woche weg? Einfach irgendwohin? Und dann kommst du wieder her?«, fragt sie und spielt mit ihrem Lederarmband, während sie auf den Boden zwischen ihren Füßen blickt.

»Weiß ich nicht genau …« Ich ziehe den Reißverschluss meiner Tasche zu und hänge sie mir über die Schulter. Dann reibe ich mir mit der Hand übers Gesicht. »Das ist verdammt übel, nicht? Ich muss nichts wie weg hier. Irgendwohin abhauen.«

»Du kannst nicht ewig davor wegrennen, Luke.« Sie sagt es mit einem komischen Unterton und sieht mir in die Augen. Ihre Brust hebt und senkt sich, weil sie angestrengt atmet.

»Nein, kann ich nicht.« Ich halte inne, lasse die

Tasche auf den Boden fallen, hole mein Telefon hervor und tue etwas, das ich eigentlich nicht tun will.

Ich schreibe an Toverson, den Typen, der mich in das Spiel gebracht hat. Ich muss wissen, wie schlimm es ist.

```
Ich: Ich weiß, ich hab's vergurkt.
```

Ich rechne damit, dass er eine Weile braucht, bis er antwortet, aber das tut er bereits nach Sekunden.

```
Toverson: Stimmt. Und ich hatte Dich gewarnt,
verdammt. Was hast Du Dir dabei gedacht?
Ich: Nichts. Das war das Problem.
Toverson: Wo bist Du jetzt? Bei Dir zu Hause?
Ich: Kann ich Dir nicht sagen, solange ich nicht
weiß, wie tief ich in der Scheiße sitze.
Toverson: Tut mir leid, Luke, aber aus der
Nummer kann ich Dich nicht rausholen. Und pass
auf. Geraldson weiß, wo Du wohnst.
```

Mir läuft ein Schauer über den Rücken, als ich es lese, und kurz darauf klopft es an der Wohnungstür, besser gesagt: Jemand hämmert mit den Fäusten gegen sie.

»Verdammt«, fluche ich und stecke das Telefon ein. Ich gehe vor dem Bett auf und ab, weil ich nicht weiß, was ich tun soll. Eine Alternative will mir nicht einfallen. Ich sitze in der Falle. Und Violet mit mir. Das ist so übel.

Wieder ein Hämmern, dann ein Knall.

»Wer ist das?«, fragt Violet und springt auf. »Warte. Sind die das?«

Ich bleibe stehen und sehe sie an. Nach all der Zeit ist sie endlich wieder in meinem Zimmer, und jetzt wünsche ich mir, sie wäre es nicht. Ich habe richtig großen Mist gebaut, und das wird nun heftige Folgen haben.

»Bleib hier«, befehle ich, gehe ins Wohnzimmer und sehe durch den Spion. Tatsächlich steht Geraldson mit irgendeinem kahl rasierten Typen vor der Tür, der ungefähr doppelt so groß und breit ist wie ich. Beide haben Waffen in ihren Gürteln, und der riesige Typ hat einen Schlagring an einer Hand. Mein Kopf kippt gegen die Tür, und ich stoße einen Schwall Flüche aus, während ich meine Faust in die Wand ramme, bis der Putz reißt.

»Was machen wir?« Violet kommt hinter mich. »Und hör auf, gegen die Wand zu schlagen. Die hat dir nichts getan.«

Ich hebe den Kopf und drehe mich zu ihr um. »*Wir* machen gar nichts.« Ich schiebe sie zurück zu meinem Zimmer. »Du bleibst hinten und versteckst dich, solange ich mit denen rede.«

Violet stemmt die Füße fest auf den Boden und ihre Hände gegen meine Brust. Sie weigert sich zu gehen. »Erstens bezweifle ich sehr, dass die zum

Reden hier sind. Und zweitens brauche ich dich nicht, um mich zu beschützen. Glaub mir, ich habe schon so einiges überstanden.«

»Weiß ich.« Ich schiebe sie sanft weiter in Richtung Zimmer, als ich höre, wie sich jemand am Schloss zu schaffen macht. Ich wette, die wollen die Tür aufbrechen. »Aber das heißt nicht, dass du auch noch meinen Scheiß mit abbekommen musst.« Ich fange wieder an, sie zum Zimmer zu schieben, da fliegt die Wohnungstür auf, und der Knauf knallt gegen die Wand, wo er eine Delle hinterlässt.

»Scheiße.« Ich stelle mich vor Violet und will mich ohrfeigen, weil ich dauernd die falschen Entscheidungen treffe und jetzt auch noch sie mit reingezogen habe. Was mit mir ist, interessiert mich null, aber sie … Mir wird speiübel, wenn ich bloß daran denke, dass die Typen sie anfassen könnten.

»Luke Price«, sagt Geraldson finster und blickt sich in der Wohnung um. Der große Typ kommt gleich hinter ihm rein und schließt die Tür. »Du schuldest mir Geld.«

Zähneknirschend greife ich in meine Hosentasche und hole die Fünfzehnhundert heraus, die ich heute gewonnen habe. »Hier hast du es.« Ich werfe den kleinen Stapel auf den Boden zwischen uns. Natürlich ist es damit nicht erledigt.

Geraldson bückt sich, hebt die Scheine auf und fächert sie durch. »Denkst du, dass das reicht?«

»Wahrscheinlich nicht«, antworte ich trocken. »Aber das ist alles, was ich gewonnen habe.«

Er lacht leise und reicht dem großen Kerl das Geld, der es in seine Gesäßtasche stopft. »Du beklaust mich.« Er pikt mit dem Finger gegen seine Brust. »Und denkst, dass wir quitt sind, weil du mir deinen Gewinn zurückgibst.« Er knackt mit den Fingerknöcheln. »Was glaubst du eigentlich, mit wem du es zu tun hast?«

Mir brennen zig Antworten auf der Zunge, aber die verkneife ich mir, weil sie alles nur noch schlimmer machen würden. Wäre ich allein, sähe es anders aus. »Wie viel?«

Er grinst. »Neuntausend.«

»So viel Geld habe ich nicht. Und das ist sechsmal so viel, wie ich heute gewonnen habe.«

»Das ist der Preis dafür, dass du ein beschissener Betrüger bist«, faucht er und tritt zur Seite, um den großen Kerl vorzulassen. Meine Muskeln verspannen sich, weil ich weiß, was jetzt kommt. »Du wurdest gewarnt, mich nicht zu verarschen«, sagt Geraldson, als sein Schläger mit den Schultern rollt und die Finger mit dem Schlagring streckt.

Ich könnte weglaufen, aber dann würden sie mich jagen. Und schlage ich zu, kassiere ich nur noch mehr. Wie ich Violet kenne, wird sie auch noch versuchen dazwischenzugehen, so wie in der Bar, als ich mich in Schwierigkeiten brachte. Ich will nicht, dass sie noch tiefer in diese Sache hineingerät, deshalb spanne ich alle Muskeln an und halte still, als mir der Typ seine Faust direkt in die Seite rammt. Beim Aufprall des Metalls bleibt mir die Luft weg, und mein Körper will sich krümmen, doch das lasse ich nicht zu. Ich zwinge mich, aufrecht zu bleiben. Violet atmet hinter mir erschrocken ein; dann berührt ihre Hand meinen Rücken, und meine Muskeln zucken.

»Du hast fünf Tage, das Geld abzuliefern«, sagt Geraldson, während die beiden wieder zur Tür gehen. »Und lieferst du nicht, bist du dran.« Bei seinem drohenden Ton will ich ihm ins Gesicht schlagen.

Kämpfen ist das, was ich tue. Das liegt mir im Blut, hilft mir, ruhig zu werden, wenn in mir ein Sturm wütet. Aber ich bringe mich nicht dazu – nicht mit Violet direkt hinter mir.

»Und du.« Geraldson beugt sich zur Seite, um an mir vorbei zu Violet zu sehen. Ich bohre die Fingernägel in meine Handflächen, um meine Hände still zu halten. »Du kannst Preston sagen, dass ich keine Geschäfte mit ihm mache.«

Violet sagt nichts, sondern zeigt ihm den Mittelfinger, als er mit dem großen Kerl aus der Wohnung schlendert.

Als sie weg sind und die Tür geschlossen ist, drehe ich mich zu Violet um. Ängstlich mustert sie mich. »Alles okay? Er hat echt hart zugeschlagen.« Sie hebt die Hand, als wolle sie mich berühren, zieht sie aber wieder zurück.

Ich nicke, lasse die Schultern sacken und sinke aufs Sofa. »Super«, sage ich mit zusammengebissenen Zähnen und lege eine Hand auf meine pochende Seite.

»Was für ein Arsch.« Sie kniet sich vor mich, rafft ihr Haar zu einer Seite und beugt sich zu der Stelle vor, die ich halte. »Hat er dir die Rippen gebrochen?«

Ich widerstehe dem Drang, meine Augen zu schließen und ihren Duft einzuatmen. Stattdessen winke ich ab. »Ist schon gut. Ich hab nur einen blauen Fleck.« Ich lächle verkniffen. »Nichts, womit ich nicht fertigwerde.«

»Soll ich dir Eis holen?«, fragt sie und hockt sich auf die Fersen. »Oder ein Schmerzmittel?«

»Ich habe Tabletten in meinem Zimmer. Warte kurz, ich hol sie.« Ich stehe auf, wobei ich mich wegen der Schmerzen nur langsam bewege. »Und für Eis ist keine Zeit. Ich muss weg.« Jetzt muss ich erst recht dahin, wo ich nicht hinwill. Denn wenn ich nicht bezahle, bin ich total im Arsch. Und es geschieht mir recht. Ich hatte es auf Stress angelegt.

»Wo willst du hin?«, fragt Violet und folgt mir, als ich in mein Zimmer humple.

Ich will sie fragen, warum sie noch bei mir ist. Ich fürchte jedoch, damit würde ich sie nur erinnern, warum sie nicht hier sein will. »Ich muss spielen und sehen, ob ich neun Riesen gewinne.«

Sie reißt die Augen weit auf. »Wie willst du das denn schaffen? Ich meine, du könntest auch all dein Geld verlieren, und dann wärst du noch viel gekniffener.«

Ich bleibe an meiner Zimmertür stehen. Im Moment habe ich nur die eine Option, vielleicht aus diesem Mist herauszukommen. »Ich muss telefonieren«, sage ich zu Violet. Meine Stimme klingt gepresst, was ich abschütteln muss. »Gibst du mir eine Minute?« Ich ziehe das Telefon aus meiner Tasche und gehe in die Küche, um den Anruf zu tätigen, den ich nicht tätigen will.

Als ich dastehe und versuche, die Nummer meines Vaters zu wählen, fällt es mir schwerer als gedacht. Aber entweder bitte ich ihn, oder ich werde totgeprügelt. Also schiebe ich meinen Stolz beiseite und tue es.

Er meldet sich nach dem zweiten Läuten. »Luke, bin ich froh, dass du anrufst«, sagt er, bevor ich auch nur Hallo sagen kann. Er scheint wirklich froh, dass ich wieder mit ihm rede. »Es ist so lange her, aber ich wollte warten, bis du dich meldest, so wie du gesagt hast … Ich wollte mich nicht mehr aufdrängen.«

»Ich rufe nicht an, um zu reden«, sage ich, schließe die Augen und drücke die Finger auf meine Nasenwurzel, weil ich Kopfschmerzen bekomme. »Ich … ich muss dich um einen Gefallen bitten.«

»Oh.« Er klingt so enttäuscht, dass ich mich

schlecht fühle, aber zugleich auch wütend werde, weil ich Schuldgefühle habe. »Was brauchst du?«

Ich öffne die Augen und setze mich auf einen der Barhocker am Tresen. »Ich brauche die Nummer von Onkel Cole. Früher hatte ich sie mal, aber die ist vor einer Weile von meinem Telefon gelöscht worden.«

»Ah, okay. Die kann ich dir geben.« Er stockt. »Aber darf ich dich fragen, warum du sie brauchst?«

»Nein.«

»Luke, ich … Brauchst du Hilfe bei irgendwas?«

»Nein.« Mir ist klar, dass ich ein Arsch bin, aber ich kann nicht anders. Was er mir nahm, als er mich damals verließ, womit er mich alleinließ und was es mit meinem Leben gemacht hat – was es mir alles raubte –, schmerzt immer noch wie eine frische Wunde. In mir ist so viel Wut, die mich Stück für Stück auffrisst, weil ich nicht loslassen kann, damit diese verdammte Wunde heilt. »Ich brauche nur seine Nummer.«

»Wenn du Hilfe brauchst, lass mich dir helfen. Ich möchte es wiedergutmachen, Luke.«

»Dann gibt mir Coles Telefonnummer. Das hilft mir.«

Er wird wieder still, und ich fürchte, dass er es kompliziert machen will. Aber dann überrascht er mich, indem er mir die Nummer gibt, die ich eilig in mein Telefon eintippe.

»Bist du sicher, dass du sonst nichts brauchst?«, fragt er hinterher.

»Nein. Nichts von dir.« Diese Bemerkung nagt an mir, und ich will schon eine Entschuldigung murmeln, doch er kommt mir zuvor.

»Okay.« Jetzt klingt er wie das verwundete Bambi. »Na, wenn du irgendwas brauchst, kannst du mich jederzeit anrufen. Ich bin immer hier.«

»Danke«, murmle ich und beende das Gespräch.

Mein Leben könnte eventuell leichter sein, wenn ich den Mist zwischen meinem Vater und mir einfach abhaken könnte, aber das ist schwierig, zumal ich es kaum verstehe. Ich meine, ich verstehe schon, warum er meine Mom verlassen hat. Er musste sich selbst finden. Und jetzt ist er glücklich mit Trevor, seinem Ehemann – zumindest scheint er es zu sein. Ich verstehe den Wunsch, glücklich zu sein. Aber warum musste er Amy und mich zurücklassen? Hätte er all das nicht auch mit uns erreichen können?

»Alles okay?«, fragt Violet zögerlich.

Ich nicke, drehe mich zu ihr um und unterdrücke die Gefühle, die in mir toben. »Ja, mir geht es gut … Ich rufe meinen Onkel an und frage, ob ich für eine Woche zu ihm nach Las Vegas kommen kann.«

Sie steht an der Tür. »Du hast einen Onkel in Las Vegas?«

Ich nicke wieder. »Aber ich kenne ihn kaum. Ich

hoffe nur, dass er mir einen Gefallen tut«, sage ich und wähle seine Nummer.

Als ich ihn erreiche und ungefähr fünf Minuten lang hauptsächlich übers Spielen mit ihm rede, sagt er: »Klar, komm bloß her! Wir treiben garantiert ein paar Spiele auf, bei denen wir einsteigen können. Mal sehen, wie viel wir machen können.« Er sagt es, als würde er wissen, was los ist, was er wahrscheinlich auch tut, denn er ist mir sehr ähnlich und nur fünfzehn Jahre älter.

Ich stehe auf, um fertig zu packen. Violet ist immer noch an der Tür, sagt kein Wort, doch die Sorge in ihren Augen verrät eine Menge.

»Was ist mit dem College?«, fragt sie schließlich und verlagert ihr Gewicht von einem Fuß auf den anderen.

Mein obsessives Verlangen droht zu übernehmen, aber ich sage ihm, dass es verdammt noch mal ruhig sein soll. »Eine Woche kann ich ruhig verpassen. Das ist nicht weiter wild.« Ich stecke die Schatulle mit meiner Diabetes-Medizin in die Reisetasche.

»Sonst hast du das immer sehr ernst genommen«, entgegnet sie und sinkt auf die Matratze neben meiner Tasche. »Und wenn das irgendwer nachvollziehen kann, dann ich.«

»Weiß ich«, sage ich. Ich liebe und hasse es zugleich, dass wir so vieles gemeinsam haben. Ich liebe es, weil ich unbedingt mit ihr zusammen sein will, und hasse es, weil ich deshalb mit ihr zusammen sein will.

»Las Vegas ist richtig weit weg«, sagt sie. »Kannst du nicht hier spielen?«

»Nein.« Ich halte den Kopf gesenkt, denn wenn ich sie auf meinem Bett sitzen sehe, flippe ich aus. Und ich muss mich konzentrieren. »Ich muss raus und Geld machen, wo mich keiner kennt. Und ich will nicht hier bei Seth und Greyson sein, solange ich diesen ganzen Mist in Ordnung bringe. Das ist mein Problem, nicht ihres.« Ich hebe die Tasche hoch und hänge sie über meine Schulter. »Außerdem ist es im Moment meine einzige Option.«

Sie nagt an ihren Fingernägeln und ist eindeutig nervös. »Für wie lange?«

Ich greife mir ein paar Schlaftabletten von der Kommode und schluckte sie trocken herunter. Wenn sie nicht bald wirken, werden die Schmerzen noch sehr fies. »So lange, wie ich brauche.«

»Ist das denn nicht riskant? Ich meine, du könntest dein Geld verlieren, und willst du wirklich solchen Mist in Las Vegas durchziehen? Ist es da unten nicht, na ja, ziemlich heftig?«

»Ist es eigentlich überall, wenn man es genau bedenkt. Und ich habe keine andere Wahl. Außerdem weiß mein Onkel, was er tut.«

Sie ist still, als ich zum Schrank gehe, um mir meine Jacke zu holen. Ich höre, wie das Telefon in ihrer Tasche wieder klingelt, und als ich mich umsehe, beißt sie sich auf die Unterlippe, während sie die Nachricht liest.

Dann schüttelt sie den Kopf und steckt das Telefon ein. »Möchtest du ein bisschen Gesellschaft? Ich meine, unterwegs oder so.« Sie zuckt mit der Schulter, aber ich sehe ihr an, dass sie unsicher ist und irgendwas verbirgt.

»Du willst mit mir fahren? Im Ernst?« Es muss etwas richtig Übles los sein, dass sie *freiwillig* bei mir sein will.

In ihren Augen ist so viel Angst und Schmerz, dass ich sie in die Arme nehmen und nie mehr loslassen will. Dieser Blick ist ein ganz anderer als auf dem Mauersims vorhin, als sie fast high wirkte. Da dachte ich wirklich kurz, dass sie irgendwas eingeworfen hatte, aber inzwischen glaube ich, es war eher eine Art Adrenalinrausch.

»Ich könnte eine Auszeit gebrauchen«, sagt sie und zuckt wieder mit der Schulter.

Ich frage mich, wer ihr geschrieben hat und ob es deshalb plötzlich okay für sie ist, bei mir zu sein. Ich schätze, es war Preston, der sauer ist, weil sie einen Deal für ihn versaut hat. Verfluchter Arsch. Wahrscheinlich bedroht er sie.

»Ich dachte, du kannst es nicht ausstehen, Kurse zu versäumen?« Abgesehen davon, dass es für sie riskant ist, mit mir zu kommen, widerstrebt es mir grundsätzlich. Ich komme schlicht nicht damit klar, dass es den Anschein hat, als wolle sie weniger mit mir mitkommen als vor etwas anderem fliehen. Und die Vorstellung, mit ihr unterwegs zu sein, unter demselben Dach zu schlafen, obwohl sie eigentlich nicht bei mir sein will, ist gar nicht gut. Damit kann ich derzeit nicht umgehen, und ich darf jetzt auf keinen Fall durchdrehen. Ich muss bei der Sache bleiben und schnell Geld machen.

Sie presst die Lippen zusammen und steht abrupt auf. »Ja, du hast recht. Ich weiß selbst nicht, wieso ich gefragt habe.« Sie läuft zur Tür, doch ich fange sie am Arm ab.

»Ich wundere mich nur, dass du mit mir kommen willst, nach«, ich zeige auf uns beide und suche nach den richtigen Worten, »allem, was die letzten paar Monate war.«

»Ich muss auch weg. Ich kann nicht … ich …« Sie atmet genervt aus und sieht mich endlich an. Es ist so überwältigend, dass mir beinahe die Knie einknicken. »Hör mal, wenn du mich nicht mitnehmen willst, musst du nicht.«

Ich will sie fragen, wovor sie fliehen muss, aber sie macht schon dicht. Und ich kenne sie gut genug, um zu wissen, dass sie es mir nicht erzählen wird. Jedenfalls nicht jetzt.

»Ich will dich ja mitnehmen«, sage ich und lockere meinen Griff an ihrem Arm. »Aber ich möchte dich andererseits nicht weiter in diesen ganzen Mist hineinziehen.«

»Dieser Mist ist um Klassen besser als meine Alternative«, murmelt sie leise. »Glaub mir.«

»Violet, ich …« Ich verstumme, denn ich könnte so viel auf sie einreden, wie ich will, sie wird sich mir nicht so öffnen wie früher. Fast kann ich die Mauer sehen, die sie um sich errichtet, genau wie vor unserer Beziehung, nur zwanzigmal dicker und stärker. »Komm mit mir … Ich möchte es.«

»Okay, wenn du willst«, sagt sie gleichgültig, wobei ein Hauch von *Ich habe gewonnen* aufblitzt. Für einen flüchtigen Moment sehe ich die Violet, für die ich alles verändern und ein besserer Mensch werden wollte.

»Na gut«, sage ich, und es fühlt sich an, als hätten wir wortlos zu einer Art Einigung gefunden – allerdings habe ich das Kleingedruckte noch nicht gelesen. »Bist du bereit? Nein, du willst sicher noch bei … dir vorbei, oder? Sachen holen, meine ich.« Ich blubbere nervös wie ein beknacktes Weichei, das noch nie zuvor Zeit mit einer Frau verbracht hat.

»Ich glaube schon«, sagt sie matt. »Ich meine, ja. Ich muss … zu dem Haus und meine Sachen holen.«

Ich runzle die Stirn, denn in mir wird eine Wut von den Ausmaßen eines Waldbrands wach, als ich mitbekomme, was sie zu verstecken versucht. »Ist da was mit diesem verdammten Arschloch? Er hat dich … er schlägt dich doch nicht oder so? Denn falls doch, prügle ich ihn windelweich.«

»Nein, alles okay – alles ist gut.« Sie befreit ihren Arm von mir. »Fahren wir los, wenn wir das durchziehen wollen. Ich rufe Greyson von unterwegs an und frage ihn, ob er meine Schichten im Restaurant übernimmt.« Ihr ist sichtlich unwohl bei dem Gedanken, so wie sie den Kopf einzieht.

Seufzend folge ich ihr, als sie aus meinem Zimmer geht. Mir ist klar, dass ich gewaltigen Blödsinn mache und versuchen sollte, es wieder hinzubiegen. Doch ich bringe mich einfach nicht dazu, jetzt aufzuhören, und so marschiere ich mitten in die Katastrophe.

VIOLET

Ich habe ein Riesenproblem. Das war mir schon vor Prestons SMS klar. Sie bestätigt es nur.

```
Preston: Hab gerade eine Nachricht von Roy
bekommen. Verdammt, Violet, dafür bezahlst Du,
dass Du mir so einen Kunden versaust. Und es
wird schlimmer als letztes Mal. Ich sage dir,
dafür schuldest Du mir den Rest deines Lebens
was.
```

Die SMS läuft in einer Endlosschleife in meinem Kopf, während ich mich bemühe, genügend Mut aufzubringen, um aus dem Truck zu steigen und meine Sachen aus dem Trailer zu holen. Ich will nicht feige sein, aber ich muss immerzu daran denken, wie ich die letzten zwei Monate für meine Fehler »bezahlen« musste. Die Blutergüsse an meinen Beinen zeigen bis heute, wie ich Abbitte geleistet habe.

Es ist dunkel, eine sternenklare Nacht, und das Verandalicht am Trailer brennt. Irgendwo wird eine Party gefeiert. Autos reihen sich in der Einfahrt, Leute stehen auf der Veranda und davor. Das macht es einfacher, unbemerkt nach drinnen zu kommen, allerdings auch übler, sollte Preston über mich stolpern. Er dürfte high sein und schwerer kontrollierbar.

»Ich komme mit dir«, sagt Luke, stellt den Motor aus und löst seinen Gurt.

Ich will widersprechen, weil ich nicht so von ihm abhängig sein darf, aber jetzt brauche ich leider jemanden. Also nicke ich und steige aus. Als wir uns vor dem Wagen treffen, lasse ich mich von seiner Nähe beruhigen. Ich bin nicht blöd. Bald wird das alles auf mich einkrachen, vor allem wenn wir unterwegs sind und der ganze unausgesprochene Kram zwischen uns hochkommt. Aber im Moment will ich so tun, als fühlte ich mich bei ihm sicher, als wäre ich nie weggerannt, als wäre nicht alles kaputt – als hätte seine Mutter nicht geholfen, meine Eltern zu ermorden.

Oben an der Treppe drängle ich mich zwischen

Betrunkenen und Bekifften durch und bleibe vor der Fliegentür stehen. Preston ist im Wohnzimmer. Er hat einen Joint in der Hand und redet wild gestikulierend mit seinen Kifferfreunden. Musik spielt, und leere Flaschen stehen dicht an dicht auf den Küchenschränken.

»Vielleicht gehe ich lieber alleine rein«, sage ich zu Luke. Aber das sind nur leere Worte.

Luke nimmt wortlos meine Hand, öffnet die Fliegentür, und wir gehen hinein. Preston sieht zunächst nicht in unsere Richtung, weil er so ins Gespräch vertieft ist. Als ich Luke jedoch durch das Gedränge im Flur lotse, bemerkt er uns. Er wirft mir einen finsteren, lüsternen Blick zu, bei dem mir speiübel wird. Dann sieht er Luke, und seine Lüsternheit verwandelt sich in Zorn.

»Was soll die Scheiße?«, fragt er. Schlagartig richten sich alle Augen im Raum auf uns. Qualm umwabert mich, brennt in meiner Nase und riecht nach Gras und Zigaretten.

Normalerweise schrecke ich nicht so leicht zurück, aber ich bin angespannter als sonst, was nicht zuletzt an den Blutergüssen auf meinen Beinen liegen dürfte. »Ich hole meine Sachen«, sage ich verblüffend bestimmt.

Preston lacht, reicht einem großen, schlaksigen Typen seinen Joint und kommt auf mich zu, wobei er Leute aus dem Weg stößt, die kaum bekiffter und verwirrter sein könnten. »Was denn? Ziehst du wieder aus?« Er betrachtet Luke frostig. »Mit diesem Arsch?« Preston mag Luke nicht, seit der ihn mal verdroschen hat.

»Ich weiß nicht, ob ich ganz ausziehe«, sage ich. Lukes Finger wandern hinauf zu meinem Handgelenk und streicheln mich sanft, was mir eine Ruhe beschert, wie ich sie noch nie zuvor empfunden habe. »Aber ich brauche eine Pause von dir und diesem ganzen Mist.« Trotzig recke ich mein Kinn, obwohl ich innerlich schlottere vor Angst.

Ich bin immer schon gut darin gewesen, Selbstbewusstsein vorzugaukeln, wenn es nötig ist. Ich kann auf Kommando tun, als würde mich nichts kümmern, selbst wenn es nicht so ist. Dann benehme ich mich, als ginge mir alles am Arsch vorbei. In Wirklichkeit aber fühle ich *alles*.

Preston ist jetzt direkt vor mir. Ich sehe wieder diesen Blick in seinen Augen: derselbe Blick, den er hatte, bevor es zu meinen Blutergüssen kam. »Du machst einen großen Fehler.« Seine Stimme ist leise und warnend, so wie immer, wenn er mir droht.

Ich hätte mehr kämpfen müssen.

Hätte ihn grün und blau schlagen müssen.

Das hätte ich tun sollen. Und auch gekonnt.

»Ich brauche nur eine Auszeit«, wiederhole ich. *Nicht nachgeben!*

»Eine Auszeit wovon? Von einem Dach über dem Kopf? Geregelten Mahlzeiten? Kutschierdiensten?« Er sieht kurz zu Luke, ehe er sich näher zu mir beugt, bis ich seinen heißen Atem auf meiner Wange fühle. »Oder davon, die kleine Nutte zu sein, die du bist. Du verdammte Fotze benutzt mich, um hier wohnen zu dürfen. Du benutzt deinen Mund und deinen Körper, um das zu kriegen, was du willst.«

Auf einmal lässt Luke meinen Arm los und stößt Preston so grob zurück, dass der stolpert und fast hinfällt. »Sitz ihr nicht auf der Pelle«, warnt er. »Sonst helfe ich nach.«

Ich regle das hier. Ich brauche dich nicht, will ich sagen, doch ich kann kaum atmen, geschweige denn sprechen. Alle sehen, wie schwach ich bin, wie kurz vor einem Zusammenbruch. *Ich brauche etwas. Ich brauche etwas …*

»Knie dich hin«, sagte Preston und stieß mich zum Bett. »Los schon, Violet, knie dich hin, und mach es so, wie du es willst.«

»Was ich will, ist, dir in die Eier treten, Preston«, konterte ich. »Und wenn du mich noch einmal anfasst, werde ich …«

Er packte eine Faustvoll von meinem Haar und riss daran. »Was wirst du?« Er riss wieder daran, doch ich weigerte mich, meinen Schmerz zu zeigen. Ich bin die verfluchte Ruhe vor dem Sturm. Ich bin unberührbar. Keiner kann mir wehtun. »Mach schon, du Superharte. Lass mich all die schrecklichen Sachen hören, die du mit mir tun willst.«

Ich wollte ihm alles erzählen, was für ein Schwein er war, dass er die Finger von mir lassen solle und sich ins Knie ficken, aber dann erinnerte ich mich an das letzte Mal, als ich es tat und er mich rausschmiss. Und diesmal hätte ich nicht Luke, der meinen erbärmlichen Hintern rettet. Also zwang ich mich stattdessen, mich zu entspannen, als er mich auf die Knie drückte, was damit endete, dass ich seitlich gegen das Bett knallte. Dann ging er um mich herum, bis er vor mir war, stieß mich ein Stück zurück und öffnete den Reißverschluss seiner Hose …

»Ich b-bin nur eine Woche oder so weg«, stammle ich und ducke mich an Preston vorbei. Es widert mich an, wie zittrig ich mich fühle, als würde ich auf einem Hochseil balancieren und jeden Moment blind ins Ungewisse stürzen.

»Hau ruhig ab, aber diesmal nehme ich dich nicht wieder zurück!«, schreit er mir wutentbrannt nach und klatscht mir eine Hand auf den Rücken. »Du brauchst mich, Violet Hayes! Ich bin alles, was du hast!«

»Fick dich!«, entgegne ich giftig, drehe mich um und zeige ihm den Stinkefinger. »Ich hasse es hier, und ich hasse dich!« *Scheiße. Oh Gott. Oh Scheiße. Nein.*

»Du undankbare kleine Schlampe«, faucht er und stürmt mir nach. Die Adern an seinen Schläfen und dem Hals treten vor, und er wirkt wütender, als ich ihn jemals erlebt habe. Ich frage mich, wie schlimm er mich schlagen wird, wenn er nahe genug ist; aber das finde ich nicht heraus, denn Luke stößt ihn zurück, sodass Preston gegen die Wand knallt und für einen Augenblick perplex ist.

»Lass sie in Ruhe«, warnt Luke ihn, als er mir mit erhobenen Fäusten durch das Gedränge folgt. »Sie ist weit besser dran, wenn sie nicht hier ist. Sie verdient was Besseres. Und du lässt sie freiwillig gehen, oder ich muss dich dazu bringen, du kranker Drecksack.«

Preston stößt ein höhnisches Lachen aus, das fast psychopathisch klingt, total irre. Ich weiß schon, was kommt, bevor er es sagt.

»Hältst du sie für besser als mich?« Er lacht wieder, und seine Stimme verfolgt mich, als ich durch den Flur laufe. »Willst du wissen, wieso ich sie eine Nutte nenne? Frag sie mal, wie sie ihre Schulden bei mir abbezahlt. Soll sie doch versuchen, dir weiszumachen, sie würde es nicht mögen! Ich habe sie stöhnen gehört, und ich weiß, dass sie es mag!«

Ich halte mir die Ohren zu und renne nach hinten ins Zimmer, weil ich Lukes Reaktion auf das nicht sehen oder hören will, was Preston als Nächstes sagt. Ich halte die Scham nicht aus. Als ich in meinem Zimmer bin, steuere ich direkt den Wandschrank an, wobei mir der Gedanke kommt, dass Luke mich vielleicht gar nicht mehr mitnehmen will, nachdem Preston die Katze aus dem Sack gelassen hat.

»Verdammtes Arschloch«, fluche ich leise. Ich stehe in dem dunklen Zimmer und weiß nicht, was ich tun soll. Am liebsten würde ich mir eine Rasierklinge greifen und mir die Pulsadern aufschlitzen. Bin ich wirklich bereit, so weit zu gehen?

Schließlich hocke ich mich auf den Boden, ziehe die Beine an die Brust und lehne meinen Kopf auf die Knie. »Warum, warum, warum kann ich mich nicht gegen ihn wehren? Bei jedem anderen kann ich es, nur bei ihm bin ich so ein Schwächling!«

»Das ist nicht deine Schuld.« Lukes Stimme lässt mich erstarren. Super, er hat mich gehört, wie ich meine Schwäche eingestehe! *Und was für eine Schwäche!* »Er missbraucht seine Macht als Elternersatz und gibt dir bewusst das Gefühl, hilflos zu sein.« Ich presse die Lippen zusammen und sehe zu ihm auf. Er ist nur ein Schattenriss in der Dunkelheit, sodass ich sein Gesicht nicht sehe.

Ich zwinge meine Gefühle zurück, weil ich nicht will, dass er in meinem Gesicht lesen kann. »Sprichst du aus Erfahrung?«

»Ja«, antwortet er schlicht und kommt ein Stück auf mich zu. »Meine Mutter hat ihre Macht sehr gerne und oft missbraucht.«

Das ist etwas, das mich seit dem Tag verfolgt, als ich die Wohnung verließ – ihn verließ. Luke hasst seine Mom, wie ich schnell begriff, als ich ihn kennenlernte. Er erzählte mir einige vage Geschichten, wie sie ihn zwang, ihr Heroin zu spritzen. Allerdings bin ich sicher, dass jene Geschichten bestenfalls an der Oberfläche dessen kratzen, was diese Frau an Problemen verursacht hat. Ein Teil von mir fühlt sich mies, weil ich ihm die Schuld für etwas gebe, das sie getan hat. Es ist nicht Lukes Schuld, dass meine Eltern tot sind, dennoch erinnerte er mich schmerzlich an das, was geschah, und das tut er noch.

»Vielleicht sollte ich nicht mit dir kommen«, sage ich schweren Herzens. »Es war wohl von Anfang an keine gute Idee. Du und …« Ich verbanne diesen Gedanken aus meinem Kopf, weil ich es mir zu sehr wünsche. Es ist besser, wenn ich nicht mit ihm gehe, auch wenn ich eigentlich nicht weiß, wo ich sonst hinsoll, es sei denn, ich bin bereit, meine Würde und mehr zu opfern.

Er schweigt, tritt zurück und tastet nach dem Lichtschalter. Als das Licht angeht, muss ich blinzeln, während Luke mich prüfend ansieht. Ich habe keine Ahnung, wonach er in meinem Gesicht sucht. Dann sagt er: »Nein, du kommst mit mir. Auf keinen Fall lasse ich dich hier.« Er sieht über die Schulter zur Tür. »Nicht bei ihm. Das ist krank, wie er dich anguckt und dich behandelt.« Sein Blick trifft auf meinen, und wieder regt sich dieses Gefühl in mir, bei ihm wäre ich sicher. Leider tut das noch mehr weh. »Du musst dich von ihm fernhalten, Violet. Und du hast was Besseres verdient als das hier.« Seine Lippen sind so schnell auf meinen, dass mein Verstand nicht mitkommt. »Etwas viel, viel Besseres.«

Ich will widersprechen, und nicht nur seinen Worten; ich will ihm sagen, wie schlecht es für mich ist, mit ihm zu gehen. Luke und ich haben noch nicht mal angefangen, das Riesenproblem zu streifen, das uns vor zwei Monaten auseinandertrieb. Jetzt zusammen wegzufahren kommt mir viel zu impulsiv vor. Es könnte uns beide geradewegs in die Katastrophe führen. Trotzdem würde ich lieber das mit Luke irgendwie auf die Reihe bringen, als bei Preston zu bleiben. Mit ihm zusammenzuwohnen ist ein Albtraum, und ich muss atmen können, ohne das Gefühl zu haben, dass meine Lunge kollabiert. Sei es auch nur für einen Moment.

Ich stehe auf und packe meine Sachen. Mir ist bewusst, dass ich vor meinen Problemen weglaufe und die direkt vor meiner Nase meide. Über kurz oder lang bricht das alles über mich herein.

Tut es ja immer.

Kapitel 6

LUKE

Wir verlassen den Trailer ohne große weitere Belästigung von Preston, aber dem Typen steht sowieso »totaler Schlappschwanz« auf die Stirn geschrieben, so wie er kneift, als ich ihn herausfordere. Mir wird schlecht davon, wie er Violet behandelt, wie er die Tatsache, dass sie niemanden hat, als Waffe gegen sie einsetzt. Es ist wie ein kranker Zwang, ähnlich dem meiner Mutter, mich komplett zu kontrollieren.

Ich versuche, nicht darüber nachzudenken, als wir aus der Stadt und auf die Autobahn fahren. Mittlerweile ist es spät. Der Mond steht hell am Himmel, und wir fahren in Richtung Las Vegas, das von Laramie aus zwölf Stunden Fahrt entfernt ist. Violet sitzt stumm neben mir. Auf jeden Fall hat sie es geschafft, so viel Abstand zwischen uns zu bringen, wie es irgend möglich ist. Sie lehnt dicht an der Beifahrertür. Zwischen uns scheint eine Menge Raum zu sein, auch wenn ich sie berühren könnte, würde ich den Arm ausstrecken.

Eine Weile denke ich, dass sie eingeschlafen ist, so wie ihr Kopf am Seitenfenster lehnt, ihr Körper sanft an die Tür gestützt ist und ihre Brust sich unter sanften Atemzügen hebt und senkt. Ich greife nach dem Radio, um Musik anzustellen, als sie sich plötzlich aufsetzt und sehr wach aussieht.

»Also, was genau hat er zu dir gesagt?«, fragt sie, dreht sich zu mir und winkelt ihr Bein auf dem Sitz unter sich an.

Ich nehme die Hand wieder ans Lenkrad. »Ich weiß nicht, wovon du redest.« Eigentlich weiß ich es schon, aber ich will nicht darüber reden … nicht einmal daran denken.

»Preston.« Ihre Stimme ist matt, ohne jede Emotion, so wie bei unserer ersten Begegnung. Es bringt mich um, sie so zu hören. »Im Wohnzimmer, als ich wegging. Was hat er dir über die letzten zwei Monate erzählt, als ich bei ihm gewohnt habe?« Sie bemüht sich, gleichgültig zu bleiben, doch am Ende kippt ihre Stimme und verrät, wie verletzt sie ist. Da möchte ich Preston unbedingt noch mehr wehtun.

»Mich interessiert nicht, was er faselt«, sage ich und umklammere das Lenkrad fest, während ich versuche, mich auf die Straße zu konzentrieren statt auf meine Wut. »Mich interessiert nur, was du sagst.« Ich warte, dass sie etwas sagt. Preston hatte mir im Grunde nichts Neues erzählt, denn ich hatte ja morgens gesehen, wie sie sich auf dem Parkplatz küssten. Trotzdem habe ich das Gefühl, dass da so viel mehr ist. Oder ich bin einfach blöd und naiv, wofür ich mich bisher eher nicht gehalten habe. »Willst du darüber reden?«

Sie schüttelt den Kopf. »Nein.«

Es ist verflucht schwer, aus ihr schlau zu werden, wenn sie so dichtmacht. »Möchtest du über irgendwas reden?« Zum Beispiel über das Damoklesschwert, das über uns schwebt. Aber sind wir dazu schon bereit?

Sie überlegt. Ihr Blick wandert nach oben zum Nachthimmel. »Hast du noch das Sex-Tape hier drin?«

Wie bitte? »Welches Sex-Tape? Ich habe noch nie ein Sex-Tape gehabt.« Das ist gelogen. Ich hatte einmal eines aufgenommen, als ich achtzehn und mit diesem Mädchen zusammen war, das total auf schräge Sachen abfuhr. Aber davon kann Violet eigentlich nichts wissen, und ich will auch nicht, dass sie es erfährt.

Sie sieht zu mir, doch es ist zu dunkel, um ihren Gesichtsausdruck zu erkennen. »Jetzt lügst du. Du hast eins aufgenommen!« Ihr Tonfall ist neugierig und unbeschwert. »Übrigens würde ich ja gerne behaupten, dass es mich überrascht, aber das tut es nicht.«

Ich entspanne mich ein wenig, weil sie verspielter gestimmt ist. »Okay, ich muss mich noch entscheiden, ob ich beleidigt sein soll oder nicht, weil du mich für eine Art männliche Nutte hältst.« Die ich auch bin – war. Das ist vorbei.

»Du brauchst nicht beleidigt zu sein«, verspricht sie mit einem Anflug von Belustigung. »Außerdem bin ich sicher, dass es ein Spitzen-Tape war.«

Gott, was würde ich geben, jetzt ihr Gesicht zu sehen, als sie sich zurücklehnt! Sie winkelt die Beine unter sich an, sodass ihr Kleid noch höher rutscht. Am liebsten will ich hinüberrutschen und beenden, was wir in Geraldsons Badezimmer begonnen hatten.

Dies ist nicht der Zeitpunkt, einen Ständer zu kriegen!

»Und übrigens meinte ich auch kein richtiges Sex-Tape«, fährt Violet fort. »Sondern dieses Musik-Tape, das ich mal hier gefunden habe und das mit ›fick mich‹ oder so beschriftet war.«

Von ihr die Worte »fick mich« zu hören macht mich erst recht hart. Doch zwischen uns ist kein Vertrauen mehr, nichts, was in ihr den Wunsch wecken könnte, von mir angefasst zu werden. Nichts außer meiner Sehnsucht, ihre undurchdringliche Mauer zu durchbrechen. Der Versuch dürfte mir einen gewaltigen Hormonstau bescheren.

Ich versuche mich diskret bequemer hinzusetzen. »Oh, ich glaube, das ist noch unter dem Sitz von …« Von dem Mal, als du und ich in diesem Truck saßen und zu unserem allerersten Date fuhren. Mir wird die Brust eng, sodass ich schlecht Luft bekomme, und ich will nur noch trinken, bis ich meinen Körper nicht mehr fühle.

Violet beugt sich vor und greift unter den Sitz. Dort wühlt sie herum, bis sie das Tape gefunden hat. »Es ist noch genau da, wo du es hingeschmissen hast.« Sie setzt sich wieder auf und liest die Beschriftung. »Mein Fick-Tape.« Sie dreht die Kassette hin und her und grinst ein wenig. »Komisch, dass du tatsächlich noch Kassetten hast. Die meisten Leute wissen nicht mal mehr, was das ist.«

»Der Truck hatte einen Kassettenrekorder, und ich bin zu geizig, um eine neue Anlage einzubauen«, erkläre ich. »Vielleicht tausche ich sie irgendwann mal aus.«

Kopfschüttelnd steckt Violet die Kassette in den Player. »Tu's nicht. Die Anlage verleiht dem Truck Persönlichkeit.« Sie drückt auf »Play«, lehnt sich zurück und wartet, dass ein Song beginnt. Ich kann mich ums Verrecken nicht erinnern, was auf dem Tape ist.

Sekunden später krümme ich mich innerlich, als der erste Song losgeht. Violet hält sich sofort den Mund zu, um ihr Lachen zu unterdrücken. So bleibt sie, hört sich den Text an, bis sie schließlich die Hand wieder herunternimmt. »Also ... so nennst du dein besonderes Teil?«, fragt sie und gluckst vor Lachen, ehe sie sich wieder den Mund zuhält.

Ich schüttle den Kopf, strecke verspielt einen Arm aus und knuffe sie in die Schulter. Ja, ich flirte, aber sie hat angefangen. »Selbst wenn ich einen

Namen für meinen Schwanz hätte, wäre er garantiert viel besser als der.«

Sie lacht weiter, die Hand über ihrem Mund, und knufft mich mit dem freien Arm zurück. »Ich fasse nicht, dass du zu diesem Song Sex hattest!«

»Hey, ich habe nie behauptet, dass ich mit irgendwem hierzu Sex hatte!«, widerspreche ich, obwohl ich keinen Schimmer habe, ob das stimmt. Ich versuche, nicht zu grinsen, weil ich nie dachte, dass dies hier noch einmal geschehen könnte, dass es zwischen uns für einen Moment so unkompliziert ist. Allerdings will ich mich nicht zu sehr freuen, denn ich weiß, dass es jederzeit vorbei sein kann. »Und die Stücke sind nicht alle schlecht. Einige sind sogar ziemlich gut.« Ich spule zum nächsten Song vor. »Closer« von Nine Inch Nails beginnt, und ich lasse es spielen.

Violet nimmt die Hand herunter und lauscht stumm dem Text. Wäre sie nicht so gut darin, ihre Gefühle zu beherrschen, würde sie wahrscheinlich rot. Aber das ist nicht ihr Stil. Ich erinnere mich, wie sie mir erzählte, dass sie Jungfrau ist, bevor ich zum ersten Mal mit ihr schlief. Sie sagte es so unverblümt, so selbstsicher, dass ich vor lauter Schreck meinen Drink verschüttete. Das einzige Mal, dass sie in meinem Beisein ihre Gefühle zeigte, war auch das einzige Mal, dass wir miteinander schliefen. Es war auch das erste Mal, dass ich nicht versuchte, irgendwas zurückzuhalten. Es machte den Moment vollkommen. Und wenige Stunden später brach alles auseinander.

Eine andere Zeit, ein anderer Ort, an dem ich gerne geblieben wäre. Für einen Augenblick war alles vollkommen, doch es war nur die Ruhe vor dem Sturm.

»Okay, der ist nicht so schlecht«, bemerkt Violet und neigt den Kopf nach hinten, den Mund leicht geöffnet. Sie ist total entspannt. »Tatsächlich kann ich mir vorstellen, dass es gut ist, dazu Sex zu haben.«

Gott, was würde ich darum geben, jetzt mit ihr Sex zu haben! Jetzt sofort. Zu diesem Song.

Ich könnte es versuchen, aber das tue ich nicht. Stattdessen versuche ich, der anständige Kerl zu sein, in den sie mich vor ein paar Monaten verwandelte. Der, der besser auf sich aufpasst, der nicht so viel trinkt und nicht so wütend ist.

In der nächsten Stunde bemühe ich mich, meine Hormone im Zaum zu halten, während diese komische sexuelle Spannung zwischen uns wächst, weil Violet darauf besteht, das gesamte Tape zu hören. »Change« von Deftones, »Something in Your Mouth« von Nickelback, »Addicted« von Saving Abel. Die Liste geht so weiter, und mit jedem Song wird es heißer und aufgeladener. Vor allem erinnert es mich immer stärker an das einzige Mal mit Violet. Mann, ich will sie wieder! Ernsthaft, wessen Idee war das hier? Es wird derart heiß im Truck, dass ich das Fenster öffne, wobei ich vorgebe, ich wolle nur rauchen. Tatsächlich muss ich dringend abkühlen, sonst kriege ich am Ende noch einen Orgasmus beim Fahren.

Ich sättige meine Lunge mit Nikotin, als Violet endlich auf ihrem Sitz nach vorn rutscht und die Musik leiser stellt. »Du hast echt eine dreckige Fantasie, Luke Price. Im Ernst. Wo hast du diese ganzen Songs gefunden?«

Ich zucke mit den Schultern. »Das Tape habe ich irgendwann aus lauter Langeweile aufgenommen. Es dauerte einige Zeit, aber ich war ganz schön stolz darauf.«

Sie sieht zu mir, und ihre Augen blitzen im fahlen Mondlicht, das durch die Fenster hereinscheint. »Wie oft hattest du zu diesem Tape Sex?«

Ich verlagere meine Sitzposition und asche durchs Fenster ab. »Mir ist nicht ganz wohl dabei, mit dir über so was zu reden«, gestehe ich.

»Tja, es ist aber leichter, als über all die Sachen zu reden, über die wir nicht sprechen, oder?« Mit einem Seufzer sinkt sie gegen die Rückenlehne.

»Wir können reden …« Ich nehme einen tiefen Zug von der Zigarette und puste langsam aus, sodass Rauch mein Gesicht umkreist. »Wenn du willst.«

Sie verspannt sich, als sie den Kopf schüttelt und zu ihrem Seitenfenster sieht. »Ich bin noch nicht so weit«, sagt sie leise. »Lieber möchte ich ein bisschen länger so tun, als wäre alles gut.«

Ehrlich, noch nie hat mir wegen jemand anderem das Herz geblutet, aber jetzt tut es das. Ich will rechts ranfahren, sie in die Arme nehmen und einfach nur festhalten. Aber das ist es eigentlich nicht, worum sie mich bittet, oder?

Also drücke ich stattdessen die Kassette aus dem Fach und werfe sie aufs Armaturenbrett. »Übrigens habe ich noch drei mehr von denen im Handschuhfach.«

Sie lächelt ein wenig, als sie sich aufsetzt, die Kassetten herausholt und weiter so tut, als wäre alles okay, was es nicht ist.

VIOLET

Irgendwann gegen zwei Uhr nachts schlafe ich ein und werde sofort von einem Albtraum geplagt. Es ist der, in dem ich im Keller bin, mich verstecke und den Geräuschen lausche, die ich für ein Feuerwerk halte; tatsächlich höre ich den Tod meiner Eltern. Der Albtraum hat sich während der letzten zwei Monate in etwas verändert, das mir nicht gefällt.

Luke.

Er ist es, der in jener Nacht hinunter in den Keller kommt: nur ein Junge in meinem Alter, der jedoch nicht dort ist, um jemanden zu verletzen. Er will mir helfen. Immerzu will er mir helfen.

»Nimm meine Hand«, sagt er, als er mitten im Kellerraum steht und mich direkt ansieht. Ich hocke in der Ecke, versteckt zwischen Kartons und Spielsachen. Ich verstehe nicht, warum er mich sehen kann oder woher er weiß, dass ich Angst habe, doch er tut es. »Hab keine Angst. Ich tue dir nichts. Ich beschütze dich.«

Ich schüttle den Kopf und wage nicht, mich zu bewegen. »Ich kann nicht.«

»Doch, du kannst«, sagt er und kommt auf mich zu. »Es wird alles gut.«

»Aber ich habe solche Angst«, flüstere ich. Entsetzt höre ich den Lärm von Schmerz und Zerstörung, der das Haus füllt.

Er kniet sich vor mich, die Hand immer noch ausgestreckt. »Mir macht sie auch Angst, aber wenn wir zu zweit sind, ist es vielleicht nicht so gruselig.«

Ich zögere. Schließlich gebe ich ihm die Hand und krabble aus meiner Ecke. Es tritt ein Moment ein, in dem ich mich sicher fühle, während er meine Hand hält. Dann aber höre ich noch einen Knall. Ich zucke zurück, sodass meine Finger aus seinen gleiten und die Sicherheit verschwindet, weil er von mir weggezogen wird. Geraubt von seiner Mutter, die anfängt, dieses dämliche Lied zu singen. Den Song, der mein Leben zerstört.

Meine Lider fliegen auf, als ich nach Luft schnappe

und darum kämpfe, dass meine Lunge weiteratmet, mein Körper weiterlebt, mein Verstand weiterarbeitet. Ich packe die Sitzkante.

»Violet, atme«, sagt Luke neben mir. Der Truck bewegt sich nicht mehr, und die Sonne steht hoch am strahlend blauen Himmel, deshalb kann ich Luke ansehen, wie besorgt er ist. Er breitet die Arme aus, um mich zu halten, aber das kann ich jetzt nicht zulassen – nicht solange die Gefühle des Albtraums noch in mir sind.

»Ist schon okay«, sage ich heiser, lehne mich an die Tür und schnappe nach Luft. »Ich hatte bloß einen Albtraum.«

Luke ist der einzige Mensch auf der Welt, der weiß, wovon meine Albträume handeln, und es ist offensichtlich, wie schwer es ihm fällt, nichts zu sagen. Doch er schafft es, seine Gedanken für sich zu behalten, und öffnet die Fahrertür, um auszusteigen. »Ich muss tanken«, murmelt er und versucht meine Ablehnung abzuschütteln. »Wie wäre es, wenn du in den Shop läufst und etwas zu essen besorgst?«

Ich nicke und warte, bis er ausgestiegen ist, ehe ich aus dem Truck klettere. Ich trage noch das kurze Kleid und die hohen Schuhe von gestern, was wirklich unbequem ist. Deshalb hole ich mir frische Sachen aus der Tasche auf der Rückbank und gehe in den Waschraum der Tankstelle, um mich umzuziehen. Ich schlüpfe in mein *Nirvana*-T-Shirt, eine

Jeans und ein paar Flip-Flops. Dann setze ich eine Beanie auf, damit ich meine Haare nicht zurechtmachen muss. Auf Make-up verzichte ich, sprühe mir aber ein bisschen Deo auf.

Schließlich gehe ich durch die Gänge im Laden und sehe nach meinen Telefonnachrichten. Ich beschließe, Greyson anzurufen und ihn zu fragen, ob er bei der Arbeit für mich einspringen kann. Eigentlich will ich es nicht, weil ich ungern andere um etwas bitte. Doch ich habe keine andere Wahl.

Nach dem vierten Klingeln meldet er sich. Seiner Stimme nach zu urteilen habe ich ihn geweckt. »Was gibt's?«, fragt er gähnend.

»Du musst die nächste Woche meine Schichten im Diner übernehmen«, sage ich und greife eine Tüte Cheetos aus dem Regal.

»Warum? Was ist los?«

Ich nehme auch eine Tüte M&Ms und gehe weiter zu den gekühlten Getränken. »Nichts Besonderes. Ich brauche bloß mal eine Woche frei.«

Er zögert und sagt streng: »Nein, mache ich nicht.«

Ich öffne gerade eine der Glastüren, um eine Dr. Pepper herauszunehmen, erstarre aber mitten in der Bewegung. Normalerweise ist Greyson nie so schroff zu mir. Das ist eher Seths Ding, und sogar er hat es inzwischen ein bisschen runtergekocht. Deshalb bin ich erschrocken. »Warum nicht?«

»Weil du mir nicht den wirklichen Grund verrätst.«

»Es gibt keinen wirklichen Grund.« Ich nehme zwei Coladosen, lasse die Glastür zufallen und gehe zur Kasse. »Ich brauche einfach eine Auszeit. Das habe ich doch schon gesagt.«

»Ich erkenne es, wenn du lügst, Violet«, sagt er, und ich zucke zusammen. Ich mochte es nie, wenn Leute mich gut genug kennenlernen, um mich zu durchschauen. Offensichtlich tut Greyson es dennoch. »Wenn du mir den wahren Grund sagst, springe ich gerne für dich ein. Aber wenn nicht, sehe ich dich wohl heute Abend im Diner.«

»Na gut.« Ich ziehe eine Grimasse. »Ich schaffe es nicht zur Arbeit, weil ich unterwegs bin.«

»Mit wem?«

»Jemandem.«

»Violet!«

»Oh, verdammt noch mal.« Ich stelle die Sachen auf den Kassentresen und ignoriere den bösen Blick der circa fünfzigjährigen Kassiererin. »Ich bin mit Luke unterwegs, okay? Wir fahren nach Las Vegas.«

»*Was?*« Er ist geschockt, und ich kann es ihm nicht verdenken. Bei einer unserer kleinen »Sessions« nach der Arbeit hatte ich versehentlich ausgeplappert, was zwischen Luke und mir passiert war – na ja, irgendwie zumindest. Gewöhnlich bin ich gut darin, Sachen für mich zu behalten, aber anscheinend macht mich die Tatsache, dass ich neuerdings Freunde habe, zu einer plappernden

Schnepfe, die ihre Probleme nicht für sich behalten kann. »Wie zur Hölle konnte das denn passieren?«

»Ein verrückter Zufall. Wieder mal das Schicksal«, sage ich und lege einen Zehn-Dollar-Schein auf den Tresen. »Hör mal, ich möchte wirklich keine Einzelheiten erzählen, denn das steht mir nicht zu. Aber du kannst Luke anrufen, wenn du willst. Vielleicht erzählt er dir, was los ist.« Die Kassiererin gibt mir mein Wechselgeld und die Tüte mit meinen Einkäufen, während ich das Kleingeld einstecke.

»Na gut«, seufzt Greyson. »Ich springe für dich ein, aber irgendwann musst du mir verraten, wie es dazu kommen konnte und was passiert, solange ihr unterwegs seid.«

»Abgemacht.« Ich gehe hinaus zum Truck und stelle fest, dass Luke nicht da ist. Er muss wohl zum Klo gegangen sein oder so.

»Und, Violet?«

»Ja?«

»Wenn du irgendwas brauchst, ruf mich jederzeit an, okay?«, sagt Greyson. »Nein, versprich mir, dass du dich zwischendurch meldest.«

Ich habe eine Hand am Griff der Beifahrertür und will einsteigen, als er das sagt. Und ich erstarre. So etwas hat noch keiner zu mir gesagt. Noch keiner hat sich hinreichend um mich gesorgt, um das zu sagen … na ja, mit Ausnahme von Luke. Sonst keiner, seit meine Eltern gestorben sind. Mir ist nicht wohl dabei, und ich weiß nicht, was ich sagen soll, weil ich mir bloßgestellt vorkomme und kurz vorm Heulen bin. *Gott, was geschieht mit mir? Ich war doch mal tough.*

Ich räuspere mich mehrmals, ehe ich antworte: »Okay, mach ich.«

»Gut. Und sei vorsichtig … Und versuch nicht in Schwierigkeiten zu geraten.«

»Du klingst wie ein Vater.« Ich verdrehe die Augen, werfe die Tüte mit dem Essen in den Truck und steige ein.

»Das liegt daran, dass ich mich um dich sorge«, sagt er, als ich die Tür schließe. »Und dich mag.«

Ich bin unsicher, wie ich reagieren soll, und mir schnürt es wieder die Kehle zu, also vermeide ich es, irgendwas zu sagen. »Ich rufe dich wieder an, okay?«, antworte ich hastig und lege auf. Meine Hände zittern ein bisschen, als ich das Telefon einstecke.

Ich drehe das Fenster herunter, um frische Luft in den Wagen zu lassen, lehne den Kopf zurück und überlege, wann Greyson und ich Freunde wurden. Viel habe ich ihm bisher nicht von mir erzählt, beispielsweise nicht, was mit Preston war, von meinem Dealen oder meiner Adrenalinsucht. Trotzdem scheinen wir eine Art Linie überschritten zu haben, dass er sich um mich sorgt und ich gewillt bin, ihm die Sorge zu nehmen, indem ich mich bei ihm melde.

»Das ist mal ganz was Neues«, murmle ich.

Wenige Momente später vibriert das Telefon in meiner Tasche. Ich denke, dass es wieder Greyson ist, der wissen will, wann meine Schichten sind, weil ich vergessen hatte, es ihm zu sagen. Doch als ich das Telefon heraushole und sehe, dass es eine SMS von einer unbekannten Nummer ist, läuft mir ein eisiger Schauer über den Rücken, und alles Wohlgefühl verflüchtigt sich.

`Unbekannt: Dein Schweigen heißt wohl, dass Du nicht wissen willst, wer es war.`

Ich möchte antworten, dass ich es bereits weiß, aber ich traue dem Unbekannten nicht. Es muss ein gelangweilter Reporter sein, der nach einer Story sucht.

`Unbekannt: Sag mir, Violet, wie widerlich fühlst Du Dich dabei, dass Du mit ihrem Sohn geschlafen hast?`

Mir bleibt das Herz stehen – und stirbt in meiner Brust. Ich vergesse zu atmen. Es muss Luke gemeint sein, Miras Sohn, nur woher weiß der Schreiber von ihm? Keiner außer der Polizei, Luke und mir wissen davon. Und die Polizei weiß nicht, dass ich mit Miras Sohn geschlafen habe, sondern lediglich, dass ich ihn kenne. Zudem glauben sie bislang nicht so ganz, dass sie schuldig ist, also warum sollte mir ein Polizist so etwas schreiben – warum sollte mir irgendwer so etwas schreiben?

Mein Herz wummert wieder los, und der Pulsschlag rauscht in meinen Ohren.

Es war noch jemand da.

Es war noch jemand da.

Es war noch jemand da.

Sie wissen Bescheid.

Sie wissen Bescheid.

Sie wissen Bescheid.

Mein Atem stockt, als ich zurückschreibe.

```
Ich: Wer bist Du, verdammt?
Unbekannt: Kannst Du Dir das immer noch nicht
denken? Tja, überrascht mich aber nicht,
wenn ich bedenke, wer Deine Eltern waren. Die
brauchten auch lange, Dinge zu kapieren.
```

Ich bebe vor Wut und schleudere das Telefon weg, ohne nachzudenken. Es fliegt aus dem Fenster auf den Boden, wo der Rückendeckel abfliegt, worauf der Akku in eine Pfütze schlittert.

»Verdammt!« Ich öffnete die Tür, hüpfe aus dem Truck und hebe mein Telefon auf. Dann starre ich zu dem Akku in der Pfütze. Der ist nicht mehr zu gebrauchen. Und folglich mein Telefon auch nicht mehr.

»Alles okay?«, fragt Luke, der zu mir kommt.

Ich schüttle den Kopf. »Nicht wirklich.« Ein Teil von mir ist froh, dass der Unbekannte mich nicht mehr erreichen kann. Ein anderer Teil aber ist frustriert, weil derjenige tatsächlich etwas wissen könnte, und jetzt habe ich die einzige Möglichkeit ruiniert, es herauszufinden. Ich muss Detective Stephner anrufen und es ihm wenigstens erzählen. Doch seine Telefonnummer ist in meinen Kontakten gespeichert.

Seufzend drehe ich mich um und zeige Luke erst mein Telefon, dann den Akku unten auf dem Boden. »Ich glaube, der ist hinüber. Irgendwie muss ich mir ein neues Telefon besorgen, wenn wir in Las Vegas sind.« Ich sehe mir das Telefon genauer an und überlege, ob es mit einem neuen Akku noch funktionieren könnte. Es sind ein oder zwei Kratzer dran, sonst nichts. »Vielleicht brauche ich auch bloß einen neuen Akku.«

»Kein Problem, aber«, er runzelt die Stirn, »wie ist das passiert? Hast du es fallen gelassen?«

»Nein, ich habe es aus dem Fenster geworfen.«

Er ringt mit sich, ob er nach dem Grund fragen soll, und verschränkt die Arme vor der Brust. In seiner einen Hand hält er einen Energy-Drink. »Darf ich fragen, warum?«

Wie höflich. »Weil ich eine SMS bekommen hatte, die mich wütend gemacht hat.«

Ich sehe ihm an, dass er mich mit Fragen löchern will, aber er tut es nicht. »Wollen wir weiterfahren?

Es sind noch ein paar Stunden, und ich wäre gerne vormittags da.«

Er hat ein frisches T-Shirt an. Die Jeans ist noch dieselbe, und er hat Ringe unter den Augen. Seine Lippen wirken rissig. Er ist blass und irgendwie nach links geneigt. Wahrscheinlich tut die Stelle noch weh, wo ihn der Typ geschlagen hat.

»Soll ich fahren?«, biete ich ihm an. »Du siehst müde aus. Und als hättest du Schmerzen.«

Er schüttelt den Kopf und hebt seinen Energy-Drink in die Höhe. »Nein, alles gut. Ich muss nur dies hier trinken und … meinen Blutzucker kontrollieren … Vielleicht brauche ich eine Spritze … dann ist alles wieder klar.« Sogar seine Stimme klingt müde.

Ich halte ihm die Hand hin. »Lass mich fahren, damit du schlafen kannst.«

Er zögert, aber letztlich holt er die Schlüssel aus seiner Tasche. Als er sie mir gibt, streifen seine Fingerknöchel meine Handfläche, und ich ertappe mich dabei, wie ich erschaudere, obwohl mir kein bisschen kalt ist. So wie er mich ansieht, bemerkt er es, sagt jedoch nichts, als ich in den Truck steige und er etwas aus seiner Tasche holt.

Als er in den Truck kommt, hat er ein kleines Lederetui in der Hand. Er nimmt das stiftähnliche Ding heraus, mit dem er seinen Blutzucker prüft, und sticht es in seine Haut. Es erinnert mich an die Nacht, als ich ihn in der Bar fand und es für ihn tun musste. Er sieht auf das kleine Display und schüttelt den Kopf. Sichtlich genervt holt er noch etwas aus dem Etui, an dessen Spitze eine Nadel ist. Er nimmt die Kappe ab, zieht sein Shirt hoch, unterbricht aber und sieht mich skeptisch an. Ich rechne schon damit, dass er mich bittet wegzusehen. Was ich auch beinahe will; andererseits kann ich den Blickkontakt nicht unterbrechen.

Schließlich kneift Luke die Augen zu wie ein Kind, das Angst vor Nadeln hat. Der Moment ist seltsam intim; ich kann es nicht mal erklären. Als hätte noch nie jemand gesehen, wie er das macht, und als hätte er Angst, es mich sehen zu lassen, zugleich aber auch nicht allein sein möchte. Ich erinnere mich, dass er mir erzählte, wie seine Mutter ihn zwang, ihr Heroin zu spritzen; das muss furchtbar für ihn gewesen sein, schmerzlich, und nicht auf eine rein körperliche Art.

Eine Art Blase bildet sich um uns herum und sperrt die Realität aus. Ich bemerke, wie ich auf ihn zutreibe, seine Hand halten und ihn trösten will. Doch dann ist er fertig, und die Blase zerplatzt. Die Wirklichkeit rauscht wieder auf mich ein und erdrückt mich.

Kapitel 7

LUKE

»Die Gebäudenamen sind witzig«, bemerkt Violet mit Blick auf die Karte vom Las Vegas Strip, die ich in meiner Tasche hatte. Wir parken an einer Tankstelle gleich außerhalb der Stadt und sehen nach, wo wir hin müssen. Es ist Mittag, stickig heiß, und mein Truck hat keine Klimaanlage, sodass wir praktisch zerfließen.

»Oh, ich will im Caesar's Palace wohnen«, sagt sie und hüpft auf dem Fahrersitz auf und ab wie ein kleines Kind in einem Süßwarenladen. Sie sieht zu mir, und die Aufregung in ihren Augen entlockt mir ein kleines Lächeln, obwohl ich hundemüde bin. »Das ist das Hotel aus *Hangover*, stimmt's?«

Ich nicke und sehe hinüber zum Las Vegas Strip in der Ferne. »Aber da können wir nicht wohnen.«

Sie schmollt. Ja, sie schiebt tatsächlich die Lippen vor und schmollt! Das hat sie noch nie gemacht, und es freut mich, denn dieses Schmollen ist wie eine Geheimwaffe, die es richtig schwer macht, ihr irgendwas abzuschlagen. »Wieso nicht?«

Ich rücke näher zu ihr, achte allerdings darauf,

sie nicht zu bedrängen. »Siehst du die ganzen riesigen Bauten hier?«, frage ich und male mit dem Finger eine Linie auf der Karte entlang des Las Vegas Strip. »Das sind Kasinos, und in die darf man erst, wenn man über einundzwanzig ist.«

»Du hast einen falschen Ausweis«, sagt sie. »Warum können wir den nicht benutzen?«

»Zu riskant«, antworte ich, atme ihren Duft ein und hoffe, dass sie es nicht merkt. »Wir müssen vorsichtig sein. Außerdem will ich so viel Geld wie möglich sparen.«

Sie schmollt immer noch, als sie die Karte zusammenfaltet und mir zurückgibt. »Und wo wohnen wir?«

Ich stecke die Karte ins Handschuhfach. »Bei meinem Onkel.« Als ich schon nach dem Türhebel greife, fahre ich innerlich zusammen. Ich hatte meinem Onkel nichts von Violet gesagt, weil ich ganz ehrlich nicht glaubte, dass sie tatsächlich mitkommen würde. Und jetzt werde ich nervös, nicht nur, weil mein Onkel vielleicht nicht begeistert ist, sondern wegen der Szene. *Was hat mich denn bloß geritten, sie hierher zu bringen? Ich bin durch und durch egoistisch, das ist es!*

»Warum siehst du so nervös aus?«, fragt sie und rollt ihr Fenster weiter nach unten.

Ich zucke mit den Schultern. »Wegen dem, was wir machen … spielen … und hier bei dem Bruder meines Dads wohnen …« Fast unbewusst lege ich meinen Arm auf die Rückenlehne hinter ihr, während mir der Brustkorb eng wird. »Und wegen der Kreise, in denen wir verkehren werden.«

Sie blickt mich mitfühlend an, denn sie weiß von meiner gestörten Beziehung zu meinem Dad. Sie kam sogar schon mal versehentlich dazu, als ich bei einem Telefonat mit ihm ausgerastet bin.

»Und ich schätze, dass du in solchen Runden wie der bei Geraldson spielen willst, richtig?«, fragt sie.

»Mehr oder weniger«, eiere ich herum. »Cole lebt ähnlich wie Geraldson; wenigstens tat er es vor ein paar Jahren.«

»Das kommt mir irgendwie gefährlich vor.« Ein seltsamer Ausdruck huscht über ihr Gesicht, fast interessiert, als wäre die Vorstellung, dass es gefährlich werden könnte … irgendwie reizvoll. Verdammt. Es ist wieder wie auf dem Mauersims, und ich beginne mich zu fragen, wie oft sie solche Sachen macht – sich absichtlich in gefährliche Situationen begibt. Warum ist mir das vorher nie aufgefallen? Aber vielleicht hat sie es nicht gemacht, als wir zuerst zusammen waren.

»Es ist nicht *so* gefährlich bei ihm«, versichere ich ihr, was sich wie eine Lüge anfühlt. Cole ist ein Spieler, der sich durchs Leben schummelt. Aber verzweifelte Situationen verlangen nach verzweifelten Maßnahmen, oder wie auch immer. Und mein Onkel kam mir das letzte Mal einigermaßen nett vor.

»Okay, lass mich fahren«, sage ich und stupse sie leicht an. »Das ist einfacher, als dir Anweisungen zu geben.«

Wir tauschen die Plätze. Violet klettert über meinen Schoß, was meinen Körper wieder völlig in Fahrt bringt und mich hart macht. Doch ich reiße mich zusammen und fahre die Straße weiter, zuerst zu einem Laden, damit Violet sich einen neuen Akku für ihr Telefon besorgen kann, und dann zum Haus meines Onkels am Stadtrand – nicht im Chaos der touristenüberlaufenen Stadt mit den blinkenden Neonlichtern und den halbnackten Leuten. Die Fenster des Trucks sind offen, und heiße Luft wirbelt herein. Schließlich nimmt Violet ihre Beanie ab und fächelt mit der Hand vor ihrem Gesicht.

»Du Schande, ist das heiß hier«, stöhnt sie und angelt die Sonnenbrille aus ihrer Handtasche.

»Im Sommer ist es noch viel schlimmer«, sage ich, während ich in eine Seitenstraße mit lauter identischen Einzelhäusern abbiege, alle mit grünen Rasenflächen davor. Nachbarn stehen draußen und unterhalten sich. Es ist die ideale Wohngegend.

»Jetzt bin ich verwirrt«, sagt Violet, während sie ihre Sonnenbrille aufsetzt und sich umsieht. »Warum sind wir in einem Vorort?«

»Hier wohnt mein Onkel«, erkläre ich und halte vor einem zweigeschossigen Haus am Ende der Sackgasse. Ich stelle den Schalthebel auf »Parken«

und ziehe die Handbremse an, bevor ich den Zündschlüssel herausziehe und einstecke.

»Das ist total schräg«, stellt Violet stirnrunzelnd fest. »Und nicht das, was ich erwartet hatte.«

Ich öffne die Tür, um auszusteigen. »Dies hier ist sozusagen seine normale Fassade. Drinnen sieht es anders aus, schätze ich.«

Zögerlich steigt Violet aus dem Truck und folgt mir die Einfahrt hinauf. Im Gehen betrachtet sie die Blumenbeete neben dem Weg, den gepflegten Vorgarten. Es ist alles Tarnung für das, was sich hinter der Tür abspielt.

»Willkommen daheim?« Sie sieht noch verwirrter aus, als sie die Fußmatte mit dem Aufdruck sieht, hebt die Sonnenbrille ein wenig an und guckt mich misstrauisch an. »Ehrlich, ich fange an, das hier sehr merkwürdig …«

Die Tür schwingt auf, und jemand lacht kurz. »Ach du Scheiße!«, sagt mein Onkel. Er trägt ein T-Shirt, schwarze Cargo-Shorts und keine Schuhe. Cole sieht meinem Dad ähnlich, außer dass er in den Dreißigern ist, zehn Jahre jünger, und er hat zig Tattoos, Dehn-Piercings in den Ohren und zotteliges Haar. »Ich habe dich erst viel später erwartet, weil du am Telefon gesagt hast, dass du erst losfährst.«

»Ja, aber da waren wir schon halb hier«, erkläre ich entschuldigend. »Tut mir leid, dass ich das nicht erwähnt hatte.«

»Du musst dich doch nicht entschuldigen!«, sagt er und blickt kurz zu Violet. »Ich fand es sowieso nie gut, wie selten wir dich gesehen haben – dank deiner durchgeknallten Mutter.«

Mich überkommt Wut, die sich jedoch nicht gegen ihn richtet, sondern einzig gegen die Erwähnung meiner Mutter. Violet zuckt gleichfalls zusammen, deshalb verdränge ich das Gefühl und lenke das Gespräch in eine andere Richtung.

»Das ist übrigens Violet«, sage ich und nicke zu ihr. »Violet, mein Onkel, Cole.«

»Deine Freundin?«, fragt er, zieht die Brauen hoch und lehnt sich mit verschränkten Armen in den Türrahmen. Als wir uns das letzte Mal sahen, hatte ich ihm recht deutlich erklärt, wie ich zu Frauen stünde und dass ich keine Freundinnen hätte. Ich würde bloß hin und wieder mit Frauen schlafen. Entsprechend wundert er sich, dass ich mit Violet aufkreuze.

»Ich bin nur eine gute Freundin«, sagt Violet, die diese Situation mit ihrer typischen Arroganz nimmt. Das tut weh, auch wenn ich längst weiß, dass es nichts anderes ist. »Und seine Komplizin.«

Cole scheint es zu amüsieren, was ich ihm nicht vorwerfe. Violet kann sehr charmant sein, wenn sie will. Er richtet sich auf und streckt ihr die Faust hin. »Tja, freut mich, Violet, alias Lukes Komplizin.«

»Ebenso.« Sie schlägt ihre Faust gegen seine,

und dann tritt mein Onkel beiseite und bedeutet uns, ins Haus zu kommen.

Drinnen ist es kühler – Gott sei Dank –, weil die Ventilatoren und die Klimaanlage den Zigarettenqualm verteilen. Alle Vorhänge sind zugezogen, sodass kaum Sonnenlicht ins Haus dringt. In der Küche läuft Musik, und ich kann einige Stimmen hören. Das heißt wohl, dass er Besuch hat, und wahrscheinlich nicht von der Verwandtensorte.

»Es sind einige Leute hier«, sagt Cole, als er voraus durch die Diele in die Küche geht und eine Tasche zur Seite kickt, die den Durchgang versperrt. »Und mein Sohn ist für eine Weile bei mir. Du erinnerst dich doch an Ryler, oder?«

Ich nicke, aber ehrlich gesagt erinnere ich mich nicht sonderlich gut an ihn. Ich glaube, dass ich ihm einmal hier begegnet bin, und eigentlich weiß ich nur noch, dass er etwa in meinem Alter ist. Mein Onkel hatte mit sechzehn ein Mädchen geschwängert und es dann mehr oder weniger sitzen gelassen – scheint in der Familie zu liegen. Soweit ich mich entsinne, sprach Ryler nicht. Warum er stumm ist, wurde nie richtig erklärt, bloß, dass irgendwas geschehen war, als er ungefähr acht Jahre alt war.

»Er hat sich zu einem teuflischen Kartenspieler gemausert«, sagt mein Onkel, ganz der stolze Papa, als wir in die Küche kommen. Drinnen ist alles dicht verqualmt, weil vier Typen am Tisch sitzen und Zigarren paffen. Das Klimpern der Chips, das

Aroma von Nikotin und Alkohol in der Luft und die intensive Stimmung am Tisch lassen meinen Puls in die Höhe rauschen wie den eines Drogensüchtigen, der Crack sieht.

»Ryler«, ruft Cole einem der Typen über die Musik hinweg zu, ehe er zu einer iPod-Dockingstation geht und die Musik ausstellt. »Dein Cousin Luke ist hier.« Er zeigt mit dem Finger auf Violet und mich.

Ein Typ in meinem Alter sieht von seinen Karten auf und nippt an seinem Drink. Er wirkt genauso heftig wie vor fast zwei Jahren, als ich ihn zum letzten Mal sah. Er trägt zerlöcherte Jeans, hat Augenbrauen- und Lippen-Piercings und Totenkopf- und Kreuz-Tattoos auf den Armen. Sein Haar ist pechschwarz, und es sieht aus, als hätte er seine Augen mit schwarzem Eyeliner geschminkt, aber das denke ich eher nicht – seine Augen sehen einfach so aus. Und er hat diesen Ich-habe-eine-Menge-Scheiß-mitgemacht-Ausdruck.

Er nickt mir zu, bevor sein Blick zu Violet abschweift und dann zu seinem Onkel, dem er irgendwelche Zeichen gibt.

»Ist er taub?«, fragt Violet leise, die sich dicht neben mich stellt.

Ich schüttle den Kopf, während Ryler wieder zu ihr sieht, denn er hat sie eindeutig gehört. Mein Onkel springt ein: »Nein, er kann nur nicht sprechen«, sagt er. »Aber er hört alles.«

Violet fragt nichts mehr, was mich nicht erstaunt; sehr wohl aber das, was sie als Nächstes tut – und es jagt mir einen Riesenschrecken ein. Sie hebt eine Hand und macht auch solche Bewegungen mit ihrer Hand. Ja, sie spricht in Zeichensprache mit Ryler.

Das bringt ihn zum Grinsen, und für einen Moment hellt sich seine sonst so finstere Miene auf. Violet lacht leise und zuckt mit den Schultern.

»Ich kann nicht alles«, sagt sie. »Aber ein bisschen was.«

Ich würde sie gerne fragen, woher sie Gebärdensprache kann, doch Violet ist sehr anders aufgewachsen als die meisten Leute, hat bei Gott weiß wie vielen Familien gelebt, also schätze ich, dass sie diese Zeichensprache irgendwo da aufgeschnappt hat. Was mir aber gar nicht gefällt, ist die Art, wie Ryler sie ansieht. Genauso habe ich früher Frauen angesehen, wenn sie bei Spielen auftauchten – mit der Absicht, sie auf meinen Schoß zu bekommen und später in ihnen zu landen.

»Das ist Violet«, sage ich, auch wenn ich mir nicht sicher bin, ob ich sie nicht längst vorgestellt habe. Lässig lege ich eine Hand an ihren Rücken und hoffe sehr, dass sie mich nicht wegschiebt. Mir ist gerade gar nicht wohl in meiner Haut, deshalb sage ich nicht »meine Freundin«, weil es mir wahrscheinlich einen Tritt in die Eier von Violet eintragen würde.

»Freut mich, Ryler«, sagt Violet, und ich entspanne mich ein bisschen, denn sie klingt nicht interessiert. Sie ist nur freundlich.

Ryler macht noch einige Zeichen zu seinem Dad, und mein Onkel antwortet: »Übrigens nehmen wir Luke heute Abend mit ins Warehouse.« Er geht rüber zum Kühlschrank, nimmt drei Biere heraus und bietet Violet und mir eines an.

Ich nehme es, weil ich nie einen Drink ablehne, bin aber geschockt, als Violet auch eines annimmt. Sie hatte auch bei Geraldson getrunken, und jetzt mache ich mir Sorgen, dass sie es sich angewöhnt. Natürlich kann ich nichts sagen, denn das wäre nun wirklich bescheuert, also halte ich den Mund und frage mich, wie lange wir beide noch damit weitermachen können, jedes heikle Thema zu meiden.

VIOLET

Sein Cousin Ryler zog mich in der Küche mit den Augen aus, aber er interessiert mich nicht. Der Typ ist heiß und so, auf eine Gothic-Art: Tattoos auf den Armen, Piercings, schwarzes Haar, das ihm in die Augen hängt, und so dichte Wimpern, dass es fast aussieht, als trüge er Eyeliner. Nein, das Letzte, was ich jetzt brauche, ist ein One-Night-Stand, nach dem ich mich total beschissen fühle. Ganz abgesehen davon, dass es ein Drama zwischen Luke und mir auslösen würde. Und ich hasse solche Soap-Szenen.

Dann stellte ich fest, dass er stumm ist, und konnte einfach nicht anders. So gerne ich meine Vergangenheit auch für mich behalte, konnte ich nicht widerstehen, ein bisschen Gebärdensprache einzusetzen. Die hatte ich aufgeschnappt, als ich bei einer der irgendwie normaleren Familien lebte, in der es einen tauben Sohn gab. In den vier Monaten, die ich bei ihnen war, brachte er mir einige Zeichen bei, wenn wir zusammen herumhingen, und ich erinnere mich noch ziemlich gut daran.

Nach dem Vorstellen bringt Lukes Onkel uns nach oben in das Gästezimmer, in dem es selbstverständlich nur ein großes Bett gibt, denn das Schicksal ist in letzter Zeit offenbar richtig toll drauf. Cole lässt uns allein und schließt die Tür hinter sich.

Während ich angestrengt überlege, wie das mit dem Schlafen gehen soll und ob es mich überhaupt kümmert, dreht Luke sich zu mir um. Er hat die Hände in die Hosentaschen gesteckt. »Also … wo hast du Zeichensprache gelernt?«

Ich zucke mit den Schultern. »Eine meiner Pflegefamilien hatte einen kleinen Sohn, der taub war.« Ich werfe meine Tasche aufs Bett. »Er hat mir ein bisschen was beigebracht.«

»Warum bist du von der Familie weg?« Sobald

er es ausgesprochen hat, wirkt er, als wolle er sich auf die Zunge beißen. »Nein, egal. Darauf musst du nicht antworten.«

Ich will es auch nicht, tue es aber trotzdem, was wieder einmal beweist, wie wohl ich mich mit Luke fühle. »Er wurde krank … der kleine Junge. Und die Krankenhausbesuche und die Rechnungen machten es sehr unpraktisch, auch noch eine Vierzehnjährige im Haus zu haben, die emotionalen Ballast mit sich rumschleppte.«

Jetzt sieht er mich an und beißt sich tatsächlich so fest auf die Zunge, dass sie wahrscheinlich blutet. »Das tut mir leid, Violet.«

Ich winke ab und tue, als würde ich in meiner Tasche nach etwas suchen, um ihn nicht ansehen zu müssen. Ich habe Angst, dass er sieht, wie viel Mist ich mit mir herumtrage. »Ist schon okay. Das war vor langer Zeit … und ich habe es hinter mir gelassen.« Ich halte die Luft an, weil ich fühle, wie er hinter mir näher kommt, als wolle er mich berühren oder in die Arme nehmen, aber das geht jetzt nicht. Herummachen ist eine Sache, aber Umarmen ist viel zu emotional aufgeladen. »Also, es gibt nur ein Bett.«

»Ich schlafe auf dem Fußboden.« Luke stellt seine Tasche auf den Boden und atmet sehr laut aus, bevor er sein Bier austrinkt und die leere Flasche wegwirft. »Tut mir leid – wegen allem.«

»Du musst dich nicht entschuldigen«, sage ich,

stelle meine halb volle Bierflasche auf die Kommode und bücke mich, um meine Tasche aufzumachen und den neuen Akku für mein Telefon herauszuholen. »Ich habe dich ja mehr oder weniger gezwungen, mich mitzunehmen.« Auf das andere, was er meint, gehe ich nicht ein. Es fühlt sich falsch an, dass er sich für etwas entschuldigt, das er gar nicht beeinflussen konnte. Was seine Mutter getan hat, war nicht seine Schuld, und ich hoffe, dass ich es ihm eines Tages sagen kann.

»Du hast mich zu nichts gezwungen, glaub mir. Ich wollte, dass du mitkommst, und das dringender, als ich sollte«, sagt er, sinkt aufs Bett und stützt den Kopf in die Hände. »Weil ich egoistisch bin.«

»Bist du nicht.« Ich richte mich wieder auf und öffne die Verpackung des Akkus. Dann stecke ich ihn in mein Telefon und drücke die Daumen, dass es funktioniert. »Du bist alles andere als egoistisch.«

Er hebt den Kopf und sieht mich mit solcher Intensität an, dass ich beinahe zurückweiche. »Und was bringt dich auf die Idee?«

Ich presse die Taste am Telefon und zucke mit der Schulter, während ich warte, ob mein Telefon hochfährt. »Du hast mir Raum gegeben, als ich wegging … als ich dir sagte, dass ich dich nicht sehen will. Du hast mir gegeben, worum ich dich gebeten habe, und das ist nicht egoistisch.«

Er zeigt auf uns beide. »Jetzt sind wir hier.«

»Weil ich es wollte.« Ich entspanne mich, als das Display aufleuchtet, doch jede Erleichterung verfliegt sofort, denn es sind fünf neue Nachrichten eingegangen.

```
Unbekannt: Reden wir nicht mehr miteinander?
Unbekannt: Habe ich Dich so geschockt?
Unbekannt: Sei keine verdammte Fotze und
antworte.
Greyson: Wollte nur fragen, wie es Dir geht.
Unbekannt: Ich hätte Dich killen sollen, als ich
die Gelegenheit dazu hatte.
```

Beim Lesen der letzten SMS wird mir schwindlig, und ich muss mich am Bett abstützen. Doch ich torkle und greife stattdessen nach Lukes Schulter.

»Baby, was ist los?«, fragt er besorgt und hält mich an der Hüfte fest, damit ich nicht umkippe.

Ich schüttle den Kopf und starre über seine Schulter an die Wand, weil ich ihn nicht ansehen kann. »Nichts«, antworte ich heiser, umklammere mit einer Hand das Telefon und mit der anderen seine Schulter.

Lukes Hand gleitet an meiner Seite nach oben zu meinem Hals und umfängt mein Kinn, sodass ich ihn ansehen muss. »Was war auf deinem Telefon?«

»Nichts.« Mir fällt das Atmen schwer, und Bilder jener Nacht blitzen in meinem Kopf auf. Ist es seine Mutter, die mir schreibt? Oder der andere? Der Mann, den ich nie gesehen habe?

Luke schluckt und kämpft merklich mit seiner Wut. »Ist es Preston? Denn ich lasse nicht zu, dass er dir etwas tut. Versprochen.«

»Es ist nicht Preston«, sage ich, sinke neben ihm aufs Bett und blicke stirnrunzelnd auf mein Telefon. »Erinnerst du dich an diesen Typen, Stan, den Reporter?«

Er nickt. »Belästigt er dich wieder?«

»Nein, ich glaube nicht, dass er das ist.« Ich weiß nicht, was ich sonst sagen soll. Ich meine, wie zur Hölle soll ich über den Mörder meiner Eltern reden, wenn seine Mutter beteiligt war? Und wenn sie diejenige ist, die diese SMS schickt? »Ehrlich gesagt, glaube ich nicht mal, dass es überhaupt ein Reporter ist. Nicht bei dem, was da steht.«

»Und was steht da?« Er legt eine Hand auf meinen Oberschenkel und streicht auf und ab, was aber nicht anzüglich ist, sondern tröstend.

Ich schließe die Augen und gebe ihm mein Telefon. »Sieh dir die Texte von der unbekannten Nummer an.« Mit geschlossenen Augen bleibe ich sitzen und höre, wie sein Atem schneller wird.

»Scheiße«, murmelt er, und ich öffne die Augen. Der Zorn in seinen braunen Augen erschrickt mich ein bisschen. Seine Züge sind verhärtet, und seine Hände sind zu Fäusten geballt und zerquetschen beinahe mein Telefon. »Hast du wirklich keine

Ahnung, wer dir das schickt? Auch keinen Verdacht?«

Ich schüttle den Kopf. »Ich bekomme immer mal wieder SMS von Reportern, seit der Fall wieder aufgerollt wurde, aber diese sind etwas völlig anderes.«

»Wie lange geht das schon?« Er hat Mühe, seine Wut zu zügeln. Und ich bin ein wenig besorgt, dass er mein Telefon kaputt macht.

»Es hat gestern angefangen, kurz bevor ich zu Geraldson kam«, sage ich. »Ich muss Detective Stephner anrufen und ihm das melden.« Ich verstumme und will nicht fragen, was ich fragen muss. »Luke«, sage ich und schlucke, »es könnte doch nicht … deine Mutter sein, oder?« Endlich sprechen wir das Damoklesschwert an, das über uns schwebt, wodurch die Anspannung nur noch schlimmer wird, falls das möglich ist. Und es wird nicht besser, als Luke eine halbe Ewigkeit schweigt. Seine Fingerknöchel an der Hand mit meinem Telefon werden weiß, und ich will schwören, dass er sich die Zähne abschmirgelt, so fest, wie er sie zusammenbeißt.

»Ich würde gerne Nein sagen, aber ganz ehrlich, ich habe keine Ahnung«, sagt er schließlich und gibt mir das Telefon zurück. »Sie ist total wahnsinnig, und ich würde ihr so etwas sofort zutrauen.« Er reibt sich mit der Hand übers Gesicht, beugt sich vor und greift nach den Zigaretten in seiner

Tasche. Als er sich eine ansteckt, zittert seine Hand. Nach einem langen Zug scheint er etwas ruhiger zu werden, doch was er dann sagt, ist alles andere als beruhigend. »Ich bringe sie um, wenn sie dich anrührt.« Er spreizt und krümmt die Finger, als müsse er gegen den Drang kämpfen, auf etwas einzuschlagen – so wie die Wand in der Wohnung.

Ich weiß nicht, was ich sagen soll. Dieses ganze Auge-um-Auge-Ding ist falsch, keine Frage; trotzdem wünsche ich mir, seine Mutter wäre tot. Aber auf keinen Fall von Luke umgebracht. Ich will nicht, dass er so eine Last mit sich herumträgt oder unter den Folgen leiden muss.

»Hey.« Ich lege eine Hand auf seinen Arm, und seine Muskeln zucken unter meiner Berührung. »Entspann dich. Ich bin nicht mal sicher, ob sie es ist, okay? Also lass mich Detective Stephner anrufen und fragen, was er tun kann.«

Er sieht mich an. »Es tut mir leid, dass dir das passieren musste.« Ich ertrinke beinahe in seinem ernsten Blick.

Super, jetzt will ich heulen. Mein Gott, was ist denn in den letzten Tagen mit mir los? Ich muss wohl meine Regel kriegen oder so.

Weil ich nicht sprechen kann, stehe ich auf und rufe den Detective an. Ich lande auf seiner Mailbox, deshalb hinterlasse ich eine Nachricht, dass er mich so bald wie möglich zurückrufen möge, weil ich Droh-SMS bekomme.

Als ich auflege, raucht Luke und beobachtet mich aufmerksam. »Was kann ich tun?«, fragt er, während ich mein Telefon einstecke. »Soll ich dich nach Hause fahren? Bitte, sag mir, wie ich dir helfen kann.«

»Nach Hause zu fahren würde nicht helfen.« Ich greife nach meinem Bier und trinke einen großen Schluck. »Falls mich irgendein Irrer stalkt, ist es sowieso besser, wenn ich nicht da bin.«

»Was soll ich dann tun?« Er steht auf, kommt zu mir und hält seine Zigarette zur Seite. »Was immer du willst, ich mache es.«

»Wir besorgen dir dein Geld«, antworte ich und stemme die Hände in die Hüften. »Das will ich machen.«

Er zögert unsicher, und Asche fällt auf den Teppichboden, aber das scheint seinen Onkel nicht zu stören, denn der Küchenboden war auch voller Asche. »Mir wäre es lieber, wenn du nicht mitkommst. Wo wir hingehen, ist es zu unheimlich.«

Ich verdrehe die Augen. »Weißt du, was wirklich unheimlich ist? Wenn man mit vierzehn zu einem Crack-Haus gehen muss, um seine Pflegemutter abzuholen, weil sie total high ist und kaum laufen kann, aber nüchtern genug, dass sie einem mit Rauswurf droht, wenn man es nicht macht. Ich glaube ja, dass sie bloß nicht erwischt werden wollte«, sage ich. Er öffnet den Mund, doch ich lasse ihn nicht zu Wort kommen. »Und ich sage das nicht, damit du wieder Mitleid mit mir hast. Du sollst lediglich begreifen, dass ich nicht irgendein naives Mädchen bin, das keinen Schimmer von den Schattenseiten des Lebens hat. Ich brauche keinen Schutz, denn ich habe schon alles gesehen.« Ich streiche mit dem Finger über meinen Arm. »Mich haut nichts um, Baby. Ich habe einen dicken Panzer.«

Während er mir weiter in die Augen sieht, zieht er an seiner Zigarette, inhaliert und nimmt sie wieder herunter. Rauch schlängelt sich aus seinem Mund. »Das habe ich schon begriffen, aber es heißt nicht, dass ich dich weniger beschützen will.« Er beugt sich vor und streift meine Wange mit seinen Lippen. Er riecht nach Zigarette, Eau de Cologne, Bier und allem, was Luke ausmacht. Und für einen Moment denke ich nur *zu Hause*. Ich will wieder bei ihm zu Hause sein.

Der Kontakt seiner Lippen mit meiner Wange bewirkt, dass meine Haut glühend heiß wird und Sehnsucht in mir aufwallt. Es ist ein kurzer Moment, nur ein Flattern von Haut auf Haut, doch es genügt, um mich daran zu erinnern, wie unfassbar gut es sich anfühlte, mit ihm zusammen zu sein.

»Ich rede mal mit meinem Onkel, wann wir los wollen. Und falls du wirklich mitwillst, halt dich bereit, wenn ich zurückkomme.«

Ich nicke und muss mich anstrengen, das Gleichgewicht zu halten, als lauter Gefühle in mir toben. Erst als er draußen ist, kann ich wieder frei atmen.

Kapitel 8

LUKE

Noch nie wollte ich dringender eine Prügelei als jetzt. Dass Violet von jemandem so bedroht wird, macht mich fertig. Und noch schlimmer ist die blöde, bohrende Stimme in meinem Hinterkopf, die mir sagt, dass es meine Mutter sein könnte. Sie ist irre genug, dass sie es tun würde, sollte sie irgendwie von Violet erfahren haben.

Ich versuche mehrmals, sie anzurufen, während ich warte, dass mein Onkel uns zum Warehouse bringt. Aber natürlich geht die bekloppte Frau nicht an ihr Telefon. Klar, sie kann mich zu jeder Tages- und Nachtzeit anrufen, aber wenn ich tatsächlich mal mit ihr reden muss, nimmt sie nicht ab.

»Gib mir eine halbe Stunde, dann können wir los«, sagt Onkel Cole. Ich sitze am Küchentisch und trinke ein Bier mit Ryler. Etwas Stärkeres wäre mir lieber, doch ich will auch einen klaren Kopf behalten für das, was ich vorhabe. Ryler hat ein Notizheft und einen Stift vor sich, unsere Form der Kommunikation, so wie beim letzten Mal. »Du hast Startgeld, oder?«

Ich nicke und tippe an meine Brusttasche. »Ja, ungefähr dreitausend.«

Er geht zur Tür, bleibt aber noch einmal stehen. »Weiß dein Vater, dass du hier bist?«

»Nein. Ich hatte ihn angerufen und nach deiner Nummer gefragt, ihm aber nicht gesagt, warum. Und mir wäre es lieber, wenn du es ihm nicht erzählst.«

»Tja, das dürfte kein Problem sein, denn er hat mich quasi verstoßen«, sagt Cole. »Seit er neuerdings auf diesem Gutmenschentrip ist.«

»Damit wären wir schon zwei.« Ich hebe das Bier an meinen Mund und trinke einen Schluck. *Ja, ich brauche definitiv etwas Härteres.*

Cole ist eindeutig nicht wohl dabei, und normalerweise spreche ich solchen Mist auch nicht laut aus. Was stimmt mit mir nicht? Ich bin völlig neben der Spur. »Ähm … ja … Luke, das tut mir leid. Du weißt, dass er immer versucht hatte, dich zu sehen, oder?«

»Ja, weiß ich«, sage ich und zupfe das Etikett von meiner Bierflasche. »Vergiss einfach, was ich gesagt habe.«

Er nickt. »Ich gehe nach oben und ziehe mich um, dann können wir los.«

Kommt dein Mädchen mit?, schreibt Ryler und lehnt sich zurück, um seine leere Bierflasche in den Müll zu werfen.

Ich sollte klarstellen, dass Violet nicht *mein* Mädchen ist, aber was ihn betrifft, ist sie es. »Voraussichtlich. Ich bin nicht so begeistert, aber sie kann ziemlich stur sein.«

Der Stift kratzt wieder übers Papier. *Sie sieht tough aus. Ihr passiert schon nichts.*

Seine Worte gehen mir unter die Haut, wohl weil er einzig aufgrund ihres Aussehens Mutmaßungen über sie anstellt. Ja, Violet wirkt tough, und sie würde auch immer von sich behaupten, dass sie es ist. Doch ich habe sie schon in meinen Armen zusammenbrechen gesehen.

Ich lasse es und gehe nach oben, um nachzusehen, ob Violet bereit ist. Sobald ich das Zimmer betrete, wünsche ich mir, ich wäre nicht hier raufgekommen. Violet steht da, nur in ein Handtuch gehüllt, und die offene Badezimmertür macht die Luft feucht. Ihr Haar ist nass, und ihre Haut hat einen leichten Feuchtigkeitsfilm. Meine Fantasie der letzten zwei Monate steht direkt vor mir. Bei ihrem Anblick will ich ihr das Handtuch herunterreißen und jede noch so kleine Körperstelle von ihr ablecken. Aber ich zwinge mich, an der Tür zu bleiben, balle die Hände zu Fäusten und sage mir stumm, dass ich mich gefälligst einkriegen soll. »Wir wollen in einer halben Stunde los.« Meine Stimme klingt angespannt.

Violet nickt und sieht nicht auf. »Was zieht man denn an zu einem …«, jetzt blickt sie zu mir, »einem illegalen Pokerspiel, nehme ich an?«

Ich ringe mir ein Lächeln ab. »Was du willst. Du kannst die Jeans und das T-Shirt von vorhin anziehen.« *Irgendwas, das dich verhüllt.*

Sie rümpft die Nase und sieht wieder zu ihrer Tasche. »Nein, dafür ist es zu heiß.« Dann bückt sie sich, und das verfluchte Handtuch rutscht nach oben. Stünde ich hinter ihr, könnte ich nun ihren fantastischen Hintern sehen. »Ich vermute, dass die meisten Mädchen dort eher nuttig angezogen sind.« Wieder sieht sie zu mir. »Ich meine, das ist doch das Motto bei solchen Spielen, oder?«

»Ja, aber mir wäre es lieber, wenn du dich nicht so anziehst«, sage ich, trete ins Zimmer und schließe die Tür. Violet sieht mich fragend an. Dann gehe ich zu ihr, hocke mich vor ihr hin und bemühe mich, ihre Nacktheit und ihren Duft zu ignorieren; sie riecht irgendwie fruchtig, was bewirkt, dass ich sie schmecken möchte. »Was hast du denn zur Auswahl?«

»Na ja, ich habe das Kleid, das ich gestern anhatte.« Sie wühlt in der Tasche. »Aber das müffelt fies.« Sie hält inne und greift grinsend nach einem Stofffetzen. »Oh, warte, ich habe das hier!« Sie hält ein kurzes schwarzes Kleid hoch, das komplett durchsichtig ist.

Ich runzle die Stirn. »Da kann man durchgucken.« Ich bin nicht mal sicher, warum ich mich so verhalte. Es passt nicht zu mir. Violet gehört mir nicht, allerdings will ich sie mehr, als ich jemals etwas in meinem Leben wollte. Und deshalb brauche ich die Sicherheit, dass kein anderer sie haben kann. Es muss an meinem Kontrollzwang liegen. Violet hat sich noch nie von mir kontrollieren lassen, und das war auch so etwas, was mich zu ihr hinzog. Dennoch würde ich gern in ein paar Punkten mitreden dürfen.

Sie holt noch ein Teil aus der Tasche, ein noch kürzeres Kleid, aber wenigstens ist es nicht durchsichtig. »Ich ziehe dies hier drunter an.«

»Trotzdem fände ich Jeans und T-Shirt besser.« Ich stehe wieder auf und sage mir, dass ich runterkommen muss.

»Ja, sicher doch«, bemerkt sie und richtet sich auf. Das Handtuch klebt an ihrem Schenkel, sodass sie noch entblößter ist.

Ich warte, dass sie mich bittet rauszugehen, damit sie sich anziehen kann. Aber sie sieht mich nur an, nagt an ihrer Unterlippe und hält das Handtuch oben fest, als würde sie angestrengt überlegen.

»Soll ich rausgehen?« Ich sollte es einfach tun, will aber nicht. Sie soll mich darum bitten.

Sie mustert mich von oben bis unten. »Weiß ich nicht.«

Jetzt sei ausnahmsweise mal anständig, und dreh dich um! »Ich sollte wohl gehen.«

»Vielleicht.«

»Violet …«

Sie lässt das Handtuch los und atmet zittrig aus,

als es auf den Boden fällt. »Ich weiß nicht mal, was ich tue«, sagt sie beinahe entsetzt. »Nur, dass ich es will.«

Ich habe Mühe, bei ihrem Anblick normal zu atmen; lange Beine, glatte Haut, dieses verflucht geile Tattoo an ihrer Seite, die Wassertropfen, die aus ihrem Haar fallen und über ihren Busen rinnen. Ich war seit zwei Monaten mit keiner Frau mehr zusammen, und mit ihr so vor mir bin ich geliefert. Ich ticke aus. Zerbreche. Zerfalle … alles Mögliche, was ich noch nie erlebt habe.

Ohne auch nur eine Sekunde nachzudenken, gehe ich auf sie zu. Ihr Mund öffnet sich, als sie nach mir greift und offenbar denkt, ich würde sie küssen. Stattdessen sinke ich vor ihr auf die Knie, presse meine Lippen auf ihre Brust und sauge ihren Nippel in meinen Mund ein. Ich weiß nicht mal, was mich überkommt. Vorspiel war nie mein Ding. Ich nehme, ich gebe nicht. Doch bei Violet haben sich schon genügend Leute einfach genommen, was sie wollten, deshalb möchte ich ihr etwas geben – ich würde ihr alles geben, wenn ich könnte.

Beinahe rechne ich damit, dass sie zurückweicht. Aber sie taucht die Finger in mein Haar und stöhnt, worauf mein Schwanz sofort hart wird. Ich muss gegen den Impuls kämpfen, sie aufs Bett zu stoßen und wie wild zu vögeln. Ich knabbere an ihrer Haut und reibe mit den Zähnen über sie, während ich zu ihrer anderen Brust wechsle. Langsam umkreise ich die Spitze mit meiner Zunge und sehe hinauf in Violets Gesicht. Gleichzeitig wandern meine Finger hinter ihren Oberschenkel hinauf zu ihrem Hintern. Mich überrascht, dass sie mich ansieht und sich auf die Lippe beißt. Ihre Augen glänzen vor schierer Ekstase.

»Das fühlt sich so gut an«, haucht sie, vergräbt ihre Finger in meinem Haar und zieht meinen Kopf näher an sich.

Gütiger Gott … ich weiß gar nicht, wohin mit mir. Noch nie war ich vor einem Mädchen auf den Knien. Ich mochte immer schon gerne vögeln, aber dieser Gesichtsausdruck, den ich die letzten zwei Monate schmerzlich vermisst habe, schafft mich. Ich will ihn viel öfter hervorlocken.

Ein Instinkt übernimmt, von dem ich gar nicht wusste, dass ich ihn besitze. Ich lege eine Hand an ihren Bauch und schiebe Violet behutsam zurück, bis sie an der Wand lehnt. Dann umfasse ich ihren Schenkel und hebe ihr Bein über meine Schulter, sodass mein Gesicht zwischen ihren Beinen ist.

Mir ist bewusst, dass sie nicht viel Erfahrung hat, und ich frage mich, ob sie dies hier schon mal gemacht hat. Ich auf jeden Fall nicht. Der einzige Oralsex, den ich bisher kenne, ist der, den ich bekommen habe. Ein verdrehter Teil von mir hofft, dass es ihr erstes Mal ist, weil es noch eine Erfahrung bedeuten würde, die sie nur mit mir teilt.

Gott, ich will sie so dringend, dass es fast Folter ist.

Und ich wünsche mir bloß, dass ich sie noch haben kann, wenn alles vorbei ist.

VIOLET

Es ist schon oft vorgekommen, dass ich mich in einer Situation wiederfand, von der ich keine Ahnung hatte, wie ich in sie hineingeraten konnte. Als könnte ich nicht mehr sagen, wann ich die Entscheidung traf, die dazu führte.

Eben stand ich noch in dem Handtuch da, grübelte über mein Leben nach und darüber, dass ich dringend zur Ruhe kommen muss. In Las Vegas gibt es tonnenweise hohe Gebäude, und ich fragte mich, wie schwierig es sein kann, auf eines der Dächer zu kommen. Aber dann betrat Luke das Zimmer und sah mich mit einem Verlangen an, bei dem ich nichts als Lust empfand, keinen Ekel, wie ich ihn bei den anderen Jungen fühle. Ich dachte daran, dass Preston der Letzte war, der mich angefasst hat, der mich so hart auf die Knie drückte, dass ich mit dem Bein seitlich gegen das Bett schlug. Dann packte er mein Haar und zwang mich, ihm den Schwanz zu lutschen. Ich wollte diese Erinnerung auslöschen, sie nicht so frisch im Kopf haben. Deshalb ließ ich das Handtuch fallen und hoffte auf … tja, genau wusste ich es nicht, doch es war definitiv nicht so etwas Fantastisches wie dies hier.

Lukes Gesicht ist zwischen meinen Schenkeln, eines meiner Beine auf seiner Schulter, und er leckt, saugt und knabbert an mir, dass alles kitzelt und Hitzewellen durch meinen Körper strömen. Noch nie hat mich jemand so berührt. Die Kerle, die ich gekannt habe, interessierten sich ausschließlich für ihr eigenes Vergnügen. Luke schien genauso, als ich ihn kennenlernte, doch ich habe schnell begriffen, dass sein raues Äußeres täuscht. Er ist nicht der, für den ihn alle halten; jedenfalls nicht, wenn er mit mir zusammen ist.

Ich lasse los, entspanne mich an der Wand, während er mit seinem Mund Wunder wirkt und seine Finger in meine Schenkel drücken, auf die Blutergüsse. Aber ich fühle den Schmerz nicht. Ich fühle nur eine wunderbare Freiheit, als sich die Hitze in mir aufbaut. Als ich mitten hineinfalle, halte ich mich an Luke fest. Am Ende ziehe ich grob an seinem Haar, bin jedoch viel zu wirr, um loszulassen. Es scheint ihm nichts auszumachen, denn er macht mit Mund und Zunge weiter, bis ich keuchend wieder runterkomme. Dann lehnt er sich etwas zurück und erschrickt, als er einen der Blutergüsse auf meinem Knie bemerkt.

»Was ist da passiert?«, fragt er so leise und heiser, dass es meine Haut zum Vibrieren bringt und ich fast wieder einen Orgasmus bekomme.

»Ich bin hingefallen«, lüge ich, hebe mein Bein von seiner Schulter und fühle mich mies, weil ich nicht die Wahrheit sage. Die aber würde uns beide nur verletzen, und wir haben schon genug gemeinsamen Schmerz für ein ganzes Leben.

Er fängt mich ab, als ich weggehen will, und streicht zart über die blauen Flecken. »Dir ist schon klar, dass ich es erkenne, wenn du lügst, oder?«

»Bitte, mach das nicht kaputt«, sage ich leise. »Bitte, lass es einfach … ich kann es dir nicht erzählen … nicht jetzt.« Gott, wie falsch wäre das? Direkt nachdem er mich zum ersten Mal oral befriedigt hat, sage ich: *Ach übrigens, ich habe Preston einen Blowjob gegeben, und das erst vor so Kurzem, dass die Blutergüsse noch frisch sind.*

Er will mir widersprechen und mich dazu bringen, es ihm zu sagen, denn das tun wir dauernd – einander widersprechen, uns gegenseitig herausfordern –, und meistens genieße ich es. Aber er steht auf. Seine Lippen sind noch feucht von mir, als er sich nach unten beugt, um mich zu küssen, und mir den Rausch des Unanständigen schenkt, den ich so unbedingt brauche.

Seine Zunge dringt tief in meinen Mund, und für einen Moment spielt sie mit meiner, ehe Luke wieder zurückweicht. Er streicht mir das feuchte Haar hinters Ohr und sieht mir in die Augen, als hätte er etwas sehr Wichtiges zu sagen. »Sollte ich je mitbekommen, dass er dir wehgetan hat, wird er dafür bezahlen«, sagt er fest.

Ich muss nicht fragen, wer *er* ist. Ich weiß, von wem er redet, so wie er wahrscheinlich weiß, woher die Blutergüsse stammen – na ja, von Preston. Von dem Blowjob ahnt er vielleicht auch etwas – obwohl ich es ihm nicht erzählt habe. Und ich lerne wieder Neues über ihn. Ich meine, bevor ich weggelaufen bin, kannten wir uns ja nur ein paar Monate und waren erst wenige Wochen zusammen.

Ich habe die Beschützerseite von ihm erst zweimal gesehen: einmal bei Preston und einmal bei dem Reporter, Stan. Mir wird allmählich klar, dass es sein Ding sein könnte, was ich gleichzeitig liebe und hasse. Ich hasse es, weil ich mich nicht darauf verlassen will, dass mich jemand so beschützt. Dafür bin ich zu stark, und mich auf andere zu verlassen, wird mich nur brechen und mich schwächen, wenn sie unverlässlich werden. Und ich liebe es, weil es noch nie jemand für mich getan hat. Ich war immer auf mich allein gestellt. Doch ein Teil von mir fragt sich, ob ich möglicherweise die Vergangenheit hinreichend loslassen kann, um richtig mit Luke zusammen zu sein. Ob es er *und* ich gegen den Rest der Welt heißen könnte.

Aber das kann auch gut jener Teil sein, der in meiner Fantasiewelt bleiben will.

Kapitel 9

LUKE

Perfekt. Perfekt. Perfekt. So fing der Abend an, doch meine Hochstimmung vom Zusammensein mit Violet verfliegt in dem Moment, in dem wir das Zimmer verlassen und ich feststelle, dass ich nicht annähernd betrunken genug für das bin, was heute noch vor mir liegt. Bevor wir zum Warehouse aufbrechen, nimmt Onkel Cole mich beiseite und erinnert mich an die Regeln. Dabei wird mir bewusst, welche Risiken ich eingehe. Es ist reichlich bescheuert, wenn ich darüber nachdenke. Ich bin im Eimer, weil ich beim Spielen betrogen habe, und jetzt muss ich wieder schummeln, um das hinzubiegen. Versaue ich es, bin ich wieder exakt da, wo ich angefangen habe, nur dass ich dann bei zwei Arschlöchern verschuldet bin.

Aus diesem Grund versuche ich, Violet möglichst aus unserem Plan herauszuhalten. Das Problem ist nur, dass sie verdammt gut weiß, was los ist.

Es ist fast acht Uhr, aber noch hell, und die Sonne brennt auf die Stadt und die umliegende Wüste herunter. Wir haben alle Fenster offen, aber es nützt nichts gegen die Hitze. Vielleicht schwitze ich auch vor allem deshalb, weil ich mit Violet hinten sitze und mich anstrenge, nicht so verflucht nervös zu sein.

»Was ist dieses Warehouse für ein Laden?«, fragt Violet von der Rückbank des dunkelroten 1970er Dodge Challenger, den Cole fährt. Sie trägt das kurze Kleid, von dem ich nicht wollte, dass sie es anzieht. Es schmiegt sich perfekt an ihren Körper und überlässt so gut wie nichts der Fantasie. »Es klingt wie ein Schuppen, in dem die Mafia ihre Leichen versteckt.«

Cole sieht sie fragend im Rückspiegel an, während Ryler grinst und sein Seitenfenster weiter aufdreht.

»Tja, in dem Fall wärst du sicher ein bisschen besorgt, dass wir dich dahin mitnehmen, oder?«, scherzt mein Onkel und nimmt eine Zigarettenschachtel vom Armaturenbrett.

»Sollte man meinen«, sagt Violet amüsiert. Der heiße Wind im Wagen weht ihr Haarsträhnen ins Gesicht. »Aber für Mafiosi seid ihr nicht sonderlich Furcht einflößend, und ihr habt keine Waffen, also scheint eine Flucht immer noch möglich.«

»Und woher weißt du, dass wir keine Waffen haben?«, fragt Cole und sieht zu mir. Ich sehe ihm an, dass er Violet mag, was prima wäre, nur dass sie nicht vorhat, eine feste Beziehung mit mir einzugehen.

»Na ja, ihr tragt beide Tanktops, und in denen kann man keine Waffe verstecken. Keine von euren Hosen- oder Shortstaschen sehen gewölbt aus, und ich hatte vorhin gesehen, dass ihr auch keine Waffen hinten im Hosenbund habt.« Sie lehnt sich zurück, verschränkt die Arme und bemüht sich, nicht zu grinsen.

»Aufmerksames Kind«, bemerkt Cole, als er an einer Ampel hält. Auf den Gehwegen herrscht reichlich Betrieb, Neonlichter blinken an sämtlichen Gebäuden, und ich kann die Spielautomaten drinnen förmlich riechen. »Luke, die gefällt mir. Du solltest sie behalten.«

Das will ich auch, möchte ich antworten, sage aber stattdessen: »Ja, sie ist nicht schlecht, denke ich.« Ich knuffe Violet mit dem Ellbogen, damit sie weiß, dass ich nur Spaß mache.

»Was soll ich sagen? Ich bin gerne vorbereitet«, erklärt Violet und rückt nicht weg, als ich meine Schulter an ihre lehne. »Man kann nie wissen, wer die Irren sind.«

Ich verkrampfe mich und überlege, ob sie es so gemeint hat, wie ich es verstehe. Aber sie wirkt ruhig und zufrieden, also schätze ich, dass sie es bloß so sagt und sich nichts weiter dabei denkt. Trotzdem erinnert es mich daran, dass eine dieser »Irren« meine Mutter ist und einer von diesen »Irren« Violets Eltern umgebracht hat, was zur Folge hatte, dass Violet den Großteil ihrer Kindheit in

Pflegefamilien verbrachte. Das wiederum führte sie zu Preston und ruinierte ihr Leben. Alles wegen meiner Mutter und irgendeines unbekannten Typen.

Ryler dreht sich auf seinem Sitz zu uns um und sagt etwas in Zeichensprache zu Violet. Es muss witzig sein, denn Violet lacht und Ryler grinst.

Sie zuckt mit den Schultern. »Messer sind nicht gruselig. Vor Messern kann man weglaufen.«

Ryler zieht die Brauen hoch, lehnt einen Arm auf die Rückenlehne seines Sitzes und macht weiter Handzeichen.

»Klingt das so, als würde ich aus Erfahrung sprechen?«, rät Violet, und Ryler nickt. Dann zuckt sie wieder mit den Schultern. Sie will nichts von ihrer Vergangenheit preisgeben, woran ich schon gewöhnt bin. Ich weiß dennoch genug über sie, und sie hatte eine beschissene Kindheit, daher würde mich nicht wundern, wenn sie schon mal vor jemandem mit einem Messer weggelaufen ist. Mist, was ist, wenn es meine Mutter war? Ich kenne keine Einzelheiten, was die Geschehnisse jener Nacht betrifft.

»Du bist ein ziemlich toughes Mädchen«, sagt Cole und sieht wieder zu mir. »Wir könnten sie heute Abend gut gebrauchen.«

»Nein«, erwidere ich prompt. »Sie ist nicht hier, um da mit reingezogen zu werden.«

»Tja, sie ist hier«, sagt Cole ein bisschen genervt. »Also steckt sie rein technisch schon mit drin.«

»Sie kommt nur zum Beobachten mit«, widerspreche ich und balle die Hände zu Fäusten. »Sonst nichts.«

Violet sieht mich an. Ihr Blick ist nicht direkt wütend, aber froh wirkt sie auch nicht. »Was ist eigentlich mit dir und dieser Beschützernummer?«, fragt sie leise. Ryler hört es, und weil er mit einem Streit rechnet, dreht er sich wieder nach vorn und steckt sich eine Zigarette an.

»Ich will nur nicht, dass dir etwas passiert«, antworte ich achselzuckend. »Und das ist ja wohl nichts Neues. Ich war auch schon so, als wir …« Ich will sagen »zusammen waren«, aber waren wir das überhaupt offiziell? Ja, wir hatten ein oder zwei Dates, doch unsere Beziehung war so kurz – zu kurz.

»Ich brauche keinen Schutz«, sagt sie bestimmt. »Und falls ich irgendwie helfen kann, will ich es auch. Glaub mir, im Manipulieren bin ich spitze.«

»Ich will nicht der Preston in deinem Leben sein«, entgegne ich so leise, dass es kaum zu hören ist.

Sie holt langsam Luft, während ihre Hand unwillkürlich zu den Blutergüssen an ihren Beinen wandert. Es bestätigt meinen Verdacht, dass sie von dem Mistkerl stammen. Und wieder sehe ich rot, so wie in jenem Moment, als Preston sie auf dem Parkplatz vor der Uni küsste. Meine Wut blendet mich so sehr, dass ich, wäre Preston in der Nähe, etwas Dummes und wahrscheinlich Unumkehrbares tun würde, ohne es mir zweimal zu überlegen.

Ich erinnere mich, wie Kayden diesen Kerl windelweich prügelte, Caleb – derselbe Typ, der meine Schwester vergewaltigte, worauf sie von einem Dach sprang und sich das Leben nahm. Caleb hatte Kaydens Freundin Callie etwas getan, vermutlich dasselbe wie meiner Schwester. Und ich verstand, warum Kayden das tat. Man beschützt eben die Leute, die einem wichtig sind. Aber Kayden war da erst seit Kurzem mit Callie zusammen gewesen, und es war irgendwie verwirrend gewesen, wie leidenschaftlich er sie verteidigte. Heute verstehe ich, warum er es tat. Ich weiß jetzt, wie einen die Wut bis zu einem Punkt einnimmt, an dem man weder klar sehen noch denken kann, weil einem jemand so wichtig ist. Ich hätte Caleb auch krankenhausreif geprügelt, hätte ich ihn gefunden – und würde es noch – für Amy. Und ich würde Preston genauso, wenn nicht noch mehr wehtun für das, was er Violet antat, weil sie mir so wichtig ist, dass ich mein eigenes Leben zerstören würde, falls sie dadurch weniger Schmerz in ihrem hätte.

In diesem Moment wird mir etwas bewusst, das ich nicht kommen sah und von dem ich nicht sicher bin, ob ich es akzeptieren kann. Es kracht auf mich ein wie ein Truck, raubt mir den Atem und lässt mein Herz auf eine sehr befremdliche Weise schmerzen.

Violet ist mir wichtiger als ich selbst.

Vielleicht … liebe ich sie sogar?

Scheiße, bin ich verliebt? Nein, ausgeschlossen. Ich weiß ja nicht mal, was Liebe ist.

»Du bist nicht Preston«, unterbricht Violet meine panischen Gedanken und bedeckt einen Bluterguss auf ihrem Bein mit der Hand. »Ich will dir ja helfen, wenn ich kann. Du zwingst mich zu nichts, sondern ich mache es freiwillig.«

Ich will sie nicht fragen, wozu er sie zwang, das diese blauen Flecken verursachte. Doch selbst wenn sie zusammenbrechen und es mir erzählen würde, soll es nicht im Wagen mit Ryler und meinem Onkel sein, die so tun, als würden sie nicht zuhören, während ich ausflippe und womöglich schlimmer denn je die Kontrolle verliere.

»Sie könnte eine gute Ablenkung sein, Luke«, sagt Cole, der vom Freeway abbiegt. »Sie ist ein schönes Mädchen – und das meine ich auf eine nette, nicht flirtende Art.« Er nervt mich gerade massiv, und ich weiß, dass er es merkt, was ihm allerdings egal ist.

»Woran genau denkst du?« Violet rutscht nach vorn und verschränkt die Arme hinten auf der Sitzlehne. Sie hat das Haar aufgesteckt, sodass ich ihren Nacken mit dem Drachen und den Sternen-Tattoos sehen kann, die für den Tod ihrer Eltern stehen.

Ich weiß nicht, warum ich es tue, doch ich berühre sie mit dem Finger und male sie nach. Violet zuckt zunächst ein wenig, sagt aber nichts.

»Da ist dieser Typ, Catterson, ein Arsch, wenn es um Frauen geht, aber ein guter Kartenspieler«, erklärt Cole und stellt den Blinker an. »Wenn du dich neben ihn setzt und versuchst, ihn zu hohen Einsätzen zu bringen, kann das Spiel schneller vorbei sein, was unsere Chance erhöht, ohne Probleme wieder wegzukommen.«

»Wie gefährlich ist das eigentlich?«, fragt sie misstrauisch. »Ich meine, von welchen Problemen redest du? Mehr so ›Ihr braucht hier nicht mehr aufzukreuzen, wenn ihr beim Schummeln erwischt werdet‹, oder eher die Art ›Ihr geht hier nicht raus, wenn ihr betrügt‹?«

»Das solltest du lieber Luke fragen«, antwortet Cole und sieht über die Schulter zu mir.

Violet sieht mich an und beißt sich auf die Unterlippe, die sie mit rotem Lippenstift geschminkt hat, der sehr verlockend aussieht. »Wie übel ist es da? Schlimmer oder besser als bei Geraldson?«

Ich lege die Hand in ihren Nacken. »Schlimmer«, sage ich, und sie verkrampft sich.

Schnell schüttelt sie ihr Unbehagen ab, legt die Hände auf meine Schulter und flüstert mir ins Ohr: »Willst du das wirklich machen? Ich habe immer noch einiges von Prestons Gras. Es ist keine Neuntausend wert, aber es könnte ein Anfang sein.«

»Nein, kein Dealen.« Ich umfange ihre Taille und ziehe sie nahe zu mir. Beinahe schließe ich die Augen, als ich ihre Wärme fühle. Meine Mutter hat ihr schon Unfassbares angetan, aber ich bin auch schlecht für Violet. Sie hier zu haben, mir von ihr helfen zu lassen ist blöd – ich bin blöd. »Gott, ich wünsche mir ehrlich, wir wären unter anderen Umständen wieder zusammengebracht worden … Du fehlst mir, aber ich weiß, dass ich dich nicht haben kann …« Den letzten Teil wollte ich eigentlich nicht laut sagen. Er rutscht mir heraus, und ich kann die Worte nicht zurückholen.

Ich erwarte, dass sie zurückweicht, und bin erstaunt, als sie es nicht macht. Sie küsst mich sanft aufs Ohrläppchen. »Ich helfe dir«, sagt sie und dreht sich wieder um, bereit, sich für mich Schwachkopf in Gefahr zu bringen. »Also, was muss ich über diesen Catterson wissen?«

Kapitel 10

VIOLET

Möge die Adrenalinsucht übernehmen.

Mir ist klar, dass Luke mich lieber raushalten wollte. Nach dem oben in dem Zimmer brauche ich aber dringend eine emotionsfreie Zeit, brauche das Schneiden und Stechen, das in Wellen kommt, während ich mich anstrenge, meine Gefühle für Luke zu verdrängen. Also nutze ich die Gelegenheit, Catterson abzulenken. Er entpuppt sich als ein Perversling in den Dreißigern mit einer Vorliebe für leeres Gefasel, und er riecht nach Gras. Mann, was ist das bloß mit mir und solchen Typen? Ich scheine die anzuziehen wie das Licht die Motten.

Aber wie ein Profi sorge ich dafür, dass er einige Drinks kippt, und sitze schließlich neben ihm im Warehouse. Tatsächlich ist es ein Lagerhaus voller Kartons. Was in denen ist, weiß ich nicht. Es stehen fünf Tische mit jeweils fünf Spielern da, größtenteils Männer und nur ein paar Frauen. Klassischer Rock spielt leise, links und rechts fliegt Geld durch die Gegend, Rauchfahnen kräuseln sich in der Luft, und Drinks werden herumgereicht – von denen ich eine Menge annehme. Ich kann nicht mal sagen, warum ich trinke. Eigentlich wollte ich nur einen Drink, aber dann fühlte ich mich entspannt, und so wurde es noch einer und noch einer, na ja, wie es eben so läuft.

»Also, was meinst du, Süße?« Catterson legt eine Hand auf mein nacktes Knie, direkt auf einen der Blutergüsse. Ich muss mich beherrschen, ihn nicht wegzustoßen und zu ohrfeigen. »Soll ich groß rein oder auf sicher spielen?«

Ich schenke ihm mein Bin-ich-nicht-hübsch-und-unschuldig-Lächeln. »Wie heißt der Spruch noch …? Wer nicht wagt, der nicht gewinnt?«

»Mir gefällt, wie du denkst.« Er zwinkert mir zu und macht seinen lachhaft hohen Einsatz. Ich ringe mir ein Kichern ab und wickle eine Haarsträhne mit dem Finger auf. Als er wartet, dass die anderen passen, mitgehen oder erhöhen, lehnt er sich zu mir und fragt leise: »Du bist doch volljährig, oder?«

Was für ein Schwachkopf! »Natürlich«, sage ich und kichere wieder. »Sehe ich wirklich so jung aus?«

Er lehnt sich zurück und mustert mich mit seinen perversen Augen, die sehr lange an der Stelle verharren, an der mein Kleid meine Schenkel bedeckt. »Du siehst höllisch aus.« Er sagt es, als wäre es ein Kompliment, als wäre die Hölle was Gutes und würde mich mein Aussehen automatisch zu einem albernen Mädchen machen, das ihm in die Arme sinkt.

»Danke«, sage ich wie ein hohles Püppchen. Mann, jetzt fehlt nur noch ein Kaugummi, und ich bin einen Schritt von einer richtig unterbelichteten Pute entfernt.

Er schiebt mir mein halbvolles Glas mit Wodka und Cranberry hin. »Trink aus, Hübsche.«

Natürlich denkt er, dass ich mich betrinke und mit ihm nach Hause gehe. Betrunken werde ich langsam auch schon, und das bringt meine kratzbürstige Seite zutage, mitsamt Krallen und allem. Oh ja, Krallen … und Lukes Haut … ich schüttle meinen leicht benebelten Kopf. *Konzentrier dich, Violet. Und hör auf mit dem Trinken!*

Catterson grinst mich immer noch an, und ich muss mich zwingen, es zu erwidern. Auf keinen Fall gehe ich mit diesem Typen nach Hause. Ich bin ganz auf den rauchenden heißen Typen gegenüber am Tisch fixiert: eindringliche braune Augen, weiches Haar, vertrauter Duft und alles, von dem ich mir wünsche, ich könnte es haben. Gleichzeitig habe ich panische Angst, es mir zu nehmen, weil das bedeuten würde, mich meinen Gefühlen zu stellen. Im Ernst, wenn hier nicht so verdammt viele Leute wären, würde ich direkt über den Tisch krabbeln, ihm die Kleider vom Leib reißen, ihn beißen, lecken und lauter unanständige Dinge mit ihm machen …

Bei diesem Gedanken blicke ich zu meinem Glas und frage mich, wie viel ich schon getrunken habe.

Das Glas ist leer. Mist, ich erinnere mich nicht mal, ausgetrunken zu haben … und war das mein fünfter, sechster … achter? Das ist übel. Die betrunkene Violet ist skrupellos, wild und impulsiv. Sie gerät leicht außer Kontrolle, schlimmer als die nüchterne Violet. Ich sollte aufstehen und meinen Rausch im Wagen ausschlafen gehen … ja, das werde ich, direkt nach einem letzten Shot mit Dingsbums.

»Weg damit«, sagt er, als er mir ein Glas mit einer schwarzen, nach Lakritz riechenden Flüssigkeit gibt – wahrscheinlich Jägermeister. Er hebt sein Glas an und stürzt den Inhalt auf Ex herunter.

Ich setze mein Glas an und leere es mit einem Schluck, bevor ich es auf den Tisch zurückknalle, als wäre ich eine unglaublich trainierte Trinkerin. Die bin ich aber nicht, und ich bereue es auch sofort, als sich mir der Magen umdreht. Mir wird schlecht, und das Brennen hinten in meiner Kehle kündigt an, dass ich gleich kotzen muss. *Nein, tu das nicht. Schluck's wieder runter.*

»Alles okay mit dir?«, fragt Catterson und legt eine Hand an meine Schulter, weil ich auf dem Stuhl leicht zur Seite kippe.

Ich zwinge meine bescheuerten Mundwinkel nach oben und schlucke – sei die toughe Violet. Die Drogen verkauft und jeden Kunden bezaubert. »Mir geht's gut«, sage ich und bringe noch ein Lächeln zustande, das er mit Freuden erwidert.

»Ein bisschen stark für dich, was?«, fragt er, wartet aber nicht auf eine Antwort. »Ist schon okay. Wir besorgen dir einen von diesen fruchtigen Drinks«, sagt er, und ich muss den Drang bändigen, etwas Patziges zu erwidern. Grinsend wendet er sich wieder seinen Karten zu, verliert eine Runde und flucht leise. Doch als er mich ansieht, sagt er nur: »Mal gewinnt man, mal verliert man.«

»Ich habe so ein Gefühl, dass du beim nächsten Blatt Glück hast.« Ich zwinkere ihm zu und lasse meine Finger zu meinem Ausschnitt wandern. *Gott, bin ich gut,* denke ich, als ich die Wölbung in seiner Hose bemerke.

»Das will ich hoffen«, sagt er und rückt sich zurecht, während er die neuen Karten aufnimmt und sie ernst ansieht.

Ich nutze die Gelegenheit, um zu Luke gegenüber zu sehen. Sein Onkel und sein Cousin sitzen an jeweils anderen Tischen. Im Auto hatten sie mir erklärt, dass es sinnlos wäre, gegeneinander zu spielen, vor allem wenn sie alle schummeln. Offenbar ist das so ein Familiending oder so, jedenfalls auf der Seite seines Vaters. Ryler scheint allerdings nicht so wild darauf. Eher benimmt er sich, als sei er nur wegen seines Vaters hier.

Luke ist während des ganzen Spiels ziemlich still, trinkt Bacardi, raucht und erhöht den Einsatz. Ich weiß natürlich, dass er falsch spielt, kann jedoch nicht sagen, bei welchen Blättern, was wahrscheinlich auch gut so ist.

Ich starre ihn unverhohlen an, als er seine Karten ansieht und rund um den Tisch die Einsätze genannt werden. Als er dran ist, schiebt er ungefähr zweihundert Chips in die Tischmitte, bevor er sich zurücklehnt und scheinbar entspannt zusieht, wie der Geber eine Karte umdreht. Luke hält sein Blatt in einer Hand, trinkt einen Schluck und zieht an seiner Zigarette. Anscheinend bemerkt er mein Glotzen gar nicht. Oder zumindest glaube ich es, bis er über seine Karten zu mir sieht, ein klein wenig grinst und mir zuzwinkert. Da kommt mir der Verdacht, dass er es die ganze Zeit bemerkt hat. Schmetterlinge flattern in meinem Bauch, was mir noch nie passiert ist. Andererseits könnte es auch an dem Jägermeister und dem Wodka liegen und nichts mit Schmetterlingen zu tun haben. Ach, wen interessiert schon, was es ist! Ich will ihn. Mich kümmert nicht mal, dass ich betrunken bin. Ich muss heute Nacht etwas Verrücktes tun, um all die Energie in mir zu bändigen, und im Moment will ich es mit ihm tun, obwohl er der Grund für diese Unruhe ist.

Bitte lass das Spiel bald vorbei sein. Meine Schenkel brennen.

Ich kneife die Beine zusammen und versuche, möglichst geduldig zu sein, die Spieler am Tisch zu beobachten und weiter mit Catterson zu flirten. Endlich ist es vorbei. Luke hat über neuntausend gewonnen; sein Onkel und Ryler hatten Pech und alles verloren. Zumindest wirkt es so, aber ich hatte sie ja im Auto gehört, und die Absprache war, dass Cole und Ryler verlieren sollten, damit es nicht verdächtig aussah. Und im Austausch sollte Luke seinen Gewinn mit ihnen teilen; also hat er praktisch nur dreitausend gewonnen.

Ich frage mich, ob er hinreichend Geld machen kann und was passiert, falls nicht. Da ich realistisch bin und mich ein wenig mit Geraldsons Welt auskenne, gibt es im Grunde nur zwei Möglichkeiten: Die erste wäre, dass Luke übel zusammengeschlagen wird. Ich bin nicht sicher, ob sie ihn umbringen würden, aber allein bei dem Gedanken wird mir schlecht. Die zweite Möglichkeit wäre, dass Luke nicht mehr nach Laramie zurückkehrt, weil es zu riskant ist. Bei dieser Option wird mir ebenfalls schlecht.

»Und, wo willst du jetzt hin, du hübsches Ding?«, holt Catterson mich wieder in die Realität zurück. Ich stelle fest, dass ich einiges verpasst habe, denn alle sind schon im Aufbruch, und Catterson sieht mich erwartungsvoll an, als könnte ich es direkt hier und jetzt mit ihm treiben. »Musst du nach Hause, oder möchtest du mit mir ins Hinterzimmer kommen? Ich würde nämlich gerne diesen tollen Hintern in meinen Händen sehen.«

Es gibt so vieles, was ich diesem Kerl sagen möchte. Zum Beispiel fragen, ob er mit diesem lachhaften Spruch jemals landen konnte. Aber ich muss den Mund halten oder das Richtige sagen, sonst fliege ich auf.

Zwar weiß ich nicht, wie das Hinterzimmer hier aussieht, habe aber eine grobe Vorstellung. Als ich auf der Straße lebte, schlich ich mich mal mit einem Idioten in das Hinterzimmer eines Stripclubs, weil er meinte, wir könnten uns dort Bier organisieren. Angeblich könnten wir da unbemerkt rein. Wie sich herausstellte, gab es in dem Hinterzimmer kein Bier, sondern nackte Frauen, die Blowjobs und Lap-Dances anboten. Ja, ich wurde auf ganz eigene Art aufgeklärt.

Sie muss mit uns fahren. Ryler erscheint neben mir und legt lässig einen Arm um mich. Ganz der Ritter in strahlender Rüstung. *Wir müssen sie sicher nach Hause bringen.*

Catterson sieht von Ryler zu mir, und ich lächle ganz besonders unschuldig bedauernd. »Was sagt er?«, fragt Catterson verwirrt.

»Er sagt, dass er mich sicher nach Hause bringen soll«, übersetze ich und lächle dazu, als wäre ich zu gerne mit Catterson mitgegangen.

»Ist sie mit dir verwandt?«, fragt er Ryler misstrauisch, als könne er beim besten Willen keine Ähnlichkeit entdecken.

Meine Cousine, sagt Ryler stumm und drückt mich komisch von der Seite, bevor er mich an den Tischen vorbei zum Ausgang führt. Er winkt Catterson zu, öffnet die Tür, und wir gehen raus.

»Tausend Dank, Cousin«, sage ich grinsend, als ich auf den dunklen Parkplatz und in die überheizte Wüstenluft trete. Die Straße ist ein Stück entfernt und ziemlich leer. In der Ferne sieht man die funkelnden Lichter der Innenstadt.

Ryler lässt lächelnd die Tür hinter uns zufallen und sagt dann in Gebärdensprache: *Hey, das war besser, als dir eine Erklärung auszudenken, wieso du den ganzen Abend wie wild mit ihm geflirtet hast und ihn dich dann nicht im Hinterzimmer knallen lässt.*

»Na hör mal, vielleicht wollte ich, dass er mich im Hinterzimmer knallt«, erwidere ich und gehe mit hochgezogenen Brauen rückwärts vor ihm her. Ich werde sekündlich angriffslustiger. Luke sollte dringend bald rauskommen, sonst tue ich am Ende doch noch irgendwas Blödes.

Ryler bleibt mitten auf dem Parkplatz stehen und sieht verwirrt aus, als er an seinem Augenbrauen-Piercing fingert. *Bist du nicht mit Luke zusammen?*

Ich bleibe ebenfalls stehen und stemme die Hände in die Hüften. »Sieht es denn so aus?« Natürlich ist das dämliches Gerede, denn im Moment will ich nichts lieber, als mit Luke zusammen zu sein.

Ich habe keine Ahnung. Er reibt sich den Nacken. Irgendwie erinnert er mich an Luke, der auch jedes Mal verlegen wird, wenn ich so direkt bin, aber nicht so sehr, dass er das Thema wechselt. Und auch Ryler hat diese aggressive Ausstrahlung, die durch die Piercings und Tattoos noch verstärkt wird. Ob es Show ist oder nicht, kann ich nicht sagen. *Ja, sieht so aus.* Er wartet auf eine Antwort, die ich ihm aber nicht geben kann, weil ich das selbst noch herauszufinden versuche.

»Wo ist Luke?« Ich blicke mich auf dem Parkplatz um und zu dem dunkelroten Dodge Challenger, mit dem wir hergekommen sind. Er steht weit hinten auf dem Parkplatz, und es sitzt niemand drin. Die Situation könnte gefährlich sein: ein Mädchen und ein sehr stark aussehender Typ ganz allein, wo niemand ihre Schreie hören würde. Meine kranke Obsession, auf der Grenze zwischen Leben und Tod zu balancieren treibt mich weiter in die Dunkelheit, anstatt in das Licht aus dem Warehouse.

Ryler schwenkt die Autoschlüssel in seiner Hand und geht mit mir auf den Wagen zu. *Er muss sich sein Geld holen.* Ryler schließt den Wagen auf, öffnet die Tür und klappt den Sitz nach vorn, damit ich hinten einsteigen kann. *Mein Dad ist mit ihm gegangen, damit es keine Probleme gibt.*

Ich zeige mit dem Finger auf ihn, während ich mich ducke, um einzusteigen. »Klingt auch wieder sehr nach Mafia.« Ich hüpfe sehr unelegant in den Wagen, wobei ich Lukes Cousin sicherlich einen Blick auf mein weiblichstes Teil biete, denn ich hatte vergessen, mir Unterwäsche einzupacken. Es würde mir etwas ausmachen, wäre ich nicht so betrunken. Und falls Ryler etwas gesehen hat, ist er zu sehr Gentleman, um einen Mucks zu sagen. Er klappt den Sitz wieder zurück, hockt sich hin, die Tür offen und die Füße draußen auf dem Asphalt.

Nachdem er sich eine Zigarette angesteckt und einen tiefen Zug genommen hat, stellt er die Zündung an. Aus der Anlage ertönt »Red Light Pledge« von Silverstein.

Du scheinst ein interessantes Mädchen zu sein. Er streicht mit dem Daumen über das Zigarettenende, und kleine Ascheflocken tanzen durch die Luft.

»Interessant?« Ich lege die Arme auf die Rückenlehne des Fahrersitzes, während Ryler sich mit dem Rücken ans Lenkrad setzt, sodass er mich ansehen kann. »Eine nette Umschreibung für schräg, oder? Aber das ist okay. Ich wurde schon Schlimmeres genannt.«

Und lieber schräg als normal, stimmt's?

»Genau.« Ich neige den Kopf zur Seite und sehe ihn an. Er ist die Sorte Typ, mit der ich mich einlassen könnte, und früher hätte ich, betrunken und gelangweilt, wie ich bin, es vielleicht auch probiert. Es könnte einfacher sein, als mit Luke herumzumachen, was passieren wird, wenn es nach mir geht. Doch trotz Wodka, Jägermeister und der Gefühle, die ich schon den ganzen Abend zu verdrängen versuche, zieht es mich zu Luke. Und mir macht Angst, was das bedeuten könnte.

»Darf ich eine?« Ich nicke zu der Zigarette in seiner Hand.

Er zieht die Brauen zusammen. *Du rauchst?*, fragt er, weil er mich den ganzen Abend zwischen Rauchern sah, ohne dass ich auch bloß einen Zug nahm.

Und normalerweise rauche ich auch nicht, aber heute Nacht bin ich jemand anders. »Ja.« Alle mal hersehen, hier kommt die betrunkene Raucherin Violet.

Ryler zuckt mit der Schulter, zieht die Schachtel aus seiner Tasche und gibt mir eine Zigarette und sein Feuerzeug. Ich stecke sie mir an und huste auch nicht, denn ich habe schon geraucht. Das war unter sehr seltsamen Umständen, als sich eine Frau, die sich um mich kümmerte, ihre Zigaretten von mir anstecken ließ, wenn sie gerade kochte oder sonst keine Hand frei hatte.

»Wie gut kennst du Luke?«, frage ich neugierig, nehme einen Zug und lasse den Rauch meine Lunge füllen.

Ryler ascht wieder nach draußen ab. *Nicht besonders gut. Ich bin ihm mal vor ein paar Jahren im Sommer begegnet, als er bei meinem Dad war, aber das ist auch schon alles. Ehrlich gesagt, habe ich meinen Dad bis vor ein paar Jahren auch kaum gesehen.* Er zieht an seiner Zigarette, um sein Unbehagen zu überspielen. *Was ist mit dir?*, fragt er stumm. Rauch quillt aus seinem Mund.

»Wie gut ich Luke kenne?«, frage ich, und er nickt. Ich bin unsicher, wie ich reagieren soll. Mir kommt es so vor, als würde ich Luke gut kennen; andererseits kenne ich ihn überhaupt nicht. »Das versuche ich noch herauszufinden«, antworte ich wahrheitsgemäß.

Was ist mit dir?

»Wie, was mit mir ist?« Hatte er das nicht schon gefragt, oder täusche ich mich da?

Ich kenne dich kaum. Er schweift in Richtung Flirten, was in Ordnung wäre, gäbe es da nicht Luke. Gott, warum können Jungs und Mädchen nicht einfach befreundet sein?

»Ich bin ziemlich langweilig«, sage ich und beuge mich mit einem sarkastischen Grinsen weiter über den Sitz. »Und wenn ich dir irgendwas über mich erzählen würde, müsste ich dich töten.«

Er sieht mich an und bemüht sich, nicht zu lachen. *Wie gesagt, interessant.*

Ich setze mich wieder zurück und ziehe an meiner Zigarette. »Und dasselbe wollte ich gerade über dich sagen, bevor du anfingst, mit mir zu flirten.«

Hey, man darf es ja wohl versuchen! Er legt eine Hand auf sein Herz und setzt sich gerade hin. *Außerdem, hättest du einfach gesagt, dass du mit Luke zusammen bist, würde ich dich in Ruhe lassen.*

Ah, jetzt verstehe ich! Er will ein Geständnis von mir hören. Und ich bin sogar drauf und dran, es zu sagen – es liegt mir auf der Zunge, obwohl ich nicht sicher bin, dass es stimmt. Doch dann tauchen Luke und Cole auf, bevor ich es aussprechen kann. Dass ich es beinahe getan hätte, macht mich panisch, und der Drang, etwas Verrücktes zu tun, raubt mir fast den Atem.

Gerettet vom fraglichen Freund. Ryler zwinkert mir zu, steigt aus dem Wagen und geht auf die Beifahrerseite, während Cole den Sitz nach vorn klappt und Luke zu mir nach hinten klettert.

Sobald er sitzt, fällt sein Blick auf die Zigarette in meiner Hand, und er runzelt die Stirn. »Was ist das denn?«

Ich klimpere unschuldig mit den Wimpern und halte ihm die Zigarette hin. »Ich habe sie nur für dich angesteckt.«

Er sieht mich skeptisch an. »Na klar, und dabei gleich die Hälfte geraucht.« Um mich zu testen, greift er nach der Zigarette, doch ich schwenke die Hand zur Seite.

»Kommt nicht infrage.« Ich nehme noch einen Zug. »Jetzt gehört sie mir. Du wirst schon gegen mich kämpfen müssen, um sie zu kriegen«, sage ich, während Cole den Motor startet und vom Parkplatz fährt.

Luke blickt kurz zu Cole, dann zu Ryler und schüttelt den Kopf. Er hat sichtlich Mühe, nicht zu lachen. »Wie viel hast du getrunken?«, fragt er mich leise.

Ich zucke mit den Schultern und sehe dem Farbschleier zu, der am Fenster vorbeifliegt, als wir auf die Straße und zum Freeway fahren, der uns in die Stadt zurückbringt. »Fünf, acht, elf.« Ich halte die Finger in die Höhe, um die Zahlen zu illustrieren, was bei elf allerdings schwierig wird. »Hey, ich habe bloß meinen Job gemacht! Es war nicht meine Schuld, dass dieser Catterson mir dauernd Drinks spendierte.«

»Du hast deinen Job sehr gut gemacht«, sagt Cole und fährt auf den Freeway. »Aber morgen müssen wir dir einen neuen suchen, damit die Capos nicht auf dich aufmerksam werden.«

»Okay, also vorhin war das mit der Mafia als Scherz gemeint, aber jetzt werde ich doch stutzig.« Ich beuge mich vor, um die Zigarette aus dem Fenster abzuaschen.

»Keine Mafiosi, nur Hardcore-Spieler, die sich von keinem verarschen lassen«, sagt Cole, nimmt eine Zigarette zwischen die Lippen und schirmt die Spitze mit einer Hand ab, um sie anzustecken.

Danach fangen Ryler und er an, über das Spiel zu reden. Ryler gestikuliert heftig. Anscheinend ist er wegen irgendwas richtig sauer auf seinen Vater. Unterdes richte ich meine ganze Aufmerksamkeit auf Luke, während die Finsternis in mir übernimmt und die betrunkene Violet rastlos wird.

Immer auf Ärger aus, sagte eine meiner Pflegemütter früher. *Unkontrollierbar.* Zu der Zeit mochte sie unrecht gehabt haben, aber jetzt läge sie richtig. Offenbar bin ich genauso geworden, wie sie es prophezeite – wie alle von denen glaubten. Aber darüber will ich nicht nachdenken. Ich möchte mich auf etwas Gutes konzentrieren. Auf etwas Gutes, das direkt neben mir sitzt.

Luke hat die Arme verschränkt und blickt stur geradeaus. Ich sehe ihm an, dass er überlegt, als würde er über eine komplizierte Theorie zur menschlichen Natur nachgrübeln und wie wir zu dem werden, was wir sind, was uns zu diesen Leuten formt.

Ich schüttle den Kopf. *Gott, ich denke echt komische Sachen, wenn ich besoffen bin.*

Luke. Konzentriere dich auf Luke.

Er sitzt nahe bei mir, aber nicht nahe genug, deshalb rutsche ich dichter zu ihm, und er schüttelt halb grinsend den Kopf. »Du hast diesen Blick«, sagt er und dreht den Kopf zu mir. »Ich sehe dir an, dass du Ärger machen willst.«

»Du kennst mich besser, als ich dachte«, sage ich prompt, weil ich mit dem ganzen Alkohol in meinem Gehirn nicht sonderlich klarsehe.

Er sieht mich verwirrt an. »Ach ja?«

Ich nicke, und in einer Brust flammt ein Feuer auf. »Und ich wette, du errätst auch, was ich jetzt denke.« Nun bewege ich meine Hand vorn an meinem Körper nach unten und beiße mir auf die Lippe, als ich mich berühre.

Luke atmet langsam ein und noch langsamer wieder aus, während er stumm *Wow* sagt. Dann schlingt er die Finger um mein Handgelenk, führt meine Hand zu seinem Gesicht und zieht an der Zigarette, die ich halte. Unwillkürlich muss ich an seine Zunge denken und wie gut sie sich vorhin im Schlafzimmer anfühlte.

Nachdem er einen Zug genommen hat, gibt er meine Hand wieder frei und sagt: »Du denkst, wie sagenhaft gut ich bin, dass ich heute Abend dreitausend gewonnen habe.«

»So sagenhaft gut das auch sein mag, habe ich nicht daran gedacht.« Ich spüre die Elektrizität in der Luft, das Unkontrollierbare, so wie ich es mag. Dann nehme ich die Zigarette an meine Lippen, aber nicht, weil ich rauchen will, sondern um ihn genauso zu provozieren, wie er es bei mir getan hat. Doch als ich an ihr sauge, regt sich ein Anflug von Panik in mir, weil ich Prestons Gesicht im Geiste sehe, wie es war, bevor er mich auf die Knie stieß; ihn erregte nicht bloß, dass er einen Blowjob bekommen sollte – ihn törnten mein Schmerz und Ekel auch an. Ich verdränge das Bild rasch und lasse meinen Verstand und mein Urteilsvermögen lieber wieder vom Wodka in meinen Adern leiten. »Rate noch mal«, sage ich und blase eine Rauchwolke aus.

Lukes Augen verdunkeln sich, werden zu Schatten im flackernden Licht der Straßenlaternen,

Kasinos und Werbetafeln draußen. Er dreht sich zu mir, sodass sein Knie gegen mein Bein drückt, als er eine Hand an meine Wange legt und seine Lippen zu meinem Ohr neigt. Warm streicht sein Bacardi-gewürzter Atem über meine Haut und jagt eine wohlige Wärme durch meinen Körper. *Sicherheit. Ich fühle wieder diese Sicherheit.*

»Du hast an das gedacht, was ich vor einigen Stunden mit dir im Schlafzimmer gemacht habe«, flüstert er mir ins Ohr. Seine Stimme klingt tief und lustvoll, und nun fühlt sich sein Atem sengend heiß an. Ich schwitze, und es hat nichts mit der Wüstenhitze zu tun. »Und daran, wie sehr du willst, dass ich es wieder tue, nur langsamer und länger … mir Zeit lasse …« Er muss ebenfalls betrunken sein, und zwei Betrunkene auf der Rückbank eines Dover Challenger sind das Patentrezept für spontane Entscheidungen ohne jede Rücksicht auf die Folgen. So etwas versetzt Adrenalinjunkies wie mich in einen geradezu euphorischen Zustand.

Ruhe kommt über mich und breitet sich in meiner Brust aus. Ich lasse meine Hände zu Lukes Jeans wandern und lege sie direkt über seinen Schwanz. Direkt da, auf der Rückbank des Wagens und mit Lukes Onkel und Cousin in Hörweite. Luke stöhnt kehlig, worauf ich ihm die Sachen herunterreißen und ihn kratzen will, so wie ich es mir schon am Pokertisch ausgemalt hatte.

Als meine Finger jedoch unter Lukes Shirt wandern und ich sanft auf seinen festen Muskeln kratze, stört sein Onkel den Moment. »Okay, ihr zwei, warten wir, bis wir wieder zu Hause sind«, sagt er amüsiert. »Ich verspreche auch, dass es nicht mehr weit ist.«

Normalerweise werde ich nicht verlegen, aber entweder werde ich rot, oder die Luft wird einfach noch heißer. Luke hingegen wirkt völlig unbesorgt, lehnt sich zurück und legt seine Hände über meine unter seinem Shirt, sodass meine Handflächen auf seine Muskeln und seine warme Haut gedrückt werden. Sein Blick sagt mir, dass er fest vorhat, dies hier fortzusetzen, sobald wir in dem Zimmer sind.

Ich hoffe nur, dass ich betrunken genug bleibe, um es emotionslos durchzuziehen. Sonst müsste ich mir etwas anderes ausdenken, um die Gefühle in mir zu beruhigen, denn die wollen herausplatzen – die alten Gefühle wie die neuen. Und ich fürchte, wenn ich sie erst einmal herauslasse, kann ich sie nicht wieder zurückdrängen.

Kapitel 11

LUKE

Was für ein Typ bin ich eigentlich? Ein guter? Oder doch eher ein mieser? Vor wenigen Monaten kannte ich die Antwort noch und fand sie okay. Es ist besser, sich selbst zu erkennen, statt völlig ahnungslos zu sein. Es nicht zu wissen hingegen ist hart, und gerade jetzt bin ich das größte ahnungsloseste Arschloch aller Zeiten. Denn ich will Violet um den Verstand vögeln. Ich will sie so lange vögeln, bis sie meinen Namen schreit und ihre Fingernägel in meine Haut bohrt, wie sie es im Auto tat. Echt, da wäre ich fast in meiner Jeans gekommen.

Ich will sie und muss sie unbedingt haben. Das ist es jedenfalls, was mir der Teufel auf meiner Schulter zuflüstert. Auf der anderen Schulter hockt dieser kleine Engel, na ja, ich schätze, es ist einer, aber sicher sein kann ich mir nicht, denn ich habe ihn vorher noch nie gehört. Er sagt mir, dass Violet betrunken und verletzt ist, und es scheint, als wolle sie ihren Schmerz ersticken, indem sie wilde Sachen macht, die sie nüchtern eher nicht tun würde.

Wie beispielsweise mit mir zu kommen, bei mir zu sein, mich zu wollen. Es schmerzt, so darüber nachzudenken, doch ich sehe es in ihren Augen. Da ist derselbe Blick wie auf dem Mauersims, als wir vor Geraldson flohen. Nur bin diesmal ich ihr Mauersims – ihre Gefahr.

Die gesamte Fahrt über grüble ich und komme zu dem Entschluss, ein anständiger Typ zu sein. Leider macht sie es mir richtig schwer, als wir zurück sind und zusammen in das Gästezimmer stolpern. Dort fängt sie schon an, sich auszuziehen, ehe ich die Tür geschlossen habe. Sie ist betrunken genug, um wacklig auf den Beinen und fahrig in ihren Bewegungen zu sein. Aber wie ihre Augen mich fixieren, ist höllisch sexy. Zuerst das Kleid, dann das Unterkleid … und, oh verdammt, sie trägt keinen Slip!

Bevor ich das alles begriffen habe, fliegt ihr BH weg. Sie wirft damit nach mir, und er trifft mich ins Gesicht. Ich fange ihn, schüttle den Kopf und muss grinsen. Doch der Anblick ihres nackten Körpers bewirkt, dass ich die Lippen zusammenpressen muss, um nicht zu stöhnen.

»Du bist ernsthaft betrunken.« Ich lasse den BH auf den Boden fallen und kann nicht aufhören, ihre langen Beine, den flachen, tätowierten Bauch und die spitzen Brüste anzusehen.

»Na und? Bist du auch.« Sie geht rückwärts, bis ihre Beine gegen das Bett stoßen. Dann sinkt sie auf die Matratze und krümmt den Finger, damit ich ihr folge. Was ich auch unbedingt will, aber ich muss wenigstens einmal im Leben anständig sein.

»Ich bin immer betrunken«, gestehe ich und gehe langsam auf sie zu. »Du bist es normalerweise nicht.« Ich bleibe vor dem Bett stehen, wo ihre Beine über die Kante baumeln. »Genau genommen habe ich dich vorher erst ein einziges Mal betrunken gesehen.«

Sie sieht mich verwundert an. »Willst du mir ernsthaft erzählen, dass du noch nie mit einem betrunkenen Mädchen geschlafen hast?«

Ich verneine stumm. »Aber du bist anders.« Ich lege eine Hand an ihre Wange. Dank dem Bacardi ist mir völlig egal, wie emotional ich werde. »Und ich will nicht mit dir schlafen, nur weil du betrunken und wegen irgendwas verletzt bist … Ich möchte, dass es etwas bedeutet … für uns beide.« Ich atme aus, denn mein Schwanz wird reichlich sauer auf mich. »Aber wenn du darüber reden willst, können wir. Ja, ich wünsche mir sogar, dass du mit mir redest.«

Sie stößt ein scharfes Lachen aus. »Ich will aber gar nicht reden.« Dann neigt sie ihren Kopf weg von meiner Hand, und ihr Gesichtsausdruck wird hart und panisch. »Warum machst du jetzt plötzlich auf ritterlich? Vor wenigen Stunden noch warst du bereit, mich zu vögeln.«

»Da hatte ich mich von dem Moment mitreißen

lassen«, erkläre ich und nehme meine Hand herunter. »Und ich sage nicht, dass ich dich nicht will. Glaub mir, das tue ich. Ich habe nur nachgedacht.« Ich hole tief Luft und atme sie langsam wieder aus, bevor ich mich neben sie auf das Bett setze. »Darüber, dass wir nie richtig über irgendwas reden. Und ich weiß, dass du es nicht willst, was okay ist, nur denke ich, dass wir nicht miteinander schlafen sollten. Nicht, ehe wir uns dem Kram zwischen uns gestellt haben.« Gott, das ist wahrlich eine Premiere für mich! Ein nacktes Mädchen vor mir, die Beine gespreizt, und ich will der Kleinen nicht sofort meinen Schwanz reinschieben.

Ich warte, dass sie wütend wird, aber sie atmet nur angestrengt, als würde es ihr schwerfallen, und sieht sich im Zimmer um. Sucht sie einen Fluchtweg? Auf jeden Fall ist der leicht glasige Blick einem von wilder Panik gewichen. Ich weiß nicht, woher das so plötzlich kommt, kenne mich jedoch gut genug mit Panikattacken aus, um zu sehen, dass sie gleich eine bekommt.

»Entspann dich, Violet.« Ich lege eine Hand auf ihr Knie, weil ich möchte, dass sie mich ansieht. »Ich gehe nirgendshin, und ich werde dich auch nicht drängen, über etwas zu reden, über das du nicht reden willst.«

Sie atmet immer noch komisch, als sie hinunter zu meiner Hand auf ihrem Knie blickt und ihr Bein wegzieht. »Fass mich nicht an.« Dann springt sie vom Bett auf, greift nach dem Unterkleid und zieht es sich über den Kopf. Sie will zur Tür gehen, wieder mal weglaufen. Ich stehe auf und halte sie fest, auch wenn es wahrscheinlich keine gute Idee ist, sie in diesem Zustand anzufassen. Doch ich werde einen Teufel tun, sie in dem Fummel rauslaufen zu lassen. Er bedeckt ja kaum ihren Hintern und lässt ihre Nippel deutlich erkennen.

»Bitte, beruhige dich.« Ich verstumme, als sie mich panisch ansieht. Sofort hebe ich beide Hände hoch, um ihr zu signalisieren, dass ich sie nicht wieder anfasse. »Ich glaube, du hast eine Panikattacke.«

»Nein, habe ich nicht.« Blanke Angst spiegelt sich auf ihrem Gesicht, als sie von mir zur Tür und schließlich zum Fenster sieht. Ohne ein Wort zu sagen, rennt sie zum Fenster und reißt es auf, sodass heiße Luft hereinweht.

»Verdammt, Violet, hör auf!« Ich eile zu ihr und fange sie am Arm ab, bevor sie aus dem Fenster steigt. Nun bekomme ich ebenfalls Panik, weil ich an Amy denke. Wir sind im ersten Stock, und selbst wenn Violet glaubt, dass ihr nichts Schlimmes passiert, falls sie springt, will ich das Risiko nicht eingehen. »Zieh dir mehr an, dann lasse ich dich gehen … Ich wollte nur nicht, dass du in diesem Aufzug nach draußen läufst.«

»Lass mich los.« Wütend reißt sie sich von mir los. »Darum geht es gar nicht!« Dann schwingt sie die Beine aus dem Fenster. Ich packe ihr Unterkleid hinten und ziehe sie zu mir. Sie wehrt sich, wedelt mit den Armen, strampelt mit den Beinen, als ich sie umfange und wieder nach drinnen hebe. »Lass mich los … lass mich los …«, keucht sie und stemmt sich gegen mich.

Ich wiege sie und küsse sie auf den Kopf. »Nein, erst wenn du mir erzählst, was los ist.«

»Da ist zu viel …« Ihre Stimme bricht. Zwar kann ich ihr Gesicht nicht sehen, aber ich glaube, sie weint. »Ich muss es abstellen …« Sie beginnt sich die Brust zu massieren. »Es tut weh …« Noch ein Keuchen, dann ein weiteres.

Ich halte sie in den Armen und überlege fieberhaft, was mit ihr ist und wie ich sie beruhigen kann. Ich bin nicht sicher, ob sie wirklich springen wollte oder nur daran dachte, aber, mein Gott, was ist, wenn sie es vorhatte? Was ist, wenn alles so übel ist, dass sie lieber den Schmerz will?

»Bitte, lass mich los«, fleht sie schluchzend, und es bricht mir das Herz, ihre gequälte Stimme zu hören. »Ich muss nur einen Moment im Fenster sitzen … es sehen … dann ist es wieder okay …« Sie ringt nach Luft, aber die Angst ist zu groß, und ich höre deutlich, dass sie nicht besonders gut atmet.

So wird sie demnächst ohnmächtig, deshalb muss ich sie irgendwie beruhigen, nur habe ich ehrlich keinen Schimmer, wie. Wenn ich so drauf bin, trinke ich, spiele riskant oder fange Prügeleien an. Das will ich alles nicht für sie, also drehe ich sie zu mir, damit sie mich ansieht. Sie ist zu schwach, um sich ernsthaft gegen mich zu wehren, zu sehr darauf fokussiert, Luft zu bekommen. Tränen hängen in den Wimpern ihrer grünen Augen, und Mascara rinnt ihr über die Wangen, während sie den Blick gesenkt hält.

»Violet, sieh mich an«, sage ich leise, allerdings in einem festen Ton, von dem ich relativ sicher bin, dass ich ihn noch nie zuvor benutzt habe. Ich stütze ihr Gesicht mit einer Hand, während ich sie weiter im Arm halte. Als sie den Kopf schüttelt, strömen noch mehr Tränen über ihr Gesicht, und ich versuche es abermals mit der sanftesten Stimme, die ich bieten kann: »Baby, sieh mich an.«

Ihre Lider flattern, und sie hebt den Kopf, sodass sich das Licht in ihren glänzenden Pupillen spiegelt. Sie blickt mir in die Augen, was verblüffend intensiv ist, bedenke ich, wie erschöpft sie wirkt.

»Ich will mich nicht so fühlen«, flüstert sie weinend. »Ich will etwas anderes fühlen, nicht das … nicht diesen ganzen Schmerz … Ich weiß nicht mal, woher er kommt. Eben war ich noch betrunken, und dann hast du mich abgewiesen und ich …« Sie bricht ab und ringt nach Luft und schließt die Augen.

»Es tut mir leid, Violet. Ich wollte dir nicht wehtun.« Gott, töte mich jetzt! Es ist zu viel, zu unerträglich, sie so zu sehen.

»Hör auf, dich zu entschuldigen … Es ist nicht mal deine Schuld … deine Mom ist schuld … und Preston, weil er mich zu Sachen zwang … Es ist meine eigene verdammte Schuld, dass ich mich nicht mehr gegen ihn gewehrt habe … dass ich zurückgegangen bin … dass ich den ganzen Mist nicht loslassen kann …« Sie fängt an zu schluchzen, und ich frage mich, ob sie sich morgen früh an irgendwas hiervon erinnern wird. Eines steht jedenfalls fest: Ich werde mich erinnern, vor allem an den Teil mit Preston. »Lass mich nur ans Fenster …« Sie holt Luft und öffnet die Augen wieder, um mich anzusehen. »Lass mich nur ruhiger werden … dann ist alles besser.« Vom Alkohol lallt sie ein bisschen, und sie kämpft gegen ihre Erschöpfung, wohl von der Panikattacke. Ich schätze, wenn sie klarer und nüchtern wäre, hätte sie das nicht so offen zugegeben.

»Willst du aus dem Fenster springen, um dich besser zu fühlen?« Ich halte den Gedanken nicht aus, dass Violet sich selbst verletzt.

Sie schüttelt den Kopf. »Nein, ich will nur daran denken … ich brauche den Rausch, nicht das hier.« Sie legt eine Hand auf ihre Brust und drückt, als würde ihr Herz wehtun. »Bitte, Luke, lass mich, und alles wird wieder okay.«

»Nein, das kann ich nicht machen … niemals …« Meine Stimme klingt angespannt. Ich stelle uns beide hin, stütze Violet aber noch größtenteils.

Wortlos hebe ich sie hoch und trage sie zurück zum Fenster. Doch ich lasse sie nicht los, als sie auf das Fensterbrett steigt und ihre Beine nach draußen baumeln lässt.

Stück für Stück, nach und nach fängt es an, ein wenig Sinn zu ergeben, warum Violet Gefahr nicht als solche wahrzunehmen scheint. Zumindest dachte ich das. Aber jetzt wird mir klar, dass sie Gefahr durchaus begreift, nur sucht Violet sie bewusst. Sie braucht sie sogar, um zur Ruhe zu kommen, so wie ich das Trinken und Spielen.

Nach ungefähr tausend tiefen Atemzügen lehnt sie sich endlich zurück gegen mich. »Es ist nicht dasselbe, wenn du mich festhältst«, murmelt sie, versucht jedoch nicht, aus meinen Armen zu schlüpfen oder mir zu sagen, dass ich sie loslassen soll. Sie lehnt den Kopf an meine Brust, und ich mein Kinn oben in ihr Haar, halte sie fest und bete zu Gott, dass wir nicht beide abstürzen.

Kapitel 12

VIOLET

Das Erste, was mir beim Aufwachen einfällt, ist die Erinnerung an meinen Zusammenbruch. Einen totalen, völligen Zusammenbruch vor Luke. Ich war so betrunken, dass es mir scheißegal war, sogar als er mich ansah, als würde ich ihm höllisch Angst machen. Jetzt, am Morgen danach, ist es etwas ganz anderes …

Ich öffne die Augen und bemerke ein schweres Gewicht auf meiner Seite. Nun wird mir bewusst, dass Luke seinen Arm über mich gelegt hat und an meinen Rücken geschmiegt liegt. Wir liegen so dicht zusammen, dass nichts mehr zwischen uns passt. Mein Hintern ist an seine männlichen Teile gedrückt, sodass ich seine Morgenlatte fühle. Sein Gesicht ist in meinem Nacken, und ich spüre seinen Atem auf meiner Haut. Unsere Beine sind ineinandergeschlungen, und mein Unterkleid ist so weit nach oben gerutscht, dass es mich kaum noch bedeckt. Lukes Hand liegt an meiner Taille. Sein Duft überwältigt mich, und ich kann nichts anderes denken als: *Bitte, halte diesen Moment für immer fest, und lass mich nie wieder vor- oder zurückgehen.*

Mich erstaunt, wie zufrieden ich mich fühle, zumal nach dem Drama letzte Nacht. Vielleicht ist es auch bloß Leugnung. Ich will nicht zugeben, dass ich mich gestern restlos betrunken habe. Dass ich völlig zusammengebrochen bin und Luke mein schmutziges kleines Geheimnis entdeckt hat. Weiß der Himmel, was ich ihm alles erzählt habe! Ich entsinne mich an irgendwas über Schmerz … und Preston … und, verdammt, habe ich ihm von den Blutergüssen und dem Blowjob erzählt?

Ich überlege, vorsichtig aus dem Bett zu steigen und mich wegzuschleichen, bevor ich es erfahre. Weg zur nächsten Bushaltestelle und nach Hause, um eine Konfrontation zu vermeiden. Allerdings habe ich praktisch kein Zuhause, also könnte ich nur zurück nach Laramie und mir eine Parkbank zum Schlafen suchen, bis mir eine bessere Lösung einfällt.

»Wie geht es dir?« Lukes Stimme weht über meinen Nacken, bevor er mich dort sanft küsst, direkt auf meine Tattoos. Ich erschrecke.

Ein Kribbeln durchfährt mich, als er das Haar von meiner Schulter streicht und beginnt, mit dem Finger sanfte Kreise auf meine Haut zu malen. »Gut, schätze ich«, antworte ich. »Ich habe ein bisschen Kopfschmerzen, aber nichts, was ein paar Schmerztabletten nicht heilen können.« Ich zwinge mich, gelassen zu klingen. Hoffentlich spielt er mit und lässt mich noch ein wenig in meiner Fantasiewelt bleiben.

»Was ist mit den anderen Sachen?« Seine Hand gleitet von meiner Schulter und meine Seite hinunter bis zu meinem Bein – Haut auf Haut. Seine Handfläche ist über den Blutergüssen.

Ich kneife die Augen zu und atme mehrmals tief ein, ehe ich sprechen kann. »Ich weiß nicht recht, was ich sagen soll … Tut mir leid.«

Seine Hand auf meinem Bein spannt sich an. »Was?«

Ich öffne die Augen und starre an die Wand. »Dass ich letzte Nacht zum Psycho wurde.«

»Bist du nicht. Du hattest eine Panikattacke, und das kenne ich gut, glaub mir. Ich hatte auch schon einige von denen.« Er legt eine Pause ein, dann gleitet seine Hand wieder nach oben zu meinem Hals und verharrt an meiner Wange. Er dreht meinen Kopf zu sich, sodass ich mich auf die andere Seite rollen muss.

Luke sieht erledigt aus. Die Ringe unter seinen Augen sind noch dunkler, und seine Haut ist blasser als sonst schon. Er trägt kein Shirt, und da die Decke nur seine untere Hälfte verhüllt, sehe ich seinen nackten Oberkörper. Er ist nach wie vor gut in Form und alles, sieht jedoch aus, als hätte er abgenommen. Das macht mir allmählich Sorgen. Eventuell kümmert er sich nicht ausreichend um seinen Diabetes, aber wie soll ich das ansprechen?

»Ich möchte, dass du mir erzählst, was mit Preston passiert ist.«

Ich schüttle den Kopf und presse die Lippen zusammen. Allein bei der Erwähnung seines Namens fühle ich mich schwach und hilflos. »Kann ich nicht.«

»Ich weiß, dass es hart ist«, sagt er und spreizt die Finger an meiner Wange. »Aber du musst mir erzählen … ob er dich verletzt hat. Ich …«

Weiter kommt er nicht, weil ich ihm den Mund zuhalte. »Ich will nicht, dass du ihm etwas tust«, sage ich streng. »Und das nicht, weil mir irgendwas an ihm liegt, sondern weil ich nicht will, dass *dir* etwas passiert.« Ich warte eine Minute, dann nehme ich meine Hand herunter.

Er knirscht frustriert mit den Zähnen. »Wenn ich verspreche, dass ich ihm nichts tue, erzählst du es mir dann?« Anscheinend kostet es ihn eine Menge Selbstbeherrschung, das zu sagen.

Will er, dass ich freiwillig über meine Probleme rede? Das ist neu für mich.

»Ich hasse es, über Sachen zu reden«, gestehe ich. »Findest du es nicht auch viel einfacher, Sachen für dich zu behalten? Vor allem wenn du der Grund bist, weshalb sie überhaupt passiert sind? Ich meine, es wäre doch echt erbärmlich, wenn ich über irgendwas herumjammere, das nur geschehen konnte, weil ich direkt in die Situation hineinmarschiert bin.«

Er denkt über meine Worte nach und macht mich sprachlos, indem er mit einem Anflug von Wut in seinen Augen erwidert: »Früher dachte ich, es wäre besser, alles in mir zu verschließen. Inzwischen bin ich nicht mehr so sicher. Nicht mehr, seit ich dich kennengelernt habe … Und dass du zu Preston gelaufen bist, war nicht dein Fehler. Ja, ich wünschte, du wärst geblieben … aber ich verstehe total, warum du gegangen bist.«

»Ich hätte zu dir zurückkommen sollen, nachdem du die Polizei angerufen und deine Mom angezeigt hattest … Dann wäre manches weniger schrecklich gewesen«, murmle ich und schlucke angestrengt, denn mir rauschen sämtliche falschen Entscheidungen durch den Kopf, die ich je getroffen habe. »Es war ja nicht so, als hätte ich mich gegen ihn gewehrt oder so. Es war unser Deal, solange ich bei ihm wohnte.« *Einatmen, ausatmen. Atme!* »Er gibt mir ein Dach über dem Kopf, und im Gegenzug muss ich ihn anfassen … wenigstens war das die Vereinbarung. Vor einer Woche dann habe ich einen blöden Deal versaut. Er war irre angepisst und hat mich auf die Knie gezwungen, um …« Ich mache eine Handbewegung. »Na, du weißt schon. Und daher sind die Blutergüsse. Ich bin mit dem Bein gegen das Bett gestoßen, als er mich auf die Knie gedrückt hat.«

Lukes blasses Gesicht wird rot, und sein Atem geht schneller. Gleichzeitig versteifen sich seine Finger an meiner Wange, als müsste er mit dem Drang kämpfen, seine Faust in irgendwas zu rammen.

»Du darfst nicht wütend auf ihn sein«, ergänze ich rasch. »Eigentlich solltest du wütend auf mich sein. Ich hätte nie zu ihm zurückgehen dürfen. Auf der Straße wäre es mir wahrscheinlich besser gegangen, aber ehrlich gesagt hatte ich Angst, da wieder zu leben, und aus irgendeinem Grund wollte ich noch nicht ganz allein sein. Preston ist die einzige Familie, die ich habe, so verkorkst es auch sein mag. Ich war schwach, dabei weiß ich doch, dass ich das nicht sein darf.« Achselzuckend fahre ich fort: »Die Sachen, die mir passieren – die Schwierigkeiten, in die ich mich bringe –, sind meine Schuld. Das ist sozusagen mein Ding. Ich bin unvorsichtig, denke nicht nach, und man sieht ja, wohin es mich gebracht hat. Obdachlos, ohne Familie. Und jetzt bezahle ich für meine Fehler.«

»Du sagst das, als hättest du es verdient«, sagt er verblüfft, und seine Wut weicht purem Schock.

»Manchmal glaube ich das auch«, gestehe ich zum ersten Mal laut. »Wenn ich nur an die vielen Male denke, die ich von einer Pflegefamilie zur nächsten wechselte. Ich tat immer so, als würde es nichts machen, als läge es an denen, nicht an mir. Aber das war wohl vor allem ein Schutzmechanismus. Ich hätte mich mehr anstrengen können, ein besseres Kind zu sein. Doch ich war zu stur und zu aufsässig.«

Er starrt mich an, eine Hand an meiner Hüfte, die andere an meinem Gesicht. Ich kann den Puls in seinen Fingerspitzen fühlen. Es sieht aus, als suche er nach den richtigen Worten, dabei will ich gar nicht, dass er etwas sagt. Ich will nicht hören, dass er glaubt, es wäre nicht wahr, dass ich besser bin, dass alle anderen schuld seien, nicht ich.

»Und ich will jetzt keinen Jammerchor gründen«, sage ich. »Ich habe lediglich laut gedacht.«

»Bei einem Jammerchor würde ich auch nicht mitmachen«, antwortet er, womit er mich wieder daran erinnert, weshalb ich mich überhaupt auf ihn eingelassen hatte. »Ich wollte sagen, dass du in Laramie wieder bei uns wohnen solltest.« Als ich etwas erwidern will … na ja, was, weiß ich gar nicht, kommt er mir zuvor. »Ich werde auf dem Sofa schlafen, und du kannst das Bett haben. Seth und Greyson haben sicher nichts dagegen, wenn du wiederkommst. Übrigens hat Seth neulich sogar erwähnt, dass er dich vermisst, aber verrate ihm ja nicht, dass ich dir das erzählt habe.« Er macht eine Pause, wartet vielleicht auf meine Zustimmung, doch so weit bin ich noch nicht. »Und wenn du willst, können wir eine Art Stundenplan aufstellen, sodass wir nicht gleichzeitig in der Wohnung sind, ausgenommen zum Schlafen.«

Es ist erstaunlich leicht, vor seinen Problemen wegzulaufen. Zurück zu Preston zu gehen fühlte sich viel leichter an, als zu Luke zurückzukehren. Ja, das hat teils mit seiner Mutter zu tun, aber ich denke, es war von Anfang an mehr als das. Als er mir erzählte, wer seine Mutter war, tat es so weh, weil ich begriff, dass ich mich in ihn verliebte. Solche heftigen Gefühle hatte ich noch für niemanden empfunden, und das machte mir Angst.

»Was ist mit dieser Sache mit deiner … Mutter?«, frage ich. Mich fröstelt, wenn ich an die eine Nacht denke, in der ich seine Mutter sah – wie wahnsinnig sie ausgesehen hatte, als sie dieses Lied sang, mit dem Blut meiner Eltern auf ihrer Kleidung. »Was ist, wenn etwas passiert, sie verhaftet wird? Würde das nicht alles seltsam machen? Noch seltsamer, als es sowieso schon ist?«

Für einen Moment scheint er baff, reißt die Augen weit auf. »Ich hoffe verdammt noch mal sehr, dass sie verhaftet wird! Darauf warte ich schon mein Leben lang.«

Wir schweigen, als er in seine Gedanken abdriftet. Luke rollt sich auf den Rücken und blickt an die Zimmerdecke, während ich versuche, in seinen Gesichtszügen zu erkennen, was in seinem Kopf vorgeht.

»Wie schlimm war es?«, frage ich. Einige Geschichten habe ich schon von ihm gehört – entsetzliche Geschichten. Doch ich schätze, es gibt noch mehr, was er mir nicht erzählt hat. »Mit deiner Mom, meine ich. War da nur das Drogending? Oder gab es noch mehr?«

Sein Atem stockt, und seine Augen fixieren weiter die Decke, als er mit sich ringt. Ich will ihm sagen, dass er über nichts reden muss, worüber er nicht reden will, aber dann beginnt er zu erzählen: »Sie hat immer diese Spiele gespielt«, sagt er leise. »Die konnte man nie gewinnen, aber man musste es versuchen, sonst wurde man bestraft. Einmal hat sie das gesamte Haus verwüstet und mir gesagt, ich müsse aufräumen. Der Haken war, dass alles genau an seinen alten Platz zurück musste, sonst zählte es nicht. Und die Strafe war, Zeit mit ihr zu verbringen … ganze Tage. Das sollte spaßig klingen, aber ihre Vorstellung von gemeinsamer Zeit hatte nichts von einer normalen Mutter-Sohn-Beziehung. Eher wie mit einem Haustier … an dem sie zu sehr hing …« Er kneift die Augen zu, und ich frage mich, ob er seine Tränen zurückhält. »Richtig zum Kotzen ist, dass ich sie einfach all das mit mir machen ließ. Hatte ich solche Angst vor ihr?«

»Du warst ein Kind«, sage ich. »Es war nicht deine Schuld.«

»Und wenn schon. Ich wusste, dass es falsch war, aber ich habe nicht mal versucht, es zu stoppen, weil ich Angst vor ihr hatte – habe ich bis heute noch manchmal. Ich bin erwachsen, doch es reicht, ihre Stimme zu hören, damit ich mich wütend und hilflos fühle.«

So wie es Preston bei mir auslöst. Mein Gott, wir haben so vieles gemeinsam. Gäbe es die eine Sache nicht, könnten wir vielleicht etwas Gutes haben.

Er bleibt eine Weile still, und ich überlege, was genau er sagt, lese zwischen den Zeilen. Seine Mutter hat ihn verletzt, keine Frage, aber es scheint, als wäre da so viel mehr gewesen, viel mehr. Dunkle Dinge. Die dürfte ich kennen. Ich habe eine Menge verkorkster Sachen gesehen, die Leute hinter verschlossenen Türen anstellen. Aber irgendwie glaube ich, Luke könnte mehr erlebt haben. Das ist so traurig, dass mir richtig das Herz blutet.

Als er die Augen wieder öffnet, dreht er sich zu mir und streicht mir mit einem Finger über die Wange. »Tut mir leid. Ich sollte nicht mit dir darüber reden. Du hast genug eigenen Mist durchgemacht. Das Letzte, was du brauchst, ist, dass ich dich mit meinen Problemen vollschwalle.«

»Nein, das ist okay. Ich hatte dich doch gefragt«, sage ich und bemühe mich, gefasst zu klingen. *Zu viele Emotionen, verdammt. Ich darf das nicht weitermachen.* Ich atme laut ein und aus und will etwas sagen, von dem ich nie gedacht hätte, dass ich es laut aussprechen würde. »Luke …«

Seine Hand verharrt auf meiner Wange, und mit

dem Daumen malt er eine Linie unter meinem Auge. »Ja?« Als ich nicht gleich reagiere, ergänzt er: »Du kannst mir alles sagen, gut oder schlecht. Ich verdiene es, was es auch sein mag.«

»Ich glaube, dass es falsch war zu gehen.« Die Worte purzeln aus mir heraus und zerplatzen wie dünnes Glas auf der Erde. In den letzten zwei Monaten hatte ich das oft gedacht. Jedes Mal, wenn ich allein aus meinen Albträumen erwachte. Jedes Mal, wenn ich einen Ort sah, an dem Luke und ich zusammen gewesen waren. Jedes Mal, wenn Preston mich anfasste … dann bereute ich meine Entscheidung am meisten. Es jedoch zuzugeben und alles loszulassen schien mir unvorstellbar. Ich hielt es für unmöglich, dass Luke und ich wieder dahin zurückkönnten, wo wir vorher gewesen waren. Und wenn es hier war, direkt vor meiner Nase?

Lass einfach los.

Der Gedanke klingt wie die Stimme meines Vaters, aber im Grunde kannte ich ihn nie besonders gut. Ich weiß nicht, ob ihm gefiel, dass ich nachtragend bin oder nicht. Ich war zu jung, als er starb, hatte ihn und meine Mutter ja kaum kennengelernt. Trotzdem will ich glauben, dass sie gute Menschen waren, ungeachtet dessen, was irgendwer sagt.

»Du hattest allen Grund zu gehen.« Er überlegt, und auf einmal setzt er sich auf, sodass seine Wärme von mir verschwindet. Luke fährt sich mit den Fingern durchs Haar. »Weißt du was? Ich denke, ich werde denen helfen. Wenn wir zurück sind, besuche ich sie mal.«

»Das halte ich für keine gute Idee.« Rasch setze ich mich ebenfalls auf und strecke meine Beine, die noch unter der Decke sind. »Ich will nicht, dass du zu ihr gehst.«

»Ich will doch auch nicht bei ihr sein«, entgegnet er. »Aber vielleicht können wir sie hinter Gitter bringen, und dann muss ich es nie wieder sein.«

Bei dem Gedanken an sie hinter Gittern fühle ich mich besser. Andererseits bin ich alles andere als eine Optimistin, und dass es tatsächlich dazu kommen sollte, halte ich für illusorisch. »Was ist mit dem anderen? Denkst du, sie wird jemals sagen, wer das war?«

Er dreht sich auf dem Bett um und zieht die Knie unter der Decke hervor. Da er nur Boxershorts trägt, sehe ich so ziemlich alles von ihm, einschließlich des riesigen Blutergusses auf seinen Rippen, wo ihn Geraldsons Bodyguard geschlagen hatte – oder was immer der Gorilla war.

Luke lehnt seinen Arm auf ein Bein und beugt sich dicht zu mir. »Ich bin mir nicht sicher, aber das bringen wir in Erfahrung. Ich werde alles tun, was ich kann, aber bitte, sag mir, dass du mit mir nach Hause kommst.«

Nach Hause? Was für eine befremdliche Vorstellung.

Ich verspreche es nicht. So weit bin ich noch

nicht, obwohl ich es will, und das heißt schon einiges. Natürlich könnte ich weiter weglaufen und nie darüber reden, doch die Wahrheit ist, dass ich das eigentlich nicht mehr will. Ich bin es leid, vor allem und jedem wegzulaufen. Das mache ich seit fast vierzehn Jahren. Vielleicht wird es Zeit, mal eine Pause einzulegen.

Nachdem wir noch ein bisschen über weniger Heftiges geredet haben, bemerke ich, dass mein Handy-Akku letzte Nacht den Geist aufgegeben hat. Ich schließe das Ladekabel an und stelle fest, dass eine Nachricht von Detective Stephner eingegangen ist, der mich um Rückruf bittet – schnellstmöglich. Ich rufe sofort an und lande wieder auf der Mailbox. Also spreche ich ihm eine Nachricht auf Band. Soll das endlos so weitergehen?

Während ich warte, schlafe ich noch ein wenig. Dank Panikattacke und Kater bin ich völlig fertig. Als ich aufwache, ist es schon dunkel, und Luke ist fertig angezogen, um wegzugehen. Er trägt Jeans, ein schwarzes Shirt und Stiefel, hat sich die Haare gewaschen und sich rasiert.

Er liegt neben mir auf der Tagesdecke, und das Notizbuch, das ich ihn einstecken gesehen hatte, liegt aufgeschlagen auf seinem Schoß. Was immer in dem Buch stehen mag, muss ihn ziemlich aus der Fassung bringen, denn seine Augen glänzen und seine Finger zittern beim Umblättern.

»Alles okay?«, frage ich, setze mich auf und strecke meine Arme.

Luke zuckt heftig zusammen und legt eine Hand auf sein Herz. »Wow, du hast mich tierisch erschreckt!«

Ich blicke von dem Notizbuch zu seinen weit aufgerissenen Augen. »Ja, das merke ich.« Dann sehe ich wieder zu dem Buch. »Was liest du da?«

Kopfschüttelnd klappt er das Buch zu. »Es ist … war …« Er berührt das Lederarmband an seinem Handgelenk, das er immer trägt, und streicht mit den Fingern über das Wort *Erlösung*. »Das Tagebuch meiner Schwester Amy … Meine Mutter hat es mir vor einigen Wochen geschickt.« Er legt das Buch zur Seite und schüttelt wieder den Kopf. »Ich habe keinen Schimmer, warum sie das gemacht hat. Sicher war es nur wieder eines von ihren Spielen, um mich nach Hause zu locken. Als würde mich die Erinnerung an Amy genügend fertigmachen, um wieder bei meiner Mom sein zu wollen oder so.« Er verdreht die Augen. »Wie unsagbar blöd sie ist! Sie hat es auf keinen Fall gelesen, denn da stehen Sachen über sie drin, die mich erst recht überzeugen, dass ich sie nie wiedersehen will.« Nachdenklich zupft er an einem kleinen Loch in seiner Jeans. »Es könnte aber auch sein, dass sie es gelesen hat und zu irre ist, um zu erkennen, wie schlecht sie darin wegkommt.«

Ich will schon irgendwas sagen … was, weiß ich

nicht, aber ich habe das Gefühl, ich sollte, doch dann wechselt er abrupt das Thema. »Ich bin froh, dass du aufgewacht bist, bevor ich zum Spiel gehe. Weil ich nämlich noch über etwas mit dir reden wollte.«

Ich winkle meine Knie an und streiche mir einige Locken aus dem Gesicht. »Warum sagst du das so, als würde ich nicht mitkommen?«

»Weil es so ist.« Er schenkt mir dieses schiefe Grinsen, als wolle er mich mit seinem Charme einwickeln, damit ich nicht ausflippe. »Ich möchte – nein, ich *will* –, dass du heute Nacht in Sicherheit bist.«

»Versuch ja nicht, dich aus der Nummer rauszulächeln, du stoisch Unnahbarer«, sage ich und ziehe die Brauen hoch. »Ich will mit. Mich nützlich machen. Nicht bloß hier rumsitzen und in der Stille durchdrehen.« Sein Gesichtsausdruck verändert sich, und er benetzt seine Lippen. »Was ist?«, frage ich, weil ich nicht entscheiden kann, ob er traurig oder enorm erleichtert ist – oder vielleicht beides.

»Nichts.« Sein Blick bannt meinen förmlich. »Du hast nur meinen Spitznamen benutzt.«

»Und?« Ich bin völlig verwirrt.

»Und ich hätte nicht gedacht, dass ich ihn je wieder aus deinem Mund hören würde, denn du hast ihn auch vorher nur gesagt, wenn du in Flirtlaune warst.« Er hat recht. Ich habe ihn nur benutzt, wenn ich ihn ärgern oder nerven wollte, weil er sehr sexy aussieht, wenn er gefrustet ist, kurz davor, die Fassung zu verlieren. »Es hat mir gefehlt«, fügt er hinzu und sieht aus, als wolle er mich küssen. Und ich möchte es unbedingt. Nicht bloß, weil es sich anfühlt, als würde er mit jedem Mal mehr von Prestons Küssen auslöschen, sondern weil seine Lippen auf meinen alle anderen Gefühle verdrängen – meine ganz eigene Adrenalin-Ersatzdroge.

»Willst du mich jetzt küssen?«, frage ich schließlich, als eine Minute verstreicht, in der er nur meinen Mund anstarrt. Es ist peinlich, wie verzweifelt ich klinge!

Grinsend zieht er die Brauen hoch. »Möchtest du denn, dass ich dich küsse?«

Ich bleibe cool. »Soll das ein Spiel werden, stoisch Unnahbarer?«

»Falls ja, würde ich gewinnen.« Seine Lippen zucken amüsiert. Für einen fantastischen Moment ist es, als wären wir wieder in der Vergangenheit, forderten uns gegenseitig heraus. Ich will nicht verlieren und zugeben, wie sehr ich geküsst werden will. Und er will es genauso wenig.

Sturer Mistkerl!

»Weißt du was?«, frage ich und beuge mich vor, bis meine Lippen direkt vor seinen sind. »Die Runde gewinne ich.« Mit diesen Worten presse ich meine Lippen auf seine und küsse ihn leidenschaftlich, streiche mit der Zunge über seine Lippen und begegne seiner, als meine Arme ihn umfangen und meine Finger in sein Haar eintauchen.

»Und wie kommst du darauf, dass du jetzt gewonnen hast?«, fragt er zwischen zwei Küssen und vergräbt seine Finger in meinem Haar.

Ich will fast laut lachen, weil ich so brillant bin. »Weil ich dir den Kuss gestohlen habe.«

Er lacht leise und raspelnd, und plötzlich wird das Küssen sehr viel hitziger, als er sich zu mir neigt, sodass ich wieder auf den Rücken sinke und Luke auf mir liegt. »Wenn das so ist«, raunt er. Seine Finger sind auf einmal unter meinem Unterkleid, das ich noch von letzter Nacht trage, und wandern mein Bein hinauf, bereit, in mich zu dringen. Da ich ihn nicht Oberhand gewinnen lassen will, schiebe ich seine Hand weg, egal wie energisch mein Körper protestiert.

Er stöhnt, doch bevor er einen erneuten Versuch starten kann, ist meine Hand auf seiner Jeans, und ich reibe ihn, dass er keucht und sich versteift, während ich ihn fest greife und meine Hand auf und ab bewege.

»Verdammt, Violet«, stöhnt er mir ins Ohr, knabbert an meiner Haut, und wieder flattern diese Schmetterlinge in meinem Bauch. *Aha? Dann waren das wohl doch nicht der Jägermeister und der Wodka.*

Er ist über mir, stützt sich mit den Armen ab, und ich streichle ihn. Eigentlich weiß ich gar nicht genau, was ich tue, aber ich mache einfach weiter. Ich spüre weder Ekel noch Scham. Nur Verlangen. So viel Verlangen.

Ich glaube, er ist kurz davor zu kommen, und ich grinse vor mich hin, denn nun habe ich definitiv gewonnen – rein theoretisch, na ja, sagen wir eher, zumindest meiner Ansicht nach. Aber dann klopft jemand an die Tür, sodass ich erstarre. Luke stöhnt frustriert.

»Wir müssen los, Luke!«, ruft sein Onkel und hämmert wieder an die Tür. »Sonst sind wir zu spät, und die lassen uns nicht mehr rein.«

»Eine Sekunde!«, antwortet Luke laut und klingt sehr genervt. Er schließt die Augen, presst sein Gesicht in meine Halsbeuge und krallt die Hand in die Tagesdecke, um sich zu beruhigen.

»Nein, keine Sekunde!« Sein Onkel wummert auf die Tür ein. »Wir reizen jetzt schon die Grenzen aus!«

Kopfschüttelnd reibt Luke sich ein letztes Mal an meiner Hand. »Dafür tue ich ihm richtig weh«, murmelt er. Mit einem weiteren Stöhnen stemmt er sich von mir und rückt seine Erektion zurecht, während er sich aufsetzt. Dabei sieht er mich gequält an.

»Alles okay?«, frage ich und bemühe mich ehrlich, nicht zu lachen, was allerdings sehr schwer ist.

Er schmollt. »Findest du das witzig?«, fragt er und beäugt mich mit einem finsteren, gierigen

Blick. Ich denke schon, dass er mich wieder küssen will, doch dann sagt er heiser: »Warte, bis ich wieder da bin. Die nächste Runde gewinne ich.« Er steht auf, greift nach seinem Portemonnaie auf dem Nachttisch, steckt es in seine Gesäßtasche und sieht ziemlich zufrieden mit sich aus.

Ich rolle mich auf den Bauch und stütze mein Kinn in die Hand. »Willst du mich echt hierlassen?«

»Tja, ich habe keine andere Wahl mehr«, sagt er und legt eine Hand an den Türknauf, während Cole auf der anderen Seite weiterklopft und schimpft. »Ich muss jetzt los, aber ich hätte wohl sowieso nicht erlaubt, dass du mitkommst.«

»Nicht *erlaubt?*«, frage ich empört. »Ernsthaft? Wo sind wir hier? In den Fünfzigern?«

»Nein, ich mag dich nur zu sehr.«

Ich springe aus dem Bett und laufe zu ihm. Mir fällt auf, dass er wieder ein bisschen blass ist. Morgens hatte ich gesehen, wie er sich wieder Insulin spritzte, und ich hoffe, das hilft ihm gegen die Blässe und die Erschöpfung. Im Grunde weiß ich zu wenig über Diabetes, doch ich mache mir zunehmend Sorgen. Ich habe ihn nur einmal so betrunken gesehen, dass ich ihm helfen musste, seinen Blutzucker zu kontrollieren, und ihm Pillen geben.

»Na gut, ich *erlaube,* dass du mich hierlässt«, sage ich, was ihm ein Lächeln entlockt. »Jetzt geh gewinnen.« Ich gebe ihm einen flüchtigen Kuss und klopfe ihm auf den Hintern. »So machen sie es doch auf dem Footballfeld, oder?«

Er schüttelt schmunzelnd den Kopf. »Bitte, bleib anständig.«

»Ja, Boss«, sage ich salutierend und verdrehe die Augen.

»Hm, so solltest du mich öfter nennen«, schlägt er nachdenklich vor. »Gefällt mir.« Ich zwacke ihn in die Seite, und lachend öffnet er die Tür.

Cole steht mit verschränkten Armen draußen und sieht genervt, wütend und außerdem betrunken aus. »Ich weiß, dass ich cool wirke und alles«, sagt er streng zu Luke, »aber das bin ich hierbei nicht. Wenn ich dir Connections besorge, ziehst du die Nummer durch, oder du kannst die ganze Sache vergessen, mich eingeschlossen!«

Ich sehe Luke an, dass er sich auf die Zunge beißen muss, um ruhig zu bleiben. »Ja, ich bin jetzt bereit, also fahren wir.«

Cole sieht ihn wütend an und dann über die Schulter zu mir. »Ryler bleibt hier, falls du unten mit ihm abhängen willst.«

Luke sieht ihn finster an, doch ich nicke. »Okay, ich ziehe mich an und gehe nach unten.« Dann winke ich Luke zu und schließe die Tür, ehe er noch mehr ausflippt.

Ich ziehe mir ein Trägertop und eine Jeans an. Mich ärgert, dass ich keine Shorts mitgenommen habe, aber ich hatte nicht gedacht, dass es hier derart heiß sein würde. Dann gehe ich nach unten und will sehen, ob ich irgendwas essen kann. Bisher hatte ich nur selten einen Kater, doch ich habe bereits begriffen, dass mein Magen hyperempfindlich ist.

Als ich unten in die Küche komme, sitzt Ryler am Tisch und isst ein Sandwich. Im Hintergrund spielt Musik, während Ryler eine Patience legt. Er scheint richtig vertieft, denn er spielt völlig gedankenverloren mit einem seiner Augenbrauen-Piercings. Als er mich bemerkt, grinst er verhalten. *Geht's dir besser?*

Seufzend gehe ich auf den Tisch zu. »Ja, tut mir leid wegen gestern Abend. Ich werde ein bisschen heftig, wenn ich getrunken habe.«

Alles bestens. Er dreht eine Karte um und überlegt seinen nächsten Zug. *Vor allem richtig witzig.*

»Tja, ich bin froh, dass du so denkst«, sage ich und zeige auf seinen Teller. »Kann ich mir auch ein Sandwich machen?«

Er nickt, legt die Karten hin und steht auf. *Ich mache dir eins.*

Ich schüttle den Kopf und bedeute ihm, sich wieder hinzusetzen. »Danke, passt schon.« Ich öffne den Kühlschrank. »Ich bin völlig autark.«

Er tippt mich an, damit ich mich umdrehe, und macht Zeichen. *Ja, habe ich irgendwie schon gesehen.* Er nimmt das Kartendeck auf, sieht aber aus, als wolle er mir noch etwas sagen, während ich die Mayonnaise, den Aufschnitt und Käse heraushole. Dann legt er die Karte wieder ab, und ich sehe hinüber zu ihm. *Wie kommt es, dass du Gebärdensprache kannst?* Ich verkrampfe mich, und er muss es mitbekommen, denn er fügt sofort hinzu: *Du musst es mir nicht erzählen, wenn du nicht willst.*

»Nein, ist schon okay … schätze ich.« Ich nehme mir etwas Brot aus dem Paket auf der Küchenarbeitsfläche und einen Pappteller. »Ich habe sie von einem meiner Pflegebrüder gelernt.« Ich sehe nicht zu Ryler, weil ich nicht miterleben will, wie in seinem Gesicht die Erkenntnis aufleuchtet, dass ich eine Waise bin. Stattdessen konzentriere ich mich auf mein Sandwich. Ich streiche Mayo auf das Brot, lege Wurstscheiben drauf, dann Käse und noch eine Brotscheibe. Fertig. Als ich mich mit dem Sandwich in der Hand wieder umdrehe, starrt er mich an.

Er bewegt die Hände. *Ich bin auch bei Pflegefamilien aufgewachsen.*

Ich bin gerade im Begriff, von meinem Sandwich abzubeißen, und es ist ein guter Vorwand, nicht gleich zu reagieren. Aber tatsächlich versuche ich, mich einigermaßen zusammenzureißen. Pflegefamilien sind für mich ein heikles Thema, über das ich ungern rede. Und genau genommen bin ich ja hauptsächlich von einer Familie zur nächsten geschickt worden.

»Wie das?«, frage ich, nachdem ich den ersten Bissen hinuntergeschluckt habe, und setze mich an den Tisch.

Meine Eltern konnten sich nicht um mich kümmern. Seine Handbewegungen sind so lässig, obwohl ich den Schmerz in seinen Augen sehe.

»Aber jetzt lebst du bei deinem Dad?« Ich zupfe etwas Rinde von meinem Brot.

Ja, aber der wollte mich nicht, bis ich achtzehn war und mich weitestgehend um mich selbst kümmern konnte.

Er tut mir leid. Ich verlor meine Eltern und war gezwungen, bei anderen Leuten zu leben. Rylers Eltern haben ihn weggegeben, weil sie es wollten. »Was ist mit deiner Mom?«

Er zuckt mit den Schultern. *Sagen wir, sie war nie bereit, eine Mom zu sein ... und, ehrlich gesagt, glaube ich auch nicht, dass mein Dad jetzt bereit ist, Vater zu sein. Manchmal benimmt er sich wie ein Kind, und es ist schwierig, ihm zu trauen ... manchmal komme ich mir eher wie der Vater vor.* Er bricht ab und schüttelt den Kopf über seine Gedanken. *Was ist mit dir? Wo sind deine Eltern?*

Ich zögere. Gott, wie konnte ich in diesem Gespräch landen? »Sie sind gestorben, als ich fünf war ...« Meine Stimme kippt, und ich räuspere mich.

Das tut mir ehrlich leid.

Wir sollten dringend das Thema wechseln, denn

ich habe es gründlich satt, anderen *leidzutun*. Ich kann es nicht mehr hören. Sicher meinen es alle gut, aber das ändert nichts. »Mir gefällt dieser Song«, sage ich und nicke zum iPod.

Zunächst sieht er mich fragend an, dann begreift er, dass ich das Thema wechseln muss. *Ja, Taking Back Sunday sind richtig gut. Live sind die auch klasse.*

»Ich habe sie mal vor ein paar Jahren gesehen«, sage ich und nehme noch einen Bissen von meinem Sandwich. »Das war der Hammer!«

Wir unterhalten uns weiter über unsere Lieblingsbands, aber meine Lippen bewegen sich wie ferngesteuert, weil ich in Gedanken bei meinen Eltern bin. Ich muss immerzu daran denken, wie es wäre, wenn ich wieder zu ihnen könnte, so wie Ryler zu seinem Dad. Natürlich kann das nie passieren, aber manchmal ist es nett, sich das vorzustellen. Das hatte ich in dem ersten Jahr oder so nach ihrem Tod. Und tatsächlich ist dies das erste Mal, dass ich an sie denke und nicht ausflippe. Dazu die unbeschwerte Unterhaltung mit Ryler, und alles ist eigentlich recht gut. Das heißt, bis mein Telefon wie verrückt in meiner Tasche vibriert. Anscheinend sind mehrere Nachrichten aufgelaufen, solange der Akku leer war, und die trudeln jetzt ein, denn die Eingangszeiten variieren von gestern Abend bis vor wenigen Stunden.

Unbekannt: Denke viel an Dich und wie gern ich Dir wehtun will.
Unbekannt: Denkst Du, ich höre auf, weil Du mich ignorierst? Falsch gedacht.
Unbekannt: Dieser Scheiß wird lahm, kleine Fotze.
Unbekannt: Du verdammte Schlampe.
Antworte mir.
Unbekannt: Fick Dich.
Unbekannt: Wenn Du mir nicht sofort antwortest, wird was Schlimmes passieren.
Unbekannt: Ich weiß, dass Du in Las Vegas bist. Hast hoffentlich Spaß. Ich warte auf Dich, wenn Du zurückkommst.

Dann enden die Nachrichten. Einfach so. Für mich hören sie allerdings nicht auf. Eine Panikattacke droht, wenn ich mich nicht irgendwie beruhige. Er weiß, wo ich bin, und die Frage ist, woher? Wie hat er es herausgefunden, wo es kaum jemand weiß? Die einzigen Leute, die wissen, dass ich hier bin, sind ich … und Greyson.

»Scheiße!« Ich springe vom Stuhl auf und unterbreche Ryler. Besorgt sieht er zu mir auf. *Was ist los?* Aber ich antworte nicht, denn ich wähle schon Greysons Nummer. Nach dem vierten Klingeln springt die Mailbox an. Ich spreche hastig eine Nachricht aufs Band, dass er mich sofort zurückrufen soll.

Er könnte bei der Arbeit sein, aber was, wenn

nicht? Was, wenn ihm etwas passiert war? Was, wenn *Unbekannt* bei ihm ist? Gott, ich will nicht ausflippen, aber ich bin kurz davor. Nadeln. Stiche. Nadeln. Stiche. Sie stechen wie blöd unter meiner Haut.

»Kannst du mich kurz entschuldigen?«, frage ich Ryler, und als er nickt, renne ich nach oben ins Gästezimmer. Ich bin unsicher, was ich tun soll. Zuerst denke ich nur an mich und wie ich mich verletzen kann. Aber dann wandern meine Gedanken zu Greyson. Ich sorge mich um ihn. Ich, Violet Hayes, sorge mich um jemand anderen als mich. Na ja, eigentlich sorge ich mich im Moment sogar um eine Menge anderer Leute.

Wieder wähle ich Greysons Nummer, kneife die Augen zu, halte den Atem an und drücke die Daumen, dass er rangeht. »Bitte, bitte, Greyson, geh an dein Telefon!«

Tut er nicht, und ich versuche es zehnmal, immer wieder, womit ich mich selbst als eine Art Stalkerin qualifiziere. Schließlich geht er ran, ist aber extrem genervt. Ich bin trotzdem unsagbar froh, seine Stimme zu hören.

»Was soll das denn, Violet?«, faucht er ins Telefon. »Ich arbeite, *deine* Schicht, schon vergessen?«

»Scheiße, entschuldige, aber es ist wirklich wichtig.« Ich setze mich aufs Bett. »Hast du irgendwem erzählt, dass ich mit Luke nach Las Vegas gefahren bin?«

Im Hintergrund höre ich Geschirrklappern und das Scheppern von Töpfen. »Ja, Seth. Sonst keinem.«

»Hat er es jemandem erzählt?«

»Anzunehmen. Er erzählt jedem alles.« Er stockt, und ich kann den Manager hören, der irgendwas brüllt. »Warte mal. Sollte ich das keinem sagen?«

»Nein, schon gut, aber ...« Ich frage mich, ob ich ihm erzählen sollte, was wirklich los ist. Sosehr ich es hasse, mit anderen über meine Probleme zu reden, scheine ich keine andere Wahl mehr zu haben. »Es ist auch nichts Dramatisches oder so. Ich kriege bloß diese komischen SMS von jemandem, und er weiß, dass ich mit Luke in Las Vegas bin, was unheimlich ist, denn eigentlich weiß es keiner außer dir – na ja, und Seth.«

»Ist das wieder dieser Reporter?«

»Glaube ich nicht. Ich meine, es könnte ein Reporter sein, aber ich weiß es nicht.« Ich atme laut aus. »Kannst du mir einen Gefallen tun und Seth fragen, wem er es erzählt hat? Dann hätte ich vielleicht eine vage Vorstellung, wer der Arsch ist.«

»Na klar.« Greyson fragt nicht weiter nach. »Gib mir zehn Minuten, dann mache ich Pause, frage ihn und rufe dich gleich wieder zurück.«

»Danke.« Mir geht es ein kleines bisschen besser; die Nadeln stechen nicht mehr ganz so scharf. So ist es also, wenn man um Hilfe bittet. Ich sollte es wirklich öfter machen. Andererseits ist es wie

Zähneziehen, überhaupt so weit zu kommen, dass man fragt.

»Immer gerne«, sagt er, und das meint er ernst. »Ich melde mich gleich wieder bei dir.«

Wir legen auf, und ich versuche mich zu entspannen, während ich zusehe, wie die Minuten vergehen. Ich atme erst wieder, als Greyson zurückruft.

»Also, es war nicht Seth«, sagt er, sobald ich mich melde. »Als ich mit ihm telefonierte, hat Benny gehört, worüber ich redete, und mir hinterher erzählt, dass neulich ein Typ hier angerufen und gefragt hat, wo du bist.«

»Hast du Benny erzählt, wo ich bin?«, frage ich verwundert.

»Ja, weil ich für dich einspringe. Aber Benny weiß nicht, dass du mit Luke unterwegs bist. Woher der Typ das hat, kann ich nicht sagen. Seth schwört, dass er keinem was erzählt hat. Und er mag eine Klatschtante sein, aber garantiert kein Lügner. Eher im Gegenteil … Manchmal ist er zu ehrlich.«

»Ja, stimmt.« Ich seufze erschöpft und frage mich, ob *Unbekannt* derjenige ist, der im Diner angerufen hatte. Und warum interessiert sich der Kerl so sehr für mich, dass er mir hinterherforscht? Wer könnte das sein? Der andere, der in jener Nacht da war? Ist das überhaupt möglich? Bei dem Gedanken bekomme ich eine Gänsehaut. »Vielen Dank, dass du nachgefragt hast.«

»Kein Problem.« Er zögert, bevor er fragt: »Ist alles okay?«

»Ja, ich denke schon.« Ich zwinge mich, die Mauer einzureißen, die ich immer um mich herum aufbaue, wenn Leute mit mir reden wollen. »Allerdings habe ich mich gestern Abend total betrunken.«

»Das klingt nicht nach dir.«

»Weiß ich. Es war eine impulsive Entscheidung, und es endete damit, dass ich mich in den Schlaf heulte, während Luke mich festhielt … Jetzt komme ich mir wie eine dämliche Irre vor. Im Ernst. Früher war ich so tough und eiskalt, und jetzt bin ich die wandelnde Katastrophe.«

»Die ist jeder von Zeit zu Zeit, glaub mir.«

»Ja, sicher, aber ich hasse es, wenn Leute sich um mich kümmern müssen.«

»Das hat Luke ganz sicher nichts ausgemacht, Violet. Wahrscheinlich findet er es sogar irgendwie gut, so verknallt, wie er in dich ist.«

»Diese Unterhaltung haben wir schon entschieden zu oft geführt«, erinnere ich ihn. »Luke ist nicht in mich verknallt. Wir haben nur … ach, ich weiß auch nicht, was das ist, aber Liebe ist es garantiert nicht.«

»Bist du sicher?«, fragt er zynisch. »Ich denke nämlich eher, dass du es nicht zugeben willst, weil du Angst hast – Angst, jemanden so für dich empfinden zu lassen.«

»Ah, da spricht der Therapeut«, murmle ich leise. »Außerdem weiß ich nicht mal, was Liebe ist.«

Für einen Moment herrscht eine beklemmende Stille zwischen uns. Wir reden oft miteinander, nur bin ich normalerweise ziemlich verschlossen, deshalb denke ich, dass meine Offenheit ihn schockt. »Violet, ich …«

Ich unterbreche ihn. »Hey, kann ich dich wieder anrufen? Luke kommt gerade.« Es ist eine Lüge, doch ich bin noch nicht bereit für solch ein Gespräch mit Greyson. Und wahrscheinlich werde ich es auch nie sein.

»Na klar.« Er scheint verletzt, als wüsste er, dass ich ihn abwimmle. Was mal wieder beweist, wie gut er mich kennt. »Ruf mich aber wirklich wieder an, ja? Ich mache mir Sorgen um dich.«

»Versprochen«, sage ich und beende das Gespräch hastig, denn mein Herz rast, und mir fällt das Atmen schwer.

»Ich weiß nicht mal, was Liebe ist? Echt jetzt, Violet? Ich muss dringend lernen, mein verdammtes Maul zu halten«, murmle ich vor mich hin, setze mich auf die Bettkante und stütze den Kopf in die Hände. Für einen kurzen Moment versuche ich mich zu erinnern, wie es sich anfühlte, von meinen Eltern geliebt zu werden; wie es war, in die Arme genommen und umsorgt zu werden, Wärme in mir zu fühlen anstatt kalter Leere. Meine Gedanken schweifen zu Luke ab und wie er mich letzte Nacht beruhigte, mitten in einer Panikattacke. Keiner hat mich je so runtergebracht, besser gesagt, es überhaupt probiert.

Als ich auf dem Bett liege und versuche, meine Gefühle zu ordnen, ohne mich gleich wieder aus dem verdammten Fenster stürzen zu wollen, vibriert das Telefon in meiner Tasche. Ich denke, dass mein Stalker wieder eine SMS schickt, aber dann wird mir klar, dass es diesmal richtig klingelt. Und sowie ich Detective Stephners Namen auf dem Display lese, überkommt mich ungemeine Erleichterung.

»Na endlich«, melde ich mich. »Ich dachte schon, Sie meiden mich absichtlich.«

»Ich bin sehr beschäftigt.« Etwas an seiner Stimme ist merkwürdig: Er klingt weniger unhöflich als besorgt.

Ich setze mich auf. »Und womit genau?«, frage ich neugierig.

»Das darf ich Ihnen noch nicht sagen, solange wir uns nicht sicher sind«, sagt er mit einem Anflug von Bedauern. »Aber sobald ich es kann, werde ich.«

Mein Herz hämmert ohrenbetäubend, und ich bekomme wirklich Angst, dass es meinen Brustkorb sprengt. »Geht es um meine Eltern? Haben Sie Beweise gegen Mira gefunden? Oder haben Sie die andere Person gefunden?« Die Worte rauschen in Warpgeschwindigkeit aus mir heraus, während sich meine Gedanken überschlagen. Ist es das? Der Moment, auf den ich gewartet habe? Wird es nach all den Jahren endlich Gerechtigkeit geben?

»Violet, beruhigen Sie sich«, sagt er, als wäre das so einfach. »Ich darf offiziell noch nichts rausgeben. Wie gesagt, ich melde mich, sowie ich kann.«

»Das ist unfair! Sie sollten mich nicht anrufen, ehe Sie mir etwas sagen können.«

Er seufzt erschöpft. »Ich rufe Sie an, weil Sie mich darum gebeten haben, schon vergessen? Sie haben mir eine Nachricht hinterlassen, dass Sie SMS bekommen.«

»Ach ja.« Der Adrenalinschub macht meine Stimme zittrig. »Zuerst dachte ich, das ist wieder irgendein Reporter, aber der Unbekannte weiß Sachen über mich, die ein Reporter nicht wissen kann, es sei denn, er verfolgt mich.«

»Ich brauche Einzelheiten«, sagt er, und ich fange an, alles aufzuzählen und ihm sogar einige Nachrichten vorzulesen.

»Können Sie mir die weiterleiten?«, fragt er, als ich mit meinem Jammern fertig bin. »Ich würde sie mir gerne ansehen.«

»Natürlich«, antworte ich und lege schon los. »Sie haben sie gleich.«

»Ich möchte auch Ihr Telefon überwachen lassen«, sagt er. Ich habe ihn auf Lautsprecher gestellt, damit ich parallel die SMS weiterleiten kann. »Dann können wir versuchen, die Nummer zurückzuverfolgen, von der die Nachrichten kommen.«

»Es wird aber *Unbekannt* angezeigt.«

»Macht nichts. Sie könnte immer noch zurückverfolgbar sein.«

»Wie lange dauert so was?«

»Kommt drauf an. Ich klemme mich direkt dahinter, und wenn Sie mehr Nachrichten bekommen, rufen Sie mich sofort an.« Er stockt kurz. »Violet, ich muss Sie nach Luke fragen. Sind Sie wirklich gerade mit ihm zusammen, wie es in den SMS behauptet wird?«

»Ja ... das ist irgendwie so passiert.« Auf einmal habe ich deswegen ein schlechtes Gewissen, vor allem, weil er fragt, als wäre er enttäuscht. »Es war einiges los, und ... Hören Sie, ich weiß, wer seine Mutter ist, und alles, aber er ist kein schlechter Mensch.«

»Das habe ich auch nicht behauptet. Ich hatte mich nur gefragt, wo er steckt, falls wir ihn aus irgendwelchen Gründen erreichen müssen.«

»Aha?« Ich mache eine längere Pause, denn ich weiß, dass es sinnlos ist zu fragen, trotzdem muss ich. »Können Sie mir nicht wenigstens vage andeuten, was los ist?«

»Ich werde sehen, ob ich Sie morgen früh anrufen kann«, übergeht er meine Frage. »Und achten Sie darauf, dass immer jemand bei Ihnen ist. Ich möchte nicht, dass Sie alleine herumwandern, solange wir nicht wissen, von wem diese Nachrichten sind.«

»Okay, mache ich«, verspreche ich ihm. Es ist frustrierend, dass er mir nichts verraten will, auch wenn ich weiß, dass er es nicht darf, wenn er keine erheblichen Schwierigkeiten bekommen will.

»Gut. Und, Violet, versuchen Sie, sich zu entspannen. Ich habe das Gefühl, dass bald etwas Gutes passiert.«

Ich denke, es ist seine Art, mir einen Hinweis zu geben, dass sich tatsächlich etwas Positives tut. Zumindest will ich es so verstehen. Und als ich auflege, fühle ich mich ein wenig leichter, als könnte ich vielleicht bald wieder atmen, ohne vom Leben erdrückt zu werden … zum ersten Mal nach fast vierzehn Jahren.

Kapitel 13

LUKE

Alles lief gut. Richtig gut. Violet und ich redeten endlich, und ich hatte das Gefühl, sie würde sich mir öffnen. Aber ich hätte wissen müssen, dass es nicht von Dauer ist. Man sollte meinen, nach all der Zeit hätte ich meine Lektion gelernt, aber offensichtlich lerne ich sehr langsam. Und nachlässig. Was immer wieder riskant ist.

Der gute Tag begab sich in einen steilen Sinkflug, und der begann damit, dass ich wieder in Amys Tagebuch las und etwas derart Entsetzliches fand, dass ich es zunächst gar nicht richtig begreifen konnte – den Grund, weshalb Caleb sie vergewaltigte. Das zu lesen riss mich innerlich in Fetzen.

Ich hätte das nie erfahren sollen, hatte Amy auf dem linierten Papier geschrieben, und die schwarze Tinte war verschmiert, als hätte sie beim Schreiben geweint, sodass Tränen aufs Papier tropften. *Die Vergewaltigung war Teil eines Deals. Meine Mutter schuldete ihm Geld für Drogen und hatte Caleb angeboten, mich zu vergewaltigen. Caleb hatte das*

Angebot sofort angenommen, aber nur, wenn er wirklich gegen meinen Willen mit mir Sex haben konnte. Und meine Mutter hat einfach ihre Tochter verkauft wie ein Zuhälter eine Prostituierte.

Ich war auf einer Party, als es passierte. Ich erinnere mich, dass Caleb mich die ganze Zeit angesehen hat, wo ich auch hinging, und das fand ich so unheimlich, dass ich früher von der Party weg und nach Hause gegangen bin. Ich hatte ja gehört, dass er gerne grob mit Mädchen war, sie betrunken machte und dann über sie herfiel, wenn sie kaum noch etwas mitbekamen. Und ich wusste auch, dass er meiner Mutter Drogen verkaufte. Ich erinnere mich noch, wie ich an dem Abend dachte, dass es traurig war, denn er war so jung und steckte schon so tief drin. Meine Mutter war auch nicht immer so, nicht bevor mein Vater verschwand. Danach stürzte sie völlig ab, war immer high und wurde immer verrückter. Ich denke, sie könnte vorher schon irgendeine psychische Störung gehabt haben, die mit dem vielen Crack und Heroin nur noch schlimmer wurde.

Vielleicht war das auch Calebs Problem, denn warum sonst sollte jemand so etwas mit einem anderen Menschen machen wollen? Warum sollte er mir durch den Flur folgen und mich von hinten packen … als ich zu schreien versuchte, hielt er mir den Mund zu. Im Haus waren alle Lichter aus, und Lukes Tür war zu, sodass er meine erstickten

Schreie nicht hören konnte, als Caleb mich zu meinem Zimmer zerrte. Aber meine Mom konnte es – sie konnte mich sehen, als sie aus ihrem Zimmer kam. Hinter ihr blendete das Licht, als sie auf den Flur sah, kurz bevor Caleb mich in mein Zimmer zog. Sie hatte ihren Morgenmantel an und diesen komischen Blick; vielleicht war sie erleichtert.

»Sei still«, sagte sie zu Caleb und schnürte den Gürtel ihres Morgenmantels fester. »Ich will nicht, dass du ihren Bruder weckst.« Dann drehte sie sich wieder um, ging in ihr Zimmer und schloss die Tür. Sie ließ zu, dass Caleb mich in mein Zimmer schleppte, mich fesselte und knebelte und mich dann immer wieder vergewaltigte, bis ich innerlich tot war.

In der Nacht ist meine Seele gestorben, und ich hoffe, mein Körper wird bald folgen, denn hier zu sein ist zu schlimm … zu schmerzhaft.

Ich war dem Heulen nahe, als ich zu Ende gelesen hatte, aber dann wachte Violet auf, und ich zwang mich, mich zusammenzureißen. Als ich das Buch zuklappte, fiel mir das Datum oben in der Ecke auf: zwei Tage bevor Amy sich das Leben nahm, weil sie die Vorstellung nicht ertrug, in dieser Finsternis weiterzuleben.

Mir wurde speiübel. Wie konnte meine Mutter ihrer eigenen Tochter das antun? Aber das Schrägste war, dass ich nicht mal so geschockt war, wie man annehmen sollte. Und ich frage mich, wie viele »Überraschungen« mich noch erwarten.

Immerhin gelingt es mir trotzdem, mich lange genug zu beherrschen, um aus dem Haus und weg von Violet zu kommen. Ich dachte schon, schlimmer könne es nicht mehr werden, bis Onkel Cole beschloss, dass er ebenfalls schummeln wolle, ohne mich zu warnen. Die Bosse im Warehouse bekamen es mit, und ich glaube, für Cole war es nicht das erste Mal.

Jedenfalls kamen sie nach unten und zerrten ihn zum hinteren Raum. Ich bin mitten in einer Gewinnsträhne, und plötzlich ist die Hölle los. Cole schlägt um sich, als ihn zwei Typen packen und durch die Lagerhalle zerren.

Ich stehe auf und überlege, was ich tun soll, ob ich hinterherlaufen sollte, da kommt ein großer, übergewichtiger Kerl mit Stiernacken, der ganz in Schwarz ist, auf mich zu.

»Folge mir«, befiehlt er, und auf mein Zögern fügt er hinzu: »Falls nicht, wird es schlimmer.«

Ich lege meine Karten hin und folge ihm an den Pokertischen vorbei zu diesem hinteren Bereich, den eine Stahlwand vom Rest der Halle trennt. Als ich dort ankomme, schlagen die anderen meinen Onkel schon zusammen; der eine hält ihn an den Armen hoch, während der andere mit seinen Fäusten auf ihn eindrischt, in den Magen, das Gesicht, auf die Arme, überall.

»Hey!«, rufe ich, als ich von kräftigen Händen zu Boden geworfen werde und mit dem Gesicht auf dem Estrich lande. Ich schmecke Blut, und mein Kinn beginnt zu pochen, doch ich will mich aufrappeln, als ein Fuß auf meinen Rücken drückt und mich unten hält. Sie ziehen das Portemonnaie aus meiner Tasche – sicher, um mir alles abzunehmen, was ich an Geld dabeihabe. Es ist zwar nicht mein ganzes Geld, aber ausreichend, dass ich ernste Probleme bekomme. Und meine Gewinne von heute Abend sind natürlich auch weg.

»Und wenn du dich hier noch mal blicken lässt«, sagt einer der Kerle zu Cole, während er ihm die Faust ins Gesicht schmettert, sodass Blut aus Coles Mund sprüht, »lässt Greford dich nicht lebend raus.«

Der Fuß verschwindet von meinem Rücken, und sie lassen meinen Onkel los. Er fällt zu Boden und kann nicht mal mehr seinen Kopf oben halten. Ich stemme mich hoch und will zu ihm, als einer der Typen auf mich zustürmt.

Ich stoße ihn grob zurück. »Denk nicht mal dran. Das hat nichts mit mir zu tun.«

»Tja, das denkst du«, sagt der Kerl höhnisch. Er hat eine knotige Narbe neben seinem Auge und diesen kranken Blick, als er sich etwas Blut von meinem Onkel vom Kinn wischt. »Du kommst mit einem Betrüger her, also bist du ein Betrüger. So sind die Regeln.« Dann holt er mit dem Arm aus und schwingt seine Faust gegen mein Kinn, direkt auf die Seite, die auf dem Estrich gelandet war.

Instinktiv ramme ich ihm die Faust in die Seite. Es schockt ihn ein bisschen, doch auf einmal werde ich von hinten festgehalten, und das Narbengesicht drischt noch drei-, viermal auf mich ein, bevor sie mich in Ruhe lassen.

Mir tut alles weh, aber der Schmerz ist nichts, gemessen an der bitteren Realität: mein bewusstloser Onkel, kein Geld, keine Chance, Geraldson zu bezahlen.

»Jetzt verschwindet, ihr Arschlöcher«, sagt das Narbengesicht und spuckt vor mir auf den Boden, ehe er mit den anderen weggeht.

Ich kämpfe mich hoch und stolpere hinüber zu meinem Onkel. Alles an mir fühlt sich kaputt und gebrochen an, sodass ich fast aufgeben will. Als ich Cole herumdrehe, sieht er tot aus – voller Blut, das Gesicht geschwollen, die Nase rötlich-blau. Aber dann öffnet er die Augen und hustet.

»Oh, verdammt. Was für ein Scheiß.« Keine Entschuldigung. Keine Erklärung. Nichts.

Wütend und höllisch wund helfe ich ihm auf und schaffe ihn zum Wagen. Er gibt mir die Schlüssel, weil sein eines Auge zugeschwollen ist, weshalb er nicht fahren kann. Ich setze mich hinters Steuer und fahre uns zum Haus zurück, während ich fieberhaft überlege.

Mist, ich bin im Arsch. Dieser Gedanke rast in einer Endlosschleife durch meinen Kopf.

»Soll ich … soll ich dich vielleicht ins Krankenhaus bringen?«, frage ich schließlich. Ich habe das Gefühl, dass ich auch behandelt werden sollte.

Cole schüttelt den Kopf, dreht sich zum Seitenfenster und murmelt: »Gegen mich liegt ein Haftbefehl vor, und das Letzte, was ich will, ist, geschnappt zu werden.«

»Weswegen?«, frage ich und biege auf den Freeway.

»Das geht dich nichts an.« Er lehnt seinen Kopf ans Fenster und sagt den Rest der Fahrt nichts mehr.

Beim Haus helfe ich ihm nach drinnen. Unwillkürlich denke ich an meine Zukunft und frage mich, ob sie so aussehen wird. Zwanzig Jahre alt, und ich bin schon so oft wegen Falschspielens verdroschen worden, dass ich es gar nicht mehr zählen kann. Und jetzt habe ich kein Geld, um Geraldson auszuzahlen. War Cole genauso? Solange ich mich erinnere, sogar schon als ich fünf Jahre alt war – da muss er zwanzig gewesen sein –, hat er gespielt, getrunken und sich geprügelt, so wie jetzt.

Als wir ins Haus torkeln, ist es schon spät, nach Mitternacht. Alles ist dunkel bis auf das Wohnzimmer, deshalb bringe ich Cole da rein. Er hat seinen Arm um meine Schulter gelegt, sodass ich das meiste von seinem Gewicht mit meinem zerschlagenen Körper halte.

»Langsam«, murmelt er, als ich uns die Stufe hinunter und durch die Tür zum Sofa bugsiere.

Ryler sitzt auf der Couch und sieht fern, sieht aber zu uns auf. Er stellt sein Bier hin und scheint kein bisschen erschrocken, wie wir aussehen, eher genervt, dass sein Vater in solcher Verfassung ist. Cole sieht inzwischen noch schlimmer aus, denn die Schwellungen von den Schlägen haben sich mindestens verdoppelt. Ryler macht einige kurze, knappe Zeichen, und seine Bewegungen wirken abgehackt.

»Hey, du warst es doch, der heute nicht gehen wollte«, kontert Cole, während er sich langsam auf einen Sessel neben dem Sofa sinken lässt und seinen Arm von meiner Schulter zieht. »Du weißt doch, dass ich solche Sachen mache, wenn du nicht dabei bist. Ich kann nicht anders.«

Ryler sieht zu mir und wieder zu seinem Vater, dem er erneut Zeichen gibt. Auch wenn ich keine Gebärdensprache kann, erkenne ich, dass er schimpft.

»Hey, Luke hat mich um Hilfe gebeten«, erwidert Cole, berührt vorsichtig seine geschwollene Wange und verzieht das Gesicht. Sein zerrissenes Shirt ist voller Blut, und ich bin ziemlich sicher, dass seine Nase gebrochen ist. »Und das habe ich versucht. Wäre ich nicht erwischt worden, hätte Luke seinen

Gewinn nicht mit mir teilen müssen und genug gehabt, um seine Schulden zu bezahlen.«

»Darum hatte ich dich nicht gebeten«, sage ich. Ich will nicht undankbar sein, aber ich will auch nicht die Schuld hierfür bekommen. Noch viel weniger wollte ich mein gesamtes Geld verlieren und wieder bei null sein. »Ich hätte nur noch ein oder zwei Abende spielen müssen. Jetzt habe ich nichts mehr und kein Spiel, zu dem ich kann.«

»Ich finde was anderes für uns«, verspricht Cole, lehnt sich in den Sessel zurück und legt die Füße auf den Couchtisch. Irgendwo hat er einen Schuh verloren, doch ich habe keine Ahnung, wo. »Ich brauche bloß einige Tage.« Er schließt die Augen und neigt den Kopf nach hinten.

»Mir bleiben keine Tage mehr.« Ich reibe mir übers Gesicht, was ein Fehler ist, denn ich hatte die Wunde an meiner Wange vergessen. »Ich bin so im Eimer.«

»Wir denken uns was aus. Das ist nichts, was ich nicht schon geregelt gekriegt habe«, raunt Cole. Ryler wirft seinem Dad einen wütenden Blick zu und schleudert den Bierdeckel nach ihm, damit Cole die Augen aufmacht. Als er es tut, sagt Ryler stumm etwas, das ich nicht verstehe. »Hey, unter Druck kann ich gut Lösungen finden«, sagt Cole zu Ryler und sieht mich an. »Kannst du vielleicht deinen Dad fragen, ob er uns was vorschießt? Nur um die Sache wieder in Schwung zu bringen.«

Ich schüttle den Kopf und gehe rückwärts aus dem Raum. »Ich bitte meinen Vater um nichts.«

Er runzelt die Stirn. »Das könnte unsere einzige Option sein, Luke.«

Ich hasse es, dass er von *unserer* Option redet, als wäre sein Problem meines geworden. »Ich habe genug eigene Probleme«, antworte ich. »Mehr brauche ich nicht.«

»Denk drüber nach«, sagt Cole. Ryler schüttelt fassungslos den Kopf, als würde sein Vater dauernd so was machen und Ryler es gründlich satthaben. »Sicher würde er es für dich tun, wenn du ihn fragst.«

Selbst wenn ich ihn fragen wollte, bin ich nicht so sicher, dass er es tun würde oder überhaupt an so viel Geld herankommt. Aber ich habe sowieso nicht vor, mich auf die Schiene einzulassen, also ist es keine Option.

»Ich reise morgen früh ab«, sage ich zu Cole und gehe aus dem Zimmer. Er ruft mir nach, fast panisch, aber nicht meinetwegen. Cole hat Angst um sich. Er ist schlicht spielsüchtig. Und so sieht auch meine Zukunft aus, wenn ich mir nichts ausdenke, wie ich mein Leben auf die Reihe kriege.

Was für ein Warnschuss! Andererseits bin ich nicht mal sicher, ob es das war, was beinahe geschehen wäre, oder es etwas damit zu tun hat, dass ich die Wahrheit über Amy erfuhr. Oder ob es an Violet liegt, für die ich ein besserer Mensch sein will.

Während ich mich nach oben schleppe, versuche ich mich zu erinnern, wann genau ich mein Leben so verpfuscht habe. Schon viel zu lange fühle ich mich total beschissen. Müde. Zerschlagen. Allein. Das Letzte stimmt vielleicht nicht ganz. Es hängt von Violet ab und ob sie mich wiederhaben will. Ehrlich, sie wäre ohne mich besser dran, zumindest solange ich nicht einiges geregelt habe und nicht mehr pleite bin. Doch ich bin zu egoistisch, um sie zu verlassen.

Ich versuche mir zu sagen, dass ich nicht so selbstsüchtig sein darf. Dann aber komme ich ins Zimmer und sehe sie im Bett liegen. Sie hat die Decke nach unten getreten und trägt eines meiner Shirts, die langen Beine ausgestreckt. Mir wird bewusst, dass ich sie brauche. Bei allem Irrsinn in meinem Leben ist Violet das einzig Gesunde, auch wenn unsere Beziehung an sich schon irrsinnig ist.

Sie hat eine Lampe brennen lassen, sodass es im Raum dämmrig hell ist. Auf dem Weg zum Bett ziehe ich mein Shirt aus und streife die Stiefel ab. Neben dem Bett bleibe ich stehen, um meine Jeans aufzuknöpfen und auszuziehen. Violet liegt mit dem Rücken zu mir, und ihr Haar fällt ihr offen über den Rücken. Ich strecke eine Hand aus und schiebe es behutsam zur Seite, damit ich die beiden Sterne in ihrem Nacken nachmalen kann. Ihre Haut ist so weich und vertraut, alles, was ich will.

Ich erinnere mich kaum an das erste Mal, dass

ich Sex hatte, und die Male danach sind verschwommen, bis ich Violet begegnet bin. Sicher fühlte es sich immer gut an, zumindest für mich. Was die Frauen angeht, bin ich mir nicht so sicher, denn das war mir egal, und ich blieb hinterher nie lange genug, um zu fragen. Etwas daran, diese Form von Kontrolle über jemanden zu haben – einfach weggehen zu können, bevor sie mich je benutzen konnten –, brachte mir einen kurzen Moment der Zufriedenheit. Die schwand allerdings immer wieder, und ich konnte sie nur wiederbekommen, indem ich die Nächste vögelte, und immer so weiter. Ich war noch mit keiner Frau öfter als einmal zusammen, einschließlich Violet, aber nicht, weil ich sie benutzt habe und abgehauen bin wie bei den anderen.

Mit Violet war es von Anfang an anders. Das wusste ich schon in dem Moment, in dem sie buchstäblich auf mich fiel. Natürlich hatte ich da noch keinen Schimmer, was sie anders machte oder warum ich plötzlich das dringende Bedürfnis hatte, mit derselben Frau länger als eine Stunde zusammen zu sein. Ich glaube, jetzt weiß ich es.

Weil ich in sie verliebt bin. Das kann ich ihr nur nicht sagen. Noch nicht. Weder bin ich dafür bereit, noch ist sie es. Genau genommen bin ich nicht mal sicher, ob sie jemals dafür bereit sein wird, nicht mit mir, doch ich will bleiben und es herausfinden – für sie da sein.

Diese Erkenntnis raubt mir beinahe den Atem. Ich steige ins Bett und schmiege mich an sie, schiebe einen Arm unter ihre Halsbeuge, sodass ihr Kopf auf meinem Arm liegt wie auf einem Kissen, und lege den anderen Arm über sie. Ich fühle, wie sie ein wenig zuckt, und rechne halb damit, dass sie aus einem Albtraum aufwacht und panisch wird, wie sonst beim Aufwachen. Doch sie muss die ganze Zeit wach gewesen sein, denn sie regt sich kaum, bevor sie sich an mich lehnt.

»Du riechst nach Zigaretten«, murmelt sie, als meine Finger über ihre Seite streichen. »Und Bier.«

Ich ziehe sie näher an mich und atme ihren Geruch ein: nach Vanille, mit einem Hauch von Parfüm. Ich schließe kurz die Augen und verliere mich darin. »Du siehst gut aus in meinem Shirt«, flüstere ich und öffne die Augen. Dann streiche ich ihr Haar beiseite und küsse die empfindliche Stelle an ihrem Hals, direkt unterhalb des Kinns. Ich lasse meine Lippen ein wenig dort, um ihre Haut zu schmecken.

»Luke …« Sie klingt fast unschlüssig. Ihre Finger ertasten meinen Arm und umfassen ihn fest. Ich warte, dass sie sich zurückzieht, uns abhält, etwas zu tun, aber dann krümmt sie ihren Rücken, sodass ihr Hintern auf meinen Schwanz drückt.

Der Kontakt bringt mich zum Stöhnen, und ich beiße sie gröber als beabsichtigt. Sie gräbt die Fingernägel in meine Haut und biegt ihren Rücken noch weiter, als mein Knie zwischen ihre Beine gleitet und ich mit einer Hand unter das Shirt tauche, um ihre Hüfte zu packen, die bettwarm ist.

»Gott, du fühlst dich so gut an.« Mehr sage ich nicht, bevor ich an ihrem Hals sauge und mein Knie an ihr reibe, während sie ihre Hüften mit meinen Bewegungen wiegt, sodass mein Schwanz hart wird. Ich könnte wirklich zufrieden hiermit sein, sie einfach zu berühren, und das ist beängstigend, denn ich brauche nicht mehr, auch wenn ich es will. Verlangen ist etwas völlig anderes als Wollen. Verlangen wird von einer Sucht angetrieben, während Wollen etwas Bewusstes ist. Ich will Violet.

Sie muss völlig anders denken, denn auf einmal entgleitet sie mir. Ich reiße die Augen auf, als sie von mir wegrückt, doch dann dreht sie sich um und setzt sich rittlings auf mich. Sie greift nach dem Shirt, reißt es sich über den Kopf und wirft es auf den Boden. Strähnen ihres roten und schwarzen Haars fallen auf ihre nackten Schultern. Sie trägt weder einen BH noch einen Slip, und sowie ihre Nippel entblößt sind, werden sie hart, was meinen Schwanz umso ungeduldiger macht.

»Mist, Baby, ich …« Weiter komme ich nicht, als sie mir hilft, die Boxershorts abzustreifen, und sich wieder auf mich hockt. Noch nie hat ein Mädchen bei mir so die Kontrolle an sich gerissen. Normalerweise brauche ich die. Und es fällt mir schwer, sie nicht zu packen, aufs Bett zu rollen und zu übernehmen. Aber ich schaffe es, unter ihr zu bleiben und abzuwarten, wo dies hier hinführt.

Ein zartes Lächeln spielt um ihre Lippen, als sie die Hände auf meine Schultern stützt, sodass sie mich auf die Matratze drückt. »Wolltest du gerade etwas in der Richtung sagen, dass ich gewinne?« Dann greift sie zu meiner Jeans auf dem Boden. Ehe ich fragen kann, was sie vorhat, setzt sie sich wieder auf und legt mir ein Kondom auf die Brust.

»Woher wusstest du, dass da eines ist?«, frage ich und nehme es auf.

Achselzuckend streicht sie sich das Haar aus dem Gesicht. »Ich hatte es einfach angenommen.«

»Dir ist aber schon klar, dass ich seit dir mit keiner anderen geschlafen habe, oder?«

»Ich würde es dir nicht verübeln, wenn du das getan hättest«, sagt sie. »Wir waren nicht zusammen.«

»Tja, habe ich aber nicht.« Und es ist wahr. Sicher dachte ich daran, mit anderen herumzumachen, um mich abzulenken. Doch ich konnte nicht, denn ich musste immer an Violet denken, bevor es so weit kam.

»Dann dürftest du wohl etwas unter Entzugserscheinungen leiden.« Sie wiegt ihre Hüften, sodass sie sich an meinem Schwanz reibt. Gott, ich will schwören, dass sie genau weiß, wie sie mir auf die verdammt bestmögliche Art unter die Haut geht.

In mir macht irgendwas »Klick«, das ich noch nie zuvor gefühlt habe. Und ich komme mir noch hilfloser vor, als sie beginnt, meinen Schwanz in sich aufzunehmen. Auf halbem Wege halte ich es nicht mehr aus und versenke mich mit einem festen Stoß tief in ihr.

Sie verzieht das Gesicht und beißt sich auf die Lippe, während ihre Muskeln sich um mich spannen. Prompt erstarre ich, weil mir wieder einfällt, dass sie erst einmal Sex gehabt hat, und das war vor zwei Monaten. Sie ist immer noch höllisch eng, und ich war so brutal. Richtig verflucht brutal.

»Scheiße, habe ich dir wehgetan?«, frage ich und streiche ihr das Haar aus dem Gesicht. Ihre Fingernägel schneiden in meine Schultern.

Sie schüttelt den Kopf, und der Ausdruck von Schmerz in ihrem Gesicht weicht einem genussvollen, als sie ihre Hüften wiegt. »Nein … es ist gut, bloß ein bisschen stark … ist eine Weile her …« Sie wiederholt die seitlichen Wiegebewegungen, macht es sehr langsam, als wollte sie das Gefühl auskosten. Ihre Hände wandern zu ihren Schultern und gleiten an ihrem Körper hinab.

Es macht mich irre zu sehen, wie ihre Augen zu glänzen beginnen und ihr Mund sich ein wenig öffnet, als sie sich auf mich hinunter drückt, sich selbst berührt, die völlige Kontrolle hat. Schließlich kann ich nicht mehr, bewege mich mit ihr, stoße meine Hüften nach oben. Ich packe sie in der

Taille und halte sie fest. Anfangs bewege ich mich langsam, aber dann werde ich schneller und roher, je mehr Violet stöhnt. Ihr Kopf sinkt nach hinten, und ich setze mich auf, halte sie weiter und bewege mich. Ich presse meine Lippen auf ihre, und sie küsst mich auch kurz zurück, verliert sich jedoch so sehr in dem Moment, dass sie mir auf die Unterlippe beißt.

»Fester«, keucht sie, drückt sich an mich, und wir beide sind in einem perfekten Rhythmus. »Oh Gott … bitte … fester …«

Mich überkommt eine unvorstellbare Angst. Ernsthaft. Ich kann an nichts anderes denken als an sie. In diesem Moment gehöre ich ihr mit Haut und Haaren. Ich fühle, wie sich etwas in mir verändert, das den Wunsch in mir weckt, für immer ein besserer Mensch zu sein.

Ich liebe dich, will ich sagen.

In diesem Augenblick sind alle meine Probleme, ist mein Leben vergessen. Und alles, was ich tun kann, ist, festzuhalten und zu hoffen, dass ich nie wieder loslassen muss.

VIOLET

Ach du Schande, das ist viel, viel besser als das erste Mal, dass ich Sex hatte. Weniger schmerzhaft. Intensiver. Aber ich denke, es könnte daran liegen, dass Luke diesmal mehr loslässt, anstatt vorsichtig mit mir zu sein.

Ich bin auf ihm, klammere mich an seine Schultern, während er sich aufsetzt und tief in mich hineinstößt. Wir bewegen unsere Hüften im Einklang. Mit einer Hand hält er mich in der Taille; die andere ist hinten in meinem Nacken und übt sanften Druck aus, als er mich mit einer Leidenschaft küsst, dass ich kaum atmen kann.

Wir bewegen uns immer weiter, verlieren uns immer mehr ineinander. Schweißperlen bilden sich auf unserer Haut, und wir werden atemlos. Es fühlt sich viel zu gut an, um aufzuhören – nein, ich will nie aufhören. Und ihm scheint es genauso zu gehen. Luke kostet jeden Kuss, jedes Greifen, jedes Beißen und jedes Streifen von Haut auf Haut aus, während sich unsere Körper vereinen, bis wir gleichzeitig hilflos in völlige Verzückung stürzen.

Ich schreie auf vor schierer Wonne, erkenne jedoch meine Stimme gar nicht wieder. Verzweifelt kralle ich mich an ihm fest, weil ich Halt brauche. Luke stößt noch eine Weile weiter in mich, bevor er langsamer wird, ein letztes Mal tief in mir versinkt und dann seinen Kopf an meine Brust fallen lässt.

Eine Zeit lang bleibt er so, heftig atmend, als hätte er Angst, sich zu bewegen. Und irgendwie will ich auch nicht, dass er sich rührt, denn jetzt fühlt es sich perfekt an, was bei mir sehr selten ist, falls es überhaupt je vorkam. Schließlich legt Luke sich wieder zurück, gleitet aus mir, zieht mich aber mit sich nach unten und an sich, sodass wir von Angesicht zu Angesicht im Bett liegen.

Als die Lampe auf seine Wange scheint, sehe ich eine dicke Schwellung auf dem alten Bluterguss und frisches, getrocknetes Blut. Ich war so in dem intimen Moment gefangen gewesen, dass es mir erst jetzt auffällt.

»Was ist passiert?«, frage ich und lege sanft die Hand auf die Wunde. »Hast du dich geprügelt?«

Er zuckt mit den Schultern, blickt mir in die Augen und lehnt sich in meine Hand, als würde die Berührung den Schmerz lindern. »Ein bisschen, nicht schlimm.«

»Haben sie dich beim Schummeln erwischt?«

Sein Atem geht es wenig zittrig. »Nein, Cole haben sie erwischt, aber das ist kein großes Ding. Ich schulde keinem Geld oder so.« Seine Stimme klingt komisch, und all der Frieden, den wir eben noch hatten, zersplittert in Millionen Stücke, die ich unbedingt wieder zusammensetzen möchte.

»Sie haben euch das Geld abgenommen, oder?«, frage ich.

Er beantwortet meine Frage nicht. »Ich denke mir etwas aus.« Müde atmet er aus und reibt sich die Augen. Er ist wirklich fertig.

»Ich möchte dir helfen«, sage ich und male die Linien seines Tattoos auf dem Brustkorb nach. Er hat diverse Tattoos; wie er mir mal erzählte, hatte er mal eine Phase, in der er sich jedes Mal ein Tattoo stechen ließ, wenn er sich beschissen fühlte. Das musste oft vorgekommen sein. »Lass mich dir helfen.«

»Ich will nicht, dass du mit Drogen dealst, um mir zu helfen«, sagt er streng. »Lieber sollen sie mich grün und blau schlagen, als dass du das machst und bei *ihm* verschuldet bist.« Seine Miene wird etwas weicher, als er eine Hand auf meinen Rücken legt und sanft mit den Fingern an meiner Wirbelsäule auf und ab streicht. »Lass mich drüber schlafen. Vielleicht habe ich schon eine Idee, aber ich muss erst überlegen, wie verzweifelt ich bin.«

Ich habe keine Ahnung, was seine Idee ist, doch es macht mir Sorge, denn das letzte Mal, dass ich diesen Ausdruck purer Hilflosigkeit bei ihm gesehen habe, war in der Nacht, als er mir erzählte, dass seine Mutter möglicherweise die Mörderin meiner Eltern war.

Kapitel 14

LUKE

Die Nacht verbringe ich größtenteils damit, ihr beim Schlafen zuzusehen und nachzudenken. Mein Kopf ist so voll, dass ich kaum noch Luft kriege. Als ich endlich meinen Plan fertig durchdacht habe, geht die Sonne auf, und ich habe überhaupt nicht geschlafen. So ist es schon die letzten paar Monate, und der Schlafmangel und das Trinken machen sich allmählich bemerkbar. Ich bin dauernd müde, und ich frage mich, wie ich die Footballsaison überstehen will, wenn ich nicht umgehend die Kurve kriege.

Die Kurve kriegen. Mir scheint, dass ich noch so vieles zu regeln habe, ehe das auch nur denkbar ist, doch während ich hier liege und Violet ansehe, die in meinen Armen schläft, will ich es unbedingt schaffen.

Als die Sonne höher steht und ins Zimmer scheint, beschließe ich, den ersten Schritt zu tun, so sehr sich auch alles in mir dagegen sträubt. Widerwillig steige ich aus dem Bett und nehme mein Telefon, um zu tun, was ich glaubte, nie und nimmer zu tun. Die Alternative – hierzubleiben, bis mir etwas anderes einfällt – will ich nicht mehr.

In Kalifornien ist es noch früh, trotzdem meldet sich mein Dad nach dem dritten Klingeln. »Luke, ist alles okay?«

Es ist, als wüsste er, dass ich etwas brauche. »Ehrlich gesagt, nicht«, antworte ich und warte, ob er etwas sagt, was er nicht macht. »Hör mal, ich muss dich um einen Gefallen bitten … Ich muss mir Geld leihen.« Falls er wieder ablehnt, glaube ich nicht, dass ich ihn jemals wieder um irgendwas bitten kann.

»Okay.« Er klingt misstrauisch. »Wie viel brauchst du?«

Ich blicke über die Schulter zu Violet, weil ich ein Rascheln höre, und gehe ins Bad, damit ich sie nicht wecke. »Neun Riesen.«

Er stößt einen leisen Pfiff aus. »Scheiße, Luke. Das ist eine Menge Geld.«

»Weiß ich.« Ich schließe die Tür, lehne mich an sie und rutsche nach unten auf den Fußboden. »Ich würde nicht fragen, wäre es kein Notfall.«

»Steckst du in irgendwelchen Schwierigkeiten?«

»Das kann man wohl sagen.« Ich zögere, weil ich unsicher bin, ob ich es ihm erzählen will. Im Grunde hat er sich noch nicht das Recht verdient, mich zu kennen. Doch plötzlich habe ich einen wahnsinnigen Druck in der Brust, der ohne Vorwarnung explodiert. Alles kommt heraus. Nicht nur das mit dem Spielen, sondern ich erzähle ihm auch, wie viel ich trinke. Was zwischen Violet und mir passiert ist. Alles, was meine Mom getan hat. Sogar, was ich in Amys Tagebuch gefunden habe. Und am Ende weine ich wie ein verängstigter kleiner Junge. Ich komme mir so erbärmlich vor. So schwach. So ohnmächtig wie in der Zeit, als ich bei meiner Mutter lebte. Teils hasse ich mich, aber teils bin ich auch erleichtert, als könnte ich wieder atmen.

»Luke, wir kriegen das hin«, sagt mein Dad, als ich endlich lange genug zu schluchzen aufhöre, dass er etwas sagen kann.

»Du kannst das nicht hinkriegen«, erwidere ich und schlucke meine Tränen. »Das meiste jedenfalls nicht.«

»Tja, dann regle ich das, was ich kann«, sagt er völlig ruhig, und mir ist schleierhaft, wie er das macht. Ich habe gerade zwanzig Jahre Ballast auf ihm abgeladen, und er ist total cool. »Und für den Rest überlegen wir uns gemeinsam etwas.« Er unterbricht, als müsse er sich sammeln. »Als Erstes überweise ich dir telegrafisch das Geld. Du kannst nach Laramie zurückfahren. Bis du da bist, sollte es angekommen sein, und dann bezahlst du diesen Geraldson.«

Ich wische mir mit dem Handrücken die Tränen ab. »Und was dann?«

»Und dann möchte ich, dass du mich besuchen kommst«, sagt er, und ehe ich widersprechen kann, ergänzt er: »Nur für eine Woche, damit wir reden und uns vielleicht ein bisschen besser kennenlernen können … Ich würde meinen Sohn gerne kennenlernen.«

»Denkst du, dass Reden hilft?«, frage ich skeptisch. »Ich bin mir nämlich nicht so sicher.«

»Ich denke, dass es ein Schritt ist … und wenn du mich lässt, möchte ich diesen Schritt mit dir gehen und hoffentlich noch mehr.« Er seufzt. »Ich weiß, dass ich nicht für dich da war, und ich kann die Vergangenheit nicht wiedergutmachen.« Jetzt klingt es, als würde er weinen. »Aber ich möchte alles versuchen, was ich kann. Du musst mich nur lassen.«

»In ein paar Wochen fängt das Footballtraining an«, sage ich. »Und es ist Semester. Im Moment ist es schwierig für mich, irgendwohin zu reisen.«

»Kannst du dir nicht ein paar Tage freinehmen?«, fragt er hoffnungsvoll. »Nur eine Woche oder so.«

»Das mache ich sehr ungern. Und ich habe schon mehr verpasst, als mir lieb ist.« Mir ist klar, dass ich ein Kotzbrocken bin, weil ich mich mit dieser ganzen Sache nach wie vor extrem unwohl fühle. Na ja, ehrlich gesagt, ist es wohl eher so, dass ich Angst habe. Als ich kleiner war, konnte ich inmitten des Wahnsinns aus Spritzen, Umarmungen und Tätscheln an nichts anderes denken, als dass er wieder zurückkäme und mich rettete. Doch das tat er nie, und ich bin in jenem Haus fast vor die

Hunde gegangen. Daher fällt es mir nun schwer, all das loszulassen.

»Dann komme ich zu dir«, sagt er entschlossen. »Falls es für dich okay ist, fliege ich zu dir.«

Ich fahre mir mit den Fingern durchs Haar und atme angestrengt aus. »Wie lange würdest du bleiben?«

»So lange, wie du mich haben willst«, antwortet er. »Ich wäre schon mit ein paar Stunden glücklich.«

»Es ist ein weiter Flug für ein paar Stunden.«

»Nein, ist es nicht.« Wie er es sagt, bringt mich beinahe wieder zum Heulen, aber ich kann die Tränen zurückhalten.

»Na gut, du kannst kommen, wenn du willst.« Ich richte mich wieder auf. »Und du kannst einige Tage bleiben.«

Er braucht eine Sekunde, um zu reagieren, und als er es tut, höre ich, dass er weint und sich bemüht, mich nichts merken zu lassen. »Gut. Ich bin so froh. Ich bin so, so froh.«

Es fühlt sich seltsam und unglaublich an, Dinge loszulassen, die ich schon ewig mit mir herumschleppe. Ich hoffe bloß, dass alles gut ausgeht. Noch wage ich nicht, optimistisch zu sein.

Kapitel 15

VIOLET

Als ich aufwache, ist Luke nicht im Bett, und ich erlebe einen befremdlichen Moment, in dem ich ausflippe: nicht nur, weil Luke nicht neben mir ist, sondern weil ich so aufgewacht bin, wie ich aufwachte. Mein übliches Keuchritual aus den Albträumen fehlt. Stattdessen öffne ich einfach die Augen und kann nur denken: *Was ist das denn?*

Es ist Furcht einflößender als alles andere. Ich bin immer so aufgewacht, und jetzt plötzlich nicht mehr. Ein Teil von mir scheint zu fehlen, und ich weiß nicht, was ich damit anfangen soll.

Dann kommt eine SMS, die alles noch schlimmer macht.

`Unbekannt: Wieso hast Du die Polizei angerufen, Du verdammte Fotze? Du bist so was von tot.`

Ich versuche, nicht durchzudrehen, als ich die Nachricht noch einmal lese. Im selben Moment kommt Luke aus dem Bad. Ich muss ihn nur ansehen, und schon ist das Problem nebensächlich. Er ist noch in seinen Boxershorts, sein Haar ist zerzaust, sein Kinn stoppelig, und seine Augen sind rot und geschwollen. Entweder ist er stoned, oder er hat geweint. Ich tippe auf Letzteres.

»Was ist los?« Ich setze mich rasch auf, und die Decke fällt von meiner Brust. Da ich von letzter Nacht immer noch nackt bin, schweift Lukes Blick zu meiner Brust ab, allerdings nur einen Moment. Dann reibt er sich die Augen und seufzt.

»Ich habe meinen Dad angerufen.« Er starrt auf den Boden und zieht die Brauen zusammen. »Mir ist nichts anderes eingefallen, also habe ich ihn angerufen und um das Geld gebeten.«

»Was hat er gesagt?« Ich weiß sehr wenig über Lukes Beziehung zu seinem Vater, abgesehen davon, dass sie keine haben. Luke war auch nie interessiert, weil sein Dad in seiner Kindheit nicht vorkam. Wenn er ihn also um Hilfe gebeten hat, ist das eine Riesennummer.

Er kratzt sich im Nacken, atmet langsam aus und sieht mich an. »Er sagt, er hilft mir, aber ich muss ihn zu Besuch kommen lassen.«

Ich lege mein Telefon auf den Nachttisch und schwinge die Beine über die Bettkante. »Er hat dich erpresst?«

»Nein, eigentlich nicht. Er hat nur gesagt, dass er mir das Geld gibt und mich besuchen kommen will. Und ich habe mehr oder minder zugesagt.« Er setzt sich neben mich auf das Bett. »Das ist so schräg.«

Weil ich nicht weiß, was ich sonst tun soll, rücke ich näher zu ihm und reibe ihm den Rücken. »Es tut mir so leid, aber ich bin froh, dass er dir hilft und du nicht wieder versuchen musst, das Geld beim Spielen zu gewinnen.« Meine Worte schockieren mich. Normalerweise giere ich nach Gefahr, und jetzt stelle ich fest, dass Gefahr, die bedeutet, dass Luke verletzt wird, kein bisschen aufregend ist.

»Ja, ich denke, das bin ich auch.« Er neigt seinen Kopf in die Hände. »Aber warten wir ab, wie es läuft. Ich bin nicht besonders zuversichtlich oder so.« Eine Weile sitzt er mit gesenktem Kopf da, atmet leise, und ich glaube, dass er sich bemüht, nicht zu weinen.

Ich bleibe still und reibe seinen Rücken weiter, bis er schließlich den Kopf hebt und sich diskret die Tränen abwischt. Dann räuspert er sich mehrmals, steht auf und holt eine Jeans aus seiner Tasche. »Ich denke, wir sollten losfahren«, sagt er. »Das Letzte, was ich will, ist, hier bei Cole bleiben. Der Typ ist um Klassen schlimmer als ich.« Er zieht seine Jeans an und knöpft sie zu. »Und das will einiges heißen.«

Ich nicke, stehe vom Bett auf und gehe zu meiner Tasche. Sein Blick folgt mir den gesamten Weg. »Ich möchte übrigens auch dringend zurück«, sage ich, während ich mir ein Shirt und eine schwarze Jeans greife. »Ich habe gestern Abend mit Detective Stephner gesprochen, und auch wenn er mir nichts erzählen wollte, konnte ich merken, dass sich in dem Fall etwas tut.« Ich ziehe die Jeans an. »Ich hoffe, es ist gut.«

»Wann erfährst du es?«, fragt er und streift sich ein rotes Shirt über.

Ich zucke mit den Schultern, bevor ich mir mein Shirt überstülpe und mein Haar aus dem Kragen ziehe. »Weiß ich nicht. Er sagte, dass er mich vielleicht heute Vormittag anruft, aber bisher habe ich nur eine neue SMS von dem Stalker.«

Luke runzelt die Stirn. »Hast du dem Detective von ihm erzählt?«

Ich nicke. »Er überprüft die Nachrichten, ob er sie zurückverfolgen kann.«

Er kneift den Mund zusammen, als wolle er etwas sagen, würde sich aber dagegen entscheiden. Dann läuft er im Zimmer hin und her, sammelt seine Sachen zusammen und packt sie in seine Tasche. Ich fange auch zu packen an, wobei ich mir nicht die Mühe mache, meine Sachen zusammenzulegen. Genau genommen ist das eine Angewohnheit aus meiner Kindheit. Nachdem ich zum fünften Mal die Familie wechselte, gab ich es auf, alles ordentlich zu packen oder gar auszupacken, wenn ich in das neue »Zuhause« zog.

»Denkst du, es geht um meine Mom?«, fragt Luke so abrupt, dass es mich unvorbereitet erwischt und ich einen Moment brauche, um zu antworten. »Was der Detective dir noch nicht sagen konnte? Glaubst du, dass es etwas mit meiner Mom zu tun hat?«

Ich schließe den Reißverschluss meiner Tasche und hebe sie hoch. »Das habe ich mich auch gefragt … kann sein.«

»Ich hoffe sehr, dass es das ist«, sagt er und klingt wütend. Ich weiß, was das heißt – er will sie genauso dringend weggesperrt sehen wie ich. Er hängt sich seine Tasche über die Schulter, und seine Muskeln zucken ein bisschen, als hätte er Schmerzen. Dann kommt er auf mich zu und küsst mich sanft auf die Wange. »Bist du bereit?«, fragt er und streicht mir eine Locke hinters Ohr. Dabei sieht er mir in die Augen. Es kommt mir vor, als würde er mich weit mehr fragen, nicht bloß, ob ich bereit bin, das Haus seines Onkels zu verlassen. Eher, ob ich bereit bin, nach Laramie zurückzukehren. Mit ihm zusammenzuleben.

Ich nicke, bin mir jedoch nicht sicher, welche Frage ich bejahe, aber ich schätze, das finde ich heraus, wenn wir dort sind.

Lukes Onkel wirkt richtig wütend, als wir nach unten kommen und gehen wollen. Er streitet mit Luke, dass er seinen Vater anrufen und ihn anpumpen soll. Luke sagt nichts davon, dass er es schon getan hat, und ich denke, dass er es Cole überlassen will, seinen eigenen Mist auf die Reihe zu kriegen. Cole tobt, stolpert über den Couchtisch im Wohnzimmer und kippt ungefähr eine halbe Flasche Wodka auf Ex. »Gegen die Schmerzen von der Prügelei«, sagt er, als er merkt, dass wir ihn beobachten. Dann sackt er auf das Sofa, und kurz darauf ist er weggetreten.

Ryler wirkt, als wolle er mit uns kommen, nur um aus diesem Haus zu fliehen. Er hängt in der Diele rum, als Luke seine Tasche fallen lässt, um ihn ziemlich linkisch zu umarmen.

»Du kannst jederzeit zu uns kommen und mit uns abhängen«, sagt Luke, nimmt seine Tasche wieder auf und sieht ins Wohnzimmer zu Cole, dessen Arm schlaff vom Sofa hängt. »Oder wenn du mal eine Pause brauchst.«

Ryler lächelt, doch es reicht nicht bis zu seinen Augen. Dann hebt er die Hände. *Was soll ich denn wohl in Wyoming?*

Luke sieht mich an, und auf mein Dolmetschen hin antwortet er: »Die Uni ist ziemlich cool.«

Ryler zieht eine gepiercte Braue hoch. *Ich und aufs College gehen? Was für eine witzige Idee! Ich habe gerade so den Highschoolabschluss geschafft.*

»Hey, so war ich auch drauf! Ich hätte es sogar fast vergeigt«, sage ich zu ihm, und es kommt mir seltsam vor, wie leichthin ich über meine Vergangenheit rede. »Und ich mag das College wirklich.«

Ehrlich?, fragt er, und ich nicke. Er hält inne, sieht zu seinem Dad, der nie für ihn da war, als er aufwuchs, geprügelt und im Saufkoma, und dann sagt er stumm: *Vielleicht irgendwann.*

Ich nicke. Dann gibt er Luke und mir seine Telefonnummer, und wir verabschieden uns. Luke und ich fahren los. Es ist noch früh. Der Himmel ist orange vom Sonnenaufgang, was bedeutet, dass wir bis Sonnenuntergang am Ziel sein müssten. Wir sind einige Tage früher da als geplant, also verpassen wir weniger Kurse. Ich denke, dass wir beide das gut finden. Die Hälfte der Fahrt hören wir seine Musik, und im Scherz sagt er, dass er uns ein eigenes Fick-Tape aufnimmt, wenn wir zu Hause sind. Die ganze Zeit spricht er von »wir«, und ich sollte froh sein, dass ich bei Leuten wohnen kann, denen an mir liegt, aber es macht mir auch Angst. Gott, könnte ich doch nur noch einen Moment mit meinen Eltern haben, damit sie mir sagen, dass es okay ist. Dass ich das Richtige tue.

Ich bin mitten in diesem Gedanken, als mein Telefon in der Tasche zu vibrieren anfängt. Hastig drehe ich die Musik aus, nehme das Telefon heraus und atme erleichtert auf, als ich aufs Display sehe. »Es ist der Detective«, sage ich zu Luke, und er sieht genauso nervös aus wie ich.

»Sagen Sie mir bitte, dass Sie mir jetzt etwas erzählen dürfen«, melde ich mich.

»Darf ich, und es sind sowohl gute als auch schlechte Neuigkeiten.« Er klingt ein bisschen niedergeschlagen. »Die gute Nachricht ist, dass wir endlich einen Durchsuchungsbefehl für Mira Prices Haus bekommen haben. Und wir haben etwas gefunden, das ein Beweismittel sein könnte, müssen aber noch den DNA-Abgleich abwarten.« Er macht eine Pause. »Und jetzt zur schlechten Nachricht. Zur schlechten Doppelnachricht genau genommen.«

»So ein Wort gibt es gar nicht.« Ich mache einen Witz, um zu überspielen, dass ich in Wahrheit aufgeregt und ängstlich bin. Sie könnten Beweise haben. Es könnte endlich Gerechtigkeit für meine Eltern geben.

Luke wirft mir einen besorgten Seitenblick zu, während er den Truck über den Freeway lenkt. »Alles okay?«, flüstert er.

»Sag ich dir gleich«, antworte ich flüsternd.

»Tja, dann habe ich es jetzt eingeführt«, sagt der Detective, seufzt und wird ernst. »Die erste schlechte Nachricht ist, dass Mira verschwunden ist. Und den Nachbarn und dem Vermieter zufolge ist sie schon länger weg.«

Ich sehe hinüber zu Luke und frage mich, ob er wissen könnte, wo sie ist. »Und was heißt das?«

»Das heißt, selbst wenn wir einen Haftbefehl kriegen, müssen wir sie erst mal finden.«

Ich will auf etwas einschlagen, schreien, bis meine Lunge platzt. *Das ist nicht fair! Das ist nicht fair, verdammt!* »Und was ist die andere Nachricht?« Meine Stimme zittert, und mein Puls hämmert.

Er lässt sich eine Sekunde Zeit und antwortet zögerlich: »Wir haben herausgefunden, wer Ihnen diese SMS geschickt hat … Wir konnten die Nachrichten zu Preston Parkington zurückverfolgen, dem Kerl, bei dem Sie gewohnt haben.«

»Was?«, rufe ich, und Luke sieht erschrocken zu mir. »Aber das ist nicht möglich … Ich kapier das nicht …« Was soll das? Ist das meine Strafe, weil ich alles vermasselt habe?

»Es wird noch schlimmer«, sagt Detective Stephner. »Wegen des bedrohlichen Inhalts der SMS-Nachrichten durften wir zu ihm und ihn befragen. Nur war der Trailer komplett geräumt, als wir dort ankamen.«

»Aber er hat doch noch vor Tagen da gewohnt! Ich war da … Ich habe ihn gesehen.« Mein Puls rast, und ich hasse diesen Adrenalinrausch unglaublich. »Sicher macht er das, um sich an mir zu rächen, weil ich ihn verlassen habe.«

»Das dachte ich auch, aber dann habe ich ein bisschen nachgeforscht, einen Background-Check gemacht und so. Und da fand ich einige Dinge, die sehr besorgniserregend sind.«

»Was?«

»Zum Beispiel, dass er vorbestraft ist. Und dass er vor vierzehn Jahren seinen Namen geändert und Sie belogen hat, was sein Alter betrifft. Er ist fünfunddreißig und hieß früher Danny Huntersonly.«

»Aber warum sollte er seinen Namen ändern?« Ich schüttle den Kopf und versuche, Lukes besorgten Blick zu ignorieren. »Und warum hat das Jugendamt ihm trotzdem ein Pflegekind gegeben?«

»Na ja, technisch gesehen hat seine Freundin Sie bei sich aufgenommen. In den Papieren ist eine Kelley Arlingford als Pflegemutter registriert.«

»Kelley war seine Frau.« Ich halte mich am Türhebel fest, weil ich fast hyperventiliere, mir schwindlig wird und ich das Gefühl habe, gleich in Ohnmacht zu fallen. »Als sie ihn mir vorstellte, hat sie gesagt, dass Preston ihr Mann ist. Und sie haben sich scheiden lassen, und Preston hat mir vor einiger Zeit erzählt, dass sie wieder geheiratet hat.« Noch während ich es ausspreche, wird mir klar, dass nichts von dem stimmen muss. Da die meisten meiner Informationen von Preston stammen, könnte so gut wie alles gelogen sein.

»Tja, dann hat Kelley anscheinend Sie und den Staat belogen«, sagt er. »In Ihren Unterlagen steht, dass Kelley allein lebte. Die Behörden wussten nichts von Preston, zumindest den Papieren zufolge nicht. Es ist ein Fehler im System, schätze ich, dass sie sich nicht vergewissert haben, ob wirklich niemand bei ihr wohnte. Aber wenn Kinder so alt sind … und es so viele von ihnen gibt … fallen sie manchmal durchs Raster.« Wem sagt er das? Ich bin jahrelang durchs Raster gefallen.

»Wusste Kelley über Preston Bescheid? Ich meine, wusste sie von dem falschen Namen und so?«

»Kann ich nicht sagen, aber wir versuchen, es herauszubekommen.« Wieder macht er eine Pause. »Da ist noch mehr.«

»Oh Gott.« Mein Kopf kippt nach vorn, und Luke ergreift meine Hand. Ich halte mich an ihm fest, als gelte es mein Leben. »Ich glaube nicht, dass ich noch mehr verkrafte.«

»Das müssen Sie leider hören«, sagt der Detective. »Sie müssen begreifen, wie ernst es ist.«

»Na gut.« Ich umklammere Lukes Hand so fest, dass es ihm garantiert wehtut. »Was noch?«

»Haben Sie gewusst, dass Preston einen Raum in dem Kriechkeller unter seinem Trailer hatte?«

»Ja … das heißt, nein …« Scheiße? Was sage ich? Dass ich von den Drogen wusste, die er dort versteckt hatte? »Na ja, er hat ihn immer abgeschlossen, aber ich wusste, dass es den Kriechkeller gab. Moment, da war ein richtiger Raum?«

»Ja, ich dachte mir schon, dass Sie davon nichts wussten, wenn man bedenkt, was da drin war.«

»Was?«

Noch eine Pause. Ich fange an, die Stille zu hassen. »Ein Raum mit Bildern und Artikeln von Ihnen an sämtlichen Wänden … sogar einige von Ihren Eltern.«

»Das verstehe ich nicht … Warum sollte er die haben?« Ich weiß zwar, dass er scharf auf mich war und so, aber das scheint doch eher zu einem Stalker zu passen … »Wozu hat er die? Das ergibt überhaupt keinen Sinn. Ich meine, er war immer ein bisschen abgedreht und ein Kontrollfreak, aber warum sollte er plötzlich auf Drohnachrichten und einen Raum voller Bilder kommen?«

Er seufzt wieder, und ich mache mich auf den nächsten Tiefschlag gefasst. »Violet, ich bin nicht sicher, wie viel Sie über Ihre Eltern wissen, aber zu Beginn der Ermittlungen damals gab es einige Hinweise, die nie Ihnen gegenüber erwähnt wurden, weil Sie schlicht zu jung waren und wir ehrlich gesagt nicht wollten, dass sie bekannt werden. Gewisse Einzelheiten zurückzuhalten hilft uns manchmal, die richtigen Leute zu fassen. Allerdings denke ich, dass Sie sie jetzt wohl erfahren sollten, nur weiß ich nicht, ob Sie dafür bereit sind.«

»Okay, ich bin bereit.« Das ist die größte Lüge, die ich je erzählt habe, und ich hätte es auch nie gesagt, hätte ich geahnt, was er als Nächstes erzählt.

»Während der ersten Ermittlungen in dem Fall fand der leitende Detective einige Details über Ihre Eltern – also über Ihre Mutter –, die sie mit ein paar hiesigen Drogendealern in Verbindung brachten. Es war damals schon Schnee von gestern, und soweit ich weiß, war das wenige Jahre nach Ihrer Geburt vorbei, als Ihre Mutter Ihren Vater geheiratet hat.«

»Nein, meine Mutter hat meinen Vater geheiratet, bevor ich geboren war«, sage ich, obwohl ich es eigentlich nicht weiß. Ich weiß ja kaum etwas über sie, weil ich sie so früh verloren habe.

»Nein, sie hat ihn geheiratet, als Sie ungefähr drei Jahre alt waren. Nachdem sie die Kurve gekriegt hatte und aus dem Entzug kam. Aber ihre Vergangenheit verfolgte sie, und sie schuldete den falschen Leuten Geld. Die Polizei konnte die fraglichen Leute nie identifizieren, und im Grunde wies ja auch alles auf einen willkürlichen Einbruchdiebstahl hin, der eskaliert war. Aber als ich mir Prestons alte Akten ansah, entdeckte ich, dass er zu jener Zeit in der Gegend um Cheyenne lebte und mit Drogen dealte … und auf einigen der Bilder, die er von Ihnen hatte … waren Sie jünger.«

»Nein, das ist eine beschissene Lüge!« Ich schüttle den Kopf, bis mir schwindlig wird. »Sie lügen, Sie lügen, Sie lügen. Ich habe nicht mit dem Mörder meiner Eltern zusammengelebt! Das wäre nie passiert!« *Es sei denn, es war geplant? Oh mein Gott, hatte Preston es irgendwie geplant?*

»Ich behaupte nicht, dass er ihr Mörder war«, sagt der Detective sanfter. »Wahrscheinlicher ist, dass er eine Art Obsession entwickelte, denn das meiste, was wir fanden, spricht für Stalker-Verhalten. Dazu kommt es gelegentlich bei Fällen, die so viel öffentliches Interesse erregen. Dennoch möchte ich, dass Sie die Einzelheiten jetzt erfahren, sicherheitshalber.«

Sicherheitshalber?

Das Wort hallt in meinem Kopf nach, bis ich plötzlich Prestons Gesicht in meiner Erinnerung vor mir sehe, als ich im Keller hocke und er Mira Price anbrüllt, während sie singt und singt und singt. Ganz deutlich. Aber natürlich sehe ich es bloß, weil es mir suggeriert wurde. Oder füge ich endlich die Puzzleteile zusammen?

»Nein! Meine Mom hatte nichts mit Drogen zu tun … meine Eltern waren anständige Leute …« Und für mich, die Sechsjährige mit den schönen Träumen, waren sie das. Sie waren vollkommen. Genauso will ich sie in Erinnerung behalten. Ich möchte alles auslöschen, was der Detective gesagt hat, vergessen, dass ich es gehört habe. Doch das kann ich nicht.

»Ich sage ja nicht, dass sie schlechte Menschen waren«, beruhigt er mich. »Leute, die Drogen nehmen, sind nicht zwangsläufig schlecht. Sie treffen lediglich einige schlechte Entscheidungen, und Ihre Mutter war clean geworden. Sie hatte nur Mühe, ihre Vergangenheit hinter sich zu lassen.«

So viel zu *Der Apfel fällt nicht weit vom Stamm*.

»Violet, ich muss Ihnen noch einige Fragen zu Preston stellen und dem, was dort vor sich ging, als Sie bei ihm wohnten.« Wieder eine Pause. »Es ist wichtig, damit wir ihn finden.«

Ich kann nicht atmen, nicht denken, nicht sehen. Alles dreht sich um mich. Alles ist durcheinander und falsch. Ich merke, wie der Truck an die Seite fährt, während ich nach Luft ringe. Sobald er anhält, lasse ich das Telefon auf den Sitz fallen, öffne die Tür und falle aus dem Truck auf die Knie. Splitt schneidet mir in die Knie und die Handflächen, und ich japse nach Luft, aber meine Lunge will keine aufnehmen.

Es ist eine Überdosis an Adrenalin. Und die habe ich nicht herbeigeführt. Doch sie fühlt sich an, als würde sie mich umbringen. Und ich wünsche mir ehrlich, dass sie es tut.

Kapitel 16

LUKE

Sie jagt mir eine schreckliche Angst ein, will nicht reden, sich kaum rühren. Ich muss sie zurück in den Truck heben, um sie von der Straße zu bekommen. Sobald ich sie drinnen und die Tür geschlossen habe, steige ich auf der Fahrerseite ein und hebe ihr Telefon vom Sitz, das klingelt, seit sie es fallen gelassen hat.

»Hallo?«, melde ich mich. Ich lege einen Arm um Violet, als sie mit dem Kopf auf meinen Schoß sinkt. Sie klammert sich an meine Jeans, rührt sich immer noch nicht und starrt ins Leere, als wäre sie völlig weggetreten.

»Wer ist da?«, fragt jemand am anderen Ende.

»Luke … Price.«

»Oh.« Er klingt unsicher. »Hier ist Detective Stephner. Ist Violet bei Ihnen?«

»Ist sie, aber sie kann jetzt nicht reden«, antworte ich. Ich streiche ihr über den Kopf, was zu helfen scheint, denn ihr Atem wird ruhiger. Aber ihre Augen sind nach wie vor leer. »Was haben Sie ihr erzählt?«

»Das darf ich Ihnen nicht sagen. Sind Sie beide schon wieder in Laramie?«

Ich blicke zur Straße vor uns. »Nein, wir sind gerade auf dem Weg zurück und haben etwa die Hälfte der Strecke geschafft … warum?«

»Ich würde vorschlagen, dass Sie umdrehen und mit Violet für einige Tage woanders bleiben«, sagt er. »Nur bis wir mehr über jemanden in Erfahrung gebracht haben.«

Ich streiche weiter über Violets Wange, und sie schmiegt sich an meine Hand. »Hat das irgendwas mit meiner Mutter zu tun?«, frage ich leise.

»Ich sage nur, Sie müssen mit Violet reden«, antwortet er in einem förmlichen Ton. »Und sagen Sie ihr, sie soll mich anrufen, sobald sie sich beruhigt hat.«

»Okay.« Wir beenden das Gespräch. Ich lege das Telefon aufs Armaturenbrett und sehe zu Violet hinunter. Ihre Augen sind voller Angst. »Baby, willst du darüber reden?«, frage ich vorsichtig. Ich will sie nicht bedrängen, aber ich muss unbedingt wissen, ob dies hier etwas mit meiner Mutter zu tun hat.

Sie schüttelt den Kopf und schließt die Augen, während meine Finger durch ihr Haar streichen. »Nein, noch nicht.«

Meine Hand erstarrt. »Der Detective … hat gesagt, dass du lieber noch nicht nach Laramie zurückkommen sollst.«

»Okay, du kannst mich hier am Straßenrand lassen.« Das ist kein Witz. Vielmehr klingt sie, als hoffe sie, dass ich es tue.

Ich weiß nicht, wie lange ich am Rand des Freeways parke und überlege, was ich tun soll – wohin ich sie bringen soll. Zurück nach Las Vegas? Das will ich nicht, nicht zurück in jene Welt. Es gibt nur eine andere Möglichkeit, also schlucke ich das bisschen Stolz herunter, das ich noch besitze, hole mein Telefon hervor und wähle die Nummer meines Dads.

Nach dem zweiten Klingeln meldet er sich, und ich sage schnell, ehe ich wieder kneife: »Hey, ich muss dich noch mal um einen Gefallen bitten.«

Epilog

Ein Tag später …

LUKE

Mein Dad lebt in einem Viertel von San Diego mit hohen, schmalen Stadthäusern und hügeligen, baumgesäumten Straßen. Die Luft riecht nach Meer, und bis wir dort ankommen, ist schon fast der nächste Abend. Die Sonne geht unter, und der Himmel ist orange und pink gefärbt.

Auf der Fahrt hat Violet kaum gesprochen und sich nur bewegt, als wir an einer Tankstelle hielten und sie in den Waschraum ging. Ich nutzte die Gelegenheit, um Kayden anzurufen und nach der Nummer unseres Coaches zu fragen, damit ich ihm Bescheid geben kann, dass ich die erste Trainingswoche verpasse.

»Dir ist schon klar, dass er auf solchen Scheiß komisch reagiert«, hatte Kayden gesagt, womit er mich daran erinnerte, wie sehr ich meinen perfekten Plan verhunzen könnte. Dabei hatte ich so hart dafür gearbeitet.

»Ich weiß«, antwortete ich. »Aber so ist es nun mal … Ich schaffe es nicht.«

»Darf ich fragen, warum?«

Ich war nicht sicher, was ich ihm erzählen sollte. »Erinnerst du dich, wie du Caleb zusammengeschlagen hast und als Grund nanntest, dass er Callie wehgetan hatte? Du hast es gemacht, ohne weiter nachzudenken, obwohl es bedeutete, dass dein Leben dadurch ruiniert sein könnte?«

»Ja …« Er ist verwirrt und ein bisschen verlegen, weil wir über solche Sachen nicht reden.

»Tja, ich schlage keinen zusammen oder so, aber jemand braucht mich jetzt, und im Moment sind mir Football und Studium, ehrlich gesagt, scheißegal«, erkläre ich ihm. »Mich interessiert nur sie.«

Er hatte gestockt. »Geht es um Violet?«

»Ja.«

Kayden überlegte und sagte: »Erzähl dem Coach, dass es ein Notfall in der Familie ist. Das habe ich auch schon mal gemacht, und er war zwar sauer, hat mir aber keinen Stress gemacht.«

»Danke, Alter.« Ich legte schnell auf, denn Violet kam zurück, und sie sollte nicht hören, was ich tue. Sonst hätte sie noch versucht, mich davon abzubringen.

»Ich habe uns Skittles gekauft«, sagte sie, als sie wieder am Truck war, und in den fünf Stunden seitdem hatte sie nichts mehr gesagt. Irgendwann schlief sie ein und wurde nicht mal wach, als wir bei meinem Dad ankamen. Ich musste sie nach drinnen tragen.

»Ich mache mir Sorgen um sie«, sage ich zu meinem Dad, als ich in die Küche komme, nachdem ich Violet im Gästezimmer ins Bett gelegt habe. Zu lange will ich sie nicht allein lassen, weil ich fürchte, dass sie etwas Wahnsinniges tun könnte, so wie bei meinem Onkel.

Ich stehe mit meinem Dad in der Küche, bin hundemüde und hungrig. Von unterwegs hatte ich Seth angerufen und ihn gefragt, ob mein Dad ihm Geld überweisen und er es abheben und in Geraldsons Briefkasten stecken kann. Das hatte ich mit Geraldson vereinbart, bevor ich Seth anrief.

»Na klar. Wenn ich damit helfen kann«, hatte er geantwortet. Natürlich wollte er Näheres wissen, und ich versprach ihm, es ihm später zu erzählen, wenn er mir den Gefallen tut.

Es fühlte sich merkwürdig an, Seth um Hilfe zu bitten. Vor einem Jahr noch hätte ich Kayden gefragt, aber es hat sich eben einiges verändert. Seth kennt sich auch mit dem Mist aus, der in meinem Leben abläuft – nicht mit allem, aber einigem.

»Wie lange ist sie schon so?«, fragt mein Dad und setzt sich mit einem Kaffeebecher in der Hand auf einen der Barhocker am Küchentresen. Es ist sehr seltsam, ihn nach einem Jahr und zum ersten Mal wiederzusehen, seit ich ihm etwas darüber erzählt habe, was meine Mutter mit Amy und mir gemacht hat, nachdem er gegangen war. Er sieht anders aus. Ein bisschen älter, das braune Haar schütter, mehr Falten, etwas runder um die Mitte, aber gesünder. Ein Fremder, den ich kenne und in dessen Gegenwart ich mich unwohl fühle. Zum Glück ist Trevor schon im Bett, weil es spät ist. Ich hatte keine Zeit, mich auf die Begegnung mit meinem Dad vorzubereiten, geschweige denn auf die mit seinem Ehemann.

»Seit sie mit dem Detective telefoniert hat«, sage ich und sinke auf den Barhocker neben ihm. Ich kann kaum noch die Augen offen halten, weil ich bis hier durchgefahren bin und nur zum Tanken angehalten hatte. Jetzt möchte ich nur noch schlafen.

»Hat es … War es …« Er blickt sich nervös in der Küche um, die mit lauter Kunst – wahrscheinlich Trevors – dekoriert ist. »Ging es um Mira?«

»Weiß ich nicht. Sie will nicht darüber reden. Aber als ich kurz mit dem Detective sprach, sagte er, dass ich sie lieber für eine Weile aus Laramie wegbringe.« Ich neige den Kopf auf den Tresen, der angenehm kühl ist. »Mann, ich habe keine Ahnung, was ich tun soll. Sie macht mir Angst …«

Mein Vater legt seine Hand auf meinen Rücken, und ich zucke zusammen, schüttle sie aber nicht ab. »Ruh dich ein bisschen aus, und morgen helfe ich dir, mit ihr zu sprechen. Ich helfe dir, Luke … Ich bin für dich da …«

In dem Moment will ich eine Million Dinge sagen, nicht nur nette, doch alles, was ich tatsächlich sage, ist »Danke«, denn ich bin zu müde.

Dann stehe ich auf und gehe nach oben ins Gästezimmer, bereit, ins Bett zu fallen. Doch Violet steht am Fenster und starrt mit verschränkten Armen hinunter auf die Straße. Ich werde sofort nervös, gehe zu ihr und zögere kurz, bevor ich die Arme um sie lege.

Sie wehrt mich nicht ab, ganz im Gegenteil: Sie lehnt sich an mich, als wäre ich das Einzige, was sie aufrecht hält. »Sie haben Beweise gefunden, die helfen könnten, deine Mom zu verhaften«, sagt sie leise. »Aber sie müssen sie zuerst finden.«

»Warte mal. Sie finden?« Ich beuge den Kopf zur Seite, um sie anzusehen. »Ist sie nicht zu Hause?«

Violet schüttelt den Kopf und weigert sich, mir in die Augen zu sehen. »Der Vermieter und die Nachbarn haben gesagt, dass sie schon länger weg ist.«

Ich schlinge die Arme fester um sie, weil ich fürchte, dass sie sich plötzlich losreißen und weglaufen könnte, so wie vor ein paar Monaten. »Wir finden sie«, verspreche ich ihr. »Egal, wie.« Ich küsse sie auf den Hinterkopf, und sie schmiegt sich an mich. »Dafür sorge ich.«

»Da ist noch mehr.« Ihre Stimme klingt sehr matt, und der Mondschein beleuchtet den überwältigenden Schmerz in ihren Augen, der sie vollständig einzunehmen scheint. Diesen Blick werde ich nie vergessen. »Es geht um Preston und meine Eltern … also, jedenfalls meine Mutter.«

»Okay.« Ich habe keine Ahnung, wo das hinführt, mache mich jedoch auf etwas extrem Übles gefasst, so wie Violet im Wagen reagiert hatte.

»Anscheinend ist Preston nicht mal sein richtiger Name … und er hatte all diese Bilder von mir und meiner Familie in seinem kleinen Geheimzimmer unter dem Haus, von dem ich dachte, es wäre nur sein Drogenversteck … Und er könnte irgendeine Verbindung zum Dealer meiner Mutter gehabt haben, als sie noch Drogen nahm. Zu der Zeit wohnte er in derselben Gegend … Davon wusste ich vorher nichts.«

Eine Träne rinnt aus ihrem Auge, und Violet wischt sie nicht weg. »Was bedeutet, dass nicht bloß meine Mutter nicht war, für wen ich sie mein ganzes Leben lang hielt, sondern dass Preston etwas mit ihrem Tod zu tun haben könnte … Der Detective sagte, dass es wahrscheinlich reiner Zufall ist und Preston eher ein Stalker als ein Mörder ist … Aber, verdammt … was ist, wenn er … wenn er etwas damit zu tun hatte?« Es kommen noch mehr Tränen. »Die ganze Zeit, die ich bei ihm war … die Dinge, die ich getan habe … oh Gott, ich glaube, mir wird schlecht.« Jetzt fängt sie richtig zu weinen an, und ihre Beine knicken ein.

Auch mir brennen Tränen in den Augen. Mein Gott, das Leben ist so unfair. Wie grausam, einen Menschen so vieles durchmachen zu lassen! Ich halte Violet fest, hebe sie hoch und trage sie zum

Bett. Mir fällt nichts ein, was ich sagen könnte, denn für Momente wie diesen gibt es keine Worte. Ehrlich, ich kann nicht mal glauben, dass es möglich ist. Wie kann die Welt eines einzelnen Mädchens derart kaputt sein? So voller Schmerz? Ich will das alles verschwinden lassen – würde es direkt tun, wenn ich könnte. Stattdessen liege ich mit ihr in den Armen da, höre zu, wie sie zerbricht, genau wie ich es vor ein paar Monaten tat, als wir das von meiner Mutter erfuhren.

»Wie können die so sicher sein?«, frage ich und habe Mühe, mit fester Stimme zu sprechen. »Die Polizei, meine ich. Sie finden doch heraus, ob er etwas damit zu tun hatte oder nicht, stimmt's?«

»Ja.« Sie vergräbt ihr Gesicht an meiner Brust. »Was ist, wenn er … was ist, wenn ich mich so von ihm anfassen ließ, und dabei hatte er ihnen das Leben genommen …« Ihre Hand ballt sich am Saum meines T-Shirts. »Ich halte das nicht mehr aus …« Sie ringt nach Luft. »Den Schmerz. Ich bin es so leid, dass ich niemandem vertrauen kann … dass jede Beziehung in die Brüche geht.«

Ich halte sie, so gut ich kann. »Egal, was passiert, ich bin für dich da.«

Sie presst ihr Gesicht an meine Brust und rollt sich an mir zusammen. »Versprich mir, dass du mich nie verlässt.« Vor lauter Weinen ist sie schwer zu verstehen, doch diese leisen Worte reichen, dass mir einige Tränen aus den Augen laufen. Ich will sie wegwischen, damit Violet sie nicht sieht, aber ich will sie auch nicht loslassen.

»Das verspreche ich«, sage ich. Noch nie im Leben habe ich etwas ernster gemeint. »Egal, was passiert, ich werde immer für dich da sein.«

Am liebsten würde ich ihr auf der Stelle sagen, dass ich sie liebe, nur ist es der denkbar schlechteste Zeitpunkt. Also versuche ich, es ihr zu zeigen, indem ich sie halte und weinen lasse. Und ich schwöre mir, dass ich einen Weg finde, ihr etwas von dem Schmerz zu nehmen, koste es, was es wolle.